チママンダ・ンゴズィ・アディーチェ
くぼたのぞみ＝訳

パープル・ハイビスカス

PURPLE HIBISCUS

Chimamanda Ngozi Adichie

河出書房新社

パープル・ハイビスカス　目次

パープル・ハイビスカス

わたしの両親、わたしのヒーロー、
ジェームズ・ンウォイエ・アディーチェ教授と
ミセス・グレイス・イフェオマ・アディーチェへ
ンディ・オ・ガ＝アディリ・ムマ（きっと上手くいく）

神々を破壊する

聖枝祭

家族の絆《きずな》が崩れはじめたのは、兄のジャジャが聖体拝領を受けなかった日だ。パパが重たい祈禱《きとう》書《しょ》を部屋の隅から投げたので、飾り棚の立像が壊れてしまった。わたしたちは教会から帰ったばかり。ママは聖水でぬれた色鮮やかなナツメヤシの葉をダイニングテーブルに置いて、服を着替えに二階へ行った。あとでヤシの葉でぎざぎざの十字架をこしらえて、壁にかかった金縁の家族写真のそばに留めるつもりだったのだ。葉っぱで作った十字架は、次の灰の水曜日までそのままにしておいて、その日になったら教会で燃やして灰にすることになっていた。灰の水曜日になると毎年、パパはほかの献身者とおなじように灰色の長衣に身を包んで、灰を分けあたえる手伝いをした。パパの列がいちばんゆっくり進んだのは、パパが親指につけた灰を、各人の額にゴシッと押しつけて完璧な十字を描いてから、ゆっくりと、ことばの意味がしっかり伝わるように「なんじは塵《ちり》なれば塵に帰すべきなり」と口にしたからだ。

ミサのときパパはいつも最前列に座った。中央の通路側の席で、その横にママ、ジャジャ、わたしが座った。パパがまっさきに聖体拝領を受けた。ほかの人は聖体拝領を受けるために大理石の祭壇のところで跪《ひざまず》いたりしなかったけれど、パパは跪いた。等身大の金髪の聖母マリアが立つ台座のそばで、パパは目をうんときつく閉じて、顔をしかめ、もうこれ以上長くできないほど舌を突き出した。それが終わるとどっかりと席に座り、礼拝にきた人たちがベネディクト神父からいわれた通り、ぞろぞろと祭壇に向かい、手のひらを合わせてから、お皿みたいに横に伸ばすのをじっと見ていた。ベネディクト神父は聖アグネス教会に来て七年になるのに、まだ「新しい神父さん」と呼ばれていた。神父が白人でなければそうは呼ばれなかったかもしれない。いまだに新しく見えたのだ。顔の色がコンデンスミルクみたいで、ぱっくり切ったトゲバンレイシみたいで、ナイジェリアの厳しいハルマッタンの暑熱を七回も経験してるのに、ぜんぜん陽に焼けていない。英国人特有の鼻はあい変わらずつんと摘《つま》んだように細長く、エヌグに来たばかりの神父を見たときは、あれでちゃんと息ができるのかと心配になったほどだ。ベネディクト神父は教区内の作法をすっかり変えてしまった。たとえばクレドやキリエの聖句はラテン語だけで唱えなければいけない、イボ語はだめだといった。手をたたく動作も、ミサの厳粛さがそこなわれないよう最小限にしなければいけないといった。でも献金の歌はイボ語でもいいんだ。その歌を神父はネイティヴ・ソングと呼んだ。神父の両唇の直線が、「ネイティィヴ」と発音するとき、口の端が横向きのU字形になった。ベネディクト神父はいつもお説教のあいだにローマ教皇、パパ、キリストのことを引き合いに出した——いつもこの順序だ。福音のことを語るためにパパを利用したんだ。その聖枝祭の日に神父は「人びとの前でその光が輝くのを見るときそれは、キリストの勝利のエルサレム入城を反映しています。ブラザー・ユジーンをごらんなさい。彼はこの国で、その気になればほかのビッグマンのようにもなれたのです、クーデタの後も家でじっとして、なにもせずにいられたのです。そうすれば政府が彼のビジネスを脅かすこともなかったでしょう。ところが、彼は『スタンダード紙』によって真実を語らせました。たとえ広告収入を失っても。ブラザー・ユジーンは自由のためにきっぱりと発言しました。われわれのうちいったい何人が真実を擁護《ようご》してきたでしょうか。われわれのうちいったい何人が『勝利の入城』を反映してきたでしょうか」といった。

会衆は「そうです」とか「神の恵みがあらんことを」とか「アーメン」といって応答したけど、雨後《うご》の筍《たけのこ》のように増えるペンテコステ派教会みたいにならないよう、声は抑え目だった。それから黙って、熱心に話を聞いた。赤ん坊まで話を聞いてるみたいに泣きやんだ。だれもがとっくに知ってることを神父が話す日曜でさえ、みんな一心に話を聞いた。たとえばパパが教皇庁と聖ヴァンサン・ドゥ・ポール教会へいちばんたくさん献金したこと、聖体拝領のためのワインを何箱も寄付したこと、修道会のシスターのためにミサのパンを焼くオーヴンを新調したこと、ベネディクト神父が終油の秘蹟《ひせき》をほどこす聖アグネス病院の新棟を建設する費用を出したこと。わたしは両膝をぴっと寄せてジャジャの隣に座りながら、必死で無表情のまま、自慢したい気持ちが顔に出ないようにした。謙虚さはとても大事なことだとパパがいっていたからだ。

パパのほうを見るとパパもやっぱり無表情のままだ。「アムネスティ・ワールド」がパパに人権賞を授与したあと、特集記事で使われた写真みたいな顔をしている。あれはパパが一度だけ記事にしてもいいといったときだった。編集長のアデ・コーカーが、絶対にそうすべきだ、パパにはその資格がある、パパは謙虚すぎるといって聞かなかったことを、ママがジャジャとわたしに教えてくれたのだ。パパがそんなことをわたしたちにいうはずがなかった。ベネディクト神父がお説教を終えて聖体拝領の時間になるまで、パパはあのときの無表情な顔を崩さなかった。聖体拝領を受けたあとは席にゆったりと座り、会衆が祭壇に歩み寄るのをじっと見ていた。ミサが終わると、二度も続けて日曜の聖体拝領に来ない人がいるのは困ったものだとベネディクト神父にいった。その人を呼び出して会衆にもどるよう諭すべきだと、続けて二度も聖体拝領を欠席するほど大きな罪はないのだからと、いつもパパは神父に伝えていた。

だからその聖枝祭の日曜日に、ジャジャが祭壇まで歩みでなかったのをパパが見たとき、なにもかも変わってしまった。パパは家に帰って、革表紙の祈禱書をいきなりダイニングテーブルにたたきつけた。赤と緑のしおりの紐《ひも》が飛びでたままだった。どっしりしたガラスのテーブルがぶるぶるっと震え、上にのったナツメヤシの葉もぶるぶるっと震えた。

「ジャジャ、聖体拝領を受けなかったな」パパの静かな口調はほどんど質問のように聞こえた。

ジャジャはテーブルの祈禱書をにらみながら、まるでテーブルに向かっていうみたいに「あのウエハースは息が臭くなる」といった。

わたしはジャジャをにらんだ。頭がどうかしちゃったの？　パパからはそれを「ホスチア」と呼べと強くいわれてるのに。「ホスチア」なら、実在を、聖性を、キリストの肉体をとらえることに近い——「ウエハース」ということばは世俗的すぎる、それではパパの工場が生産している、チョコレート・ウエハースとか、バナナ・ウエハースとか、子供に買いあたえる、ビスケットより上等なおやつみたいだとパパはいっていたのだ。

「それに神父が唇にずっとさわってると吐き気がする」ジャジャはわたしが見てるのを知っていた。驚いたわたしの目がジャジャに口を閉じろといっているのもわかっていた。でもジャジャはこっちを見なかった。

「あれはわれらが主の肉体だ」パパの声は低かった。とても低かった。パパの顔はもうふくれあがっていた。化膿《かのう》した発疹《はっしん》がびっしり広がるその顔が、もっとふくれていきそうだ。「主の肉体を受け取らないわけにはいかない。それは死だ、わかっているな」

「それじゃぼくは死ぬんだ」恐怖でコールタールのように黒くなったジャジャの目が、いま、パパの顔をまっすぐ見ていた。「それじゃぼくは死ぬんだね、パパ」

パパはすばやく部屋を見まわした。まるで高い天井からなにかが落ちてくる、思いもよらなかったものが落ちてくる、その証拠を探してるみたいに。そして祈禱書をつかむと部屋の反対側のジャジャに向かって投げつけた。祈禱書はジャジャをかすりもせずに、ガラスの飾り棚に激突して、いつもママが磨いている飾り棚の上板を砕き、ベージュの陶器像をなぎ倒した。指の太さのバレリーナたちがねじれた姿勢で硬い床へバラバラと落下して、それから祈禱書が、砕けた陶器像の破片の上に着地した。革表紙のついたぶあつい祈禱書には、教会暦で三期分の説教集が入っていた。

ジャジャはぴくりともしない。パパの身体が左右に大きく揺れている。わたしはドアのところに立って、じっと二人を見ていた。天井の扇風機がぐるぐるまわり、そこに取りつけられた電球がチャリンチャリンと音を立てている。そこへママが入ってきた。ゴムのスリッパが大理石の床にあたってパタパタと音をたてた。日曜専用のスパンコールつきのラッパーと袖のふくらんだブラウスを脱いで、いまは普段の絞り染めラッパーをウエストにゆったりと巻き、一日おきに着替える白のTシャツを着ている。今日のはパパと参加した精神修養会の記念品で、垂れた胸の上に「神こそ愛」という文字が並んでいる。ママは床に散らばった立像の破片をじっと見てから、おもむろに膝をついて破片を素手で拾いはじめた。

静寂を破るのは、淀んだ空気を切り分ける天井の扇風機の音だけ。ダイニングルームは広く、もっと広いリビングへ続いていたけど、わたしは息がつまりそうだった。祖父の額入り写真のかかったオフホワイトの壁がこっちへ向かって迫ってくる。ガラスのダイニングテーブルまで襲いかかってくる。

「ンネ、ングワ（「ンネ」は親しみをこめた呼びかけで、カンビリのこと。「ングワ」は「さあ」「ほら」の意味）。着替えてらっしゃい」ママの声がした。低く穏やかなイボ語だったのに、わたしはビクッとなった。間をおかずにママはパパに向かって「お茶が冷めてしまいますよ」と声をかけ、ジャジャに向かって「ほら手伝って、ビコ（「おねがい」「どうか」の意味）」といった。

パパはテーブルを前にして座り、縁にピンクの花柄のついた茶器からお茶を注いだ。パパが、いつもするように、ジャジャとわたしに飲みなさいというのを待った。パパはそれを愛のひと口《ラブ・シップ》と呼んでいた。愛する者たちといっしょに、ちょっとした好物を分かちあうことだから。ラブ・シップを飲みなさい、とパパがいうと、まずジャジャが飲み、それからわたしがカップを両手でつかんで口元までもっていく。ひと口。お茶はいつも熱すぎて舌を焼いた。だからお昼ご飯に辛い料理が出ると舌がひりひりした。でもそれは大したことじゃない。お茶が舌を焼くときは、焼けるようなパパの愛が自分のなかに入ってくるのがわかっていたから。でもパパは「ラブ・シップを飲みなさい」とはいわなかった。無言でカップを口元まで持ちあげた。わたしはそれをじっと見ていた。

ジャジャはママのそばに膝をついて、持っていた教会の会報を屑入《くずい》れに押しこみ、そこにぎざぎざの陶器の破片をのせていった。「気をつけて、ママ、破片で指が切れるよ」

わたしは教会用の黒いスカーフの下のコーンロウを一本ひっぱって、夢を見てるわけじゃないんだと確かめた。なんでこんなにいつも通りにしてるの？ ジャジャもママも、まるでいま起きたことなんかなかったみたいに。なんでパパは黙ってお茶を飲んでるの？ ジャジャが口答えなんかしなかったみたいに。わたしはゆっくりと向きを変えて、礼拝用ドレスを脱ぐため二階へ行った。

着替えをしてから寝室の窓のところに腰をおろした。手を伸ばせば、そばのカシューの木にとどきそう。もしも銀色の虫除《むしよ》け網戸がなければ、葉っぱを一枚むしることだってできそう。鐘形の黄色いカシューの実が重たく垂れて、そのまわりをミツバチがぶんぶん飛び交い、窓の網戸にぶつかっている。午睡のために自分の部屋に向かうパパの足音が聞こえた。座ったまま目を閉じて、パパがジャジャを呼ぶのを、ジャジャがパパの部屋に入る音が聞こえるのを待った。でも長いあいだ、なにも聞こえなかった。目を開けて窓のルーバーに額を押しつけ、外を見た。庭は大勢でアティログ（イボの若者が踊るダンス）が踊れるほど広い。踊り手が一人ひとりとんぼ返りをして、隣の踊り手の肩に着地するスペースだってある。敷地を囲む高い壁の上部には通電したコイル状の針金が埋めこまれている。壁がすごく高いので、家の前の道路に車が入ってきても見えない。雨季は始まったばかり。壁のそばに植えられたフランジパニの木から、むせかえるような花の香りが立ちのぼり、庭を満たしていた。節くれだった樹木と車寄せのあいだで紫の花をつけたブーゲンビリアが、ダイニングテーブルみたいに一列に刈りこまれていた。家のそばには、あざやかなハイビスカスの茂みが広がり、伸びた花が絡みあって、花びらを交換してるみたいだ。紫の花も眠たげなつぼみを開こうとはしているけれど、咲いているのはほとんどが赤。あっけなく開花する赤いハイビスカスは、ママがどれくらいの頻度で教会の祭壇に飾ってくれるかしら、訪問客がどれくらいの頻度で駐車した車まで歩きながら摘むかしら、と考えてるみたいだ。

　花を摘むのはたいていママのお祈り仲間だった。耳の後ろにハイビスカスの花をたくしこむ女の人もいる——窓からはっきり見えたのだ。でも政府職員は、少し前にやってきた黒の背広を着た二人の男は、帰りしなにぐいっと花を引きちぎっていった。彼らは連邦政府のプレートをつけたピックアップでやってきて、ハイビスカスの茂みのすぐそばに車を止めた。長居はしなかった。あとからジャジャに聞いた話では、パパを買収しにきたらしい。トラックにドル札がたんまり積んであるとジャジャは耳にしたという。その話が本当かどうか、わたしにはわからない。でもいまもときどき考える——外国のお金を山のように積んだトラックを想像して、そのお金は複数の箱に分けて詰められてたのかな、それとも、一つのすごく大きな箱に詰められてたのかな、だとしたら、その箱はうちの冷蔵庫が入ってた箱くらい大きかったのかな。

　ママが部屋に入ってきたとき、わたしはまだ窓辺にいた。日曜日はいつもお昼ご飯の前に、ママがシシ（「若い娘」の意だがここではメイドを指す）に向かって、スープにヤシ油をもっと入れて、とか、ココナッツライスはカレー粉を控えめに、と指示をあたえる合間に、わたしの髪をブレーズに編むことになっていた。パパが昼寝をしてるうちに。キッチンのドア近くの肘掛《ひじか》け椅子《いす》にママが座り、わたしはママの腿《もも》と腿のあいだに頭が入るようにして床に座る。キッチンは広く、窓はいつも開いていたのに、髪にスパイスの匂いが染みこんで、編み終わってからブレーズの先端を鼻につけるとエグシスープ（メロンの種を挽いてとろみをつけたスープ）や、ウタズィ（ほろ苦い葉野菜）や、カレーの匂いがした。でもいまママは櫛《くし》とヘアオイルの入った袋をもって部屋にやってきても、階下におりようといわずに、「お昼ご飯ができたわよ、ンネ」といった。

パパが立像を壊しちゃって残念だね、といいたかったのに、口から出たのは「立像が壊れちゃって残念だね、ママ」だった。

ママはすぐにうなずいてから、立像のことはどうでもいいといわんばかりに首を横に振った。でも、どうでもよくはなかったのだ。何年か前、わたしがまだわかっていないころ、パパとママの部屋からドアになにかをたたきつけるような音が聞こえるたびに、ママが立像を磨くのはなぜだろうと思ったものだった。階段でママのゴムのスリッパが音を立てることはなかったけれど、ダイニングルームのドアが開く音でママが階下へ行ったのがわかった。わたしが階下へ行くと、いつも、石《せっ》鹸水《けんすい》を染みこませたキッチンタオルを手に飾り棚のそばに立ってるママがいた。バレリーナの像一個を磨きあげるのに十五分はかけていた。涙はなかった。最後に磨いていたのはつい二週間前だ。ママの腫《は》れた目は、熟《う》れすぎたアヴォカドみたいに黒っぽい紫色になっていた。あのときママは、立像を磨いてから並べ変えたんだ。

「髪はお昼ご飯のあとに編んであげる」といってママは向きを変えて出ていった。

「はい」

わたしもママの後ろについて階下に行った。ママの歩き方がちょっと変だ。まるで片方の足が少し短いみたいだ。そのせいで実際より背が低く見える。優雅なS字形をした階段を半分おりかけたとき、ジャジャが廊下に立っているのが見えた。ふだんならお昼ご飯の前は自分の部屋で本を読むジャジャが、今日は二階にあがってこなかった。ずっとキッチンにいたんだ、ママとシシといっしょに。

「ケ・クワヌ（どうしたの）？」きく必要もないのにわたしはきいた。ひと目でわかった。十七歳の顔に何本も皺《しわ》がよってる。皺は額をジグザグに走り、その内側に暗い緊張感が忍びこんでいた。わたしは手を伸ばしてジャジャの手をきゅっと握り、いっしょにダイニングルームに入っていった。パパとママはもう座っていた。パパがシシの持っている鉢で手を洗っていた。パパはジャジャとわたしが正面の席につくのを待ってから、食前の祈りを唱えはじめた。二十分、神さまに食物への感謝のことばを捧げた。それから、いくつかちがう称号で聖母マリアさまへ祈禱のことばを述べ、それに応唱して「われわれのために祈ってください」とわたしたちはいった。パパの好きな称号は「ナイジェリア人民の盾となる、聖母マリア《アウア・レディ》」で、パパの創作した称号だ。みんなが毎日それをお祈りに使うなら、ナイジェリアは子供じみた虚弱な足のビッグマンみたいに、よろけなくてすむのにとパパはいった。

お昼ご飯はフフ（キャッサバやヤム芋の粉に温水を加えて作る柔らかい生地）とオヌグブスープだ。フフはなめらかでふんわり。シシはフフの作り方が上手《うま》い。ヤム芋を勢いよく搗《つ》いて水を加えて練るうちに、ドスンドスンという杵《きね》の音といっしょにシシのほおも緊張していく。とろみのあるスープには茹《ゆ》でた牛肉の塊と、干し魚と、深緑色のオヌグブの葉っぱが入っていた。みんな黙って食べた。指でフフを小さな玉にまるめてスープにひたした。魚の身はすくいあげるようにしてから口に入れた。スープが美味しいのはわかっていたけど、味がしない。感覚が麻痺している。舌が紙のよう。

「塩をとってくれないか」とパパがいった。

みんないっせいに塩入れに手を伸ばした。ジャジャとわたしの指がクリスタルの塩入れに触れた。わたしの指がそっとジャジャの指を押すと、その手が引っこんだ。パパにはわたしが塩を渡した。

それからもっと長い沈黙が続いた。

「今日の午後、カシュージュースがとどいてね。とっても美味しい。きっとよく売れるわね」ついにママが口を開いた。

「あの娘にもってくるよういってくれ」とパパ。

ママがベルを押した。透明なワイアで天井からテーブルの上まで繋《つな》がっているのだ。シシがあらわれた。

「ごようですか、マダム?」

「工場から運ばれてきた飲み物の瓶を二本持ってきてちょうだい」

「はい、マダム」

わたしはシシが「どの瓶ですか、マダム?」とか「どこにあるんですか、マダム?」ときけばいいのにと思った。そうすれば会話がもっと続いて、ジャジャが自分のフフをまるめるピリピリした動きが気にならないのに。シシはすぐにもどってきて、瓶をパパのそばに置いた。瓶にはパパの工場が製造する商品――ウエハース、クリームビスケット、瓶入りジュース、バナナチップス――についてるのとおなじ、白茶けた色のラベルが貼ってある。パパがみんなのためにジュースを注いだ。わたしはすぐに手をのばしてひと口飲んだ。水っぽい。もっと飲みたがってると思われたかった。すごく美味しいといえば、たぶん、パパはジャジャにまだ罰をあたえていないことを忘れるかもしれない。

「すごく美味しいね、パパ」

パパはふくらんだほっぺたのあたりでそれをくるくる回した。

「しぼりたてのカシューの味がするわ」とママ。

なにかいいなさいよ、お願いだから、とジャジャにいいたかった。ジャジャの番なんだから、パパの新製品のことで感想やお世辞をいうのは。使用人が工場から製品見本をもってくるたびに、これまでずっとそうしてきたんだから。

「白ワインみたい」とママがことばを継いだ。緊張してる、それがわかったのは、新鮮なカシューは白ワインみたいな味なんかしないからじゃなくて、ママの声が妙に低かったからだ。「白ワイン」とママがまたいった。目を閉じて深く味わおうとしている。「フルーティな白ワイン」

「そうね」といったわたしの指からフフの玉がポトンとスープに落ちた。

パパがジャジャをきつい目でにらんでいる。「ジャジャ、いっしょに飲み物を分かちあわないのか、ええっ？　口ってのはものをいうためにもあるんだぞ？」パパはこれをぜんぶイボ語でいった。悪い兆しだ。パパは滅多にイボ語をしゃべらない。家では、ジャジャとわたしはママとイボ語でしゃべったけど、表だったところでイボ語を使うのをパパは嫌った。英語で話さなければいけなかった。パパの妹のイフェオマおばさんはパパのことを、植民地主義の申し子すぎるといったことがある。しょうがないといった穏やかな口調で、パパについて語ったのだ。それはパパの落ち度じゃないといいたいらしい。ひどいマラリアにかかって意味不明のことを喚《わめ》く人のことをいってるみたいだった。

「なにかいうことはないのか、ええっ、ジャジャ？」パパがまたきいた。

「ムバ（いや）、なにもいうことはありません」とジャジャが答えた。

「なんだと？」パパの目に暗い影がさした。さっきからジャジャの目には暗い影がさしている。恐怖が、ジャジャの目からパパの目へ移っていた。

「なにもいうことはありません」とジャジャ。

「ジュース、美味しいでしょ――」ママが口をはさんだ。

ジャジャは椅子を後ろに引いた。「ありがとう、神さま。ありがとう、パパ。ありがとう、ママ」

わたしはジャジャのほうを、じっと見ていた。

ジャジャはきちんと感謝のことばを述べている、食後いつもいうように。でも絶対にやらないこともやった。パパが食後の祈りを捧げる前にテーブルを離れようとしたのだ。

「ジャジャ！」とパパがいった。影が濃くなり、パパの白眼を包みはじめた。ジャジャは自分の皿を手にしてダイニングルームから出ていくところだった。パパは立ちあがろうとして、また椅子にどさりと座った。両ほおが垂れ下がって、ブルドッグみたいだ。

わたしはグラスに手をのばして、ジュースをにらんだ。水っぽくて黄色くて、おしっこみたい。喉《のど》に流しこんで、ごくんと飲みこんだ。ほかにどうしたらいいかわからない。こんなこと初めて、こんなこと一度もなかった。屋敷を取り囲む壁という壁が崩れ落ちて、フランジパニの木を押しつぶすかも。空がまるごと落ちてくるかも。ぴかぴかの大理石の床に敷きつめたペルシャ絨毯《じゅうたん》が縮んでしまうかも。なにか起きそう。でも、わたしが息を詰まらせているだけだった。咳をする身体が震えているだけだった。パパとママが飛んできた。パパがわたしの背中をとんとんたたいて、ママが肩をもみながら「オ・ズゴ（もう十分）。咳《せき》よ止まれ」といった。

その夜はずっと寝ていた。夕食も家族といっしょに食べなかった。咳がひどくて、ほおに手の甲をあてると焼けるようだ。頭のなかで何千という怪獣がキャッチボールをしていたけど、投げあっているのはボールではなく茶色い革表紙の祈禱書だ。パパが部屋に入ってきてベッドに腰かけた。マットレスが沈んだ。パパはわたしのほおを撫で、なにか欲しいものはないかときいた。ママがオフェ・ンサラ（白胡椒のスープ）を作ってくれているところだった。だから、ない、と答えた。黙って座っているあいだ、パパはわたしの手をずっと握っていた。パパの息はいつも耳障りな音がしたけど、いまは息切れみたいに喘《あえ》いでいた。パパはなにを考えてるんだろう。ひょっとして心のなかで走ってるのかな、なにかから逃げようとしてるのかな。パパの顔を見なかったのは、顔が発疹で真っ赤になってるのを見たくなかったからだ。ものすごい数の発疹がびっしり広がって皮膚がふくれあがって見えたから。

しばらくしてママがオフェ・ンサラをもってきてくれたけど、香ばしいスープも吐き気がするばかり。浴室で吐いたあと、ママにジャジャはどこにいるのときいた。ランチのあとジャジャはわたしのようすを見にこなかった。

「部屋にいるわ。夕食におりてこなかった」ママがわたしのコーンロウを撫でていた。そんなふうに、頭皮の上で編みこまれたブレーズが畝《うね》になってるのをなぞるのが、ママは好きなのだ。翌週までそのままにしておくつもりだな。わたしの髪はすごく濃い。櫛で梳《す》いてもすぐに密生した房にもどってしまう。いま櫛を入れたりすると、頭に入りこんだ怪獣たちを激怒させてしまいそう。

「立像、代わりの置くの？」とわたしはきいた。ママの脇の下からむっとデオドラントの匂いがした。ママの茶色の顔はなにも語ってくれなかった。ママの顔は最近ついたばかりの額の傷跡を除けば完璧だった。

「クパ（そうねえ）。代わりは置かない」

たぶん、あの立像がもう自分には不要だとママは気づいていたのかもしれない。ジャジャに向かってパパが祈禱書を投げつけたとき、崩れ落ちたのは立像だけじゃなく、すべてが壊れてしまったと気づいたのかもしれない。やっといまわたしは気がついた。そう考えていいんだと。

ママが出ていったあとベッドに入って、これまでのことをあれこれ思い返した。ジャジャとママとわたしが、唇じゃなく心で会話していたころのことを。スッカに行く前のことを。なにもかもスッカから始まったんだ。イフェオマおばさんが住んでるフラットの、ベランダ沿いの小さな庭が、沈黙を破ったんだ。ジャジャの反抗的態度が、イフェオマおばさんが試作している紫色のハイビスカスみたいに思えた。自由という色を底にひめた、芳《かぐわ》しい珍種。クーデタのあと「ガヴァメント広場」で群衆が緑の葉を打ち振りながら歌うのとはぜんぜんちがう、ありのままでいる自由、したいことをする自由。

でもわたしの記憶はスッカから始まったわけじゃない。もっと前から、この家の前庭に咲くハイビスカスが、どれも目が覚めるように赤かったころから始まっていたんだ。

わたしたちの精霊と語る　聖枝祭の前

勉強机に向かっているとママが部屋に入ってきた。曲げた肘にわたしの制服をのせ、それをベッドの上に置いた。朝から裏庭の洗濯《せんたく》ひもに吊るして乾かしておいたのを取りこんでくれたのだ。ジャジャとわたしは、シシがほかの衣類を洗っているあいだに、自分で学校の制服を洗った。いつも、色が落ちないかどうか確かめるために、まず布の端を泡立つ石鹸水にひたした。落ちないのはわかっていたけど、パパが制服の洗濯に割り当てた三十分を、とにかくやりすごしたかったのだ。

「ありがとう、ママ、いま取りこもうと思ってたんだ」わたしは立ちあがって服をたたんだ。身のまわりのことを年上の人にやってもらうのはいいことではなかったけど、ママは気にしなかった。ママは気にしないことがとてもたくさんあった。

「雨がぱらついてて。濡らしたくないものね」といってママは制服を撫でつけた。灰色のスカートは濃色のベルトがついていて、ふくらはぎが隠れるほど長かった。「おまえに弟か妹ができるよ」

わたしは目をまるくした。ママは膝をピタッと合わせてベッドに腰かけていた。「赤ちゃんが生まれるの？」

「そう」微笑みながらママは、まだ、わたしのスカートを撫でつけてる。

「いつ？」

「十月。昨日パーク・レインのお医者さんに診てもらった」

「神に感謝します」良いことが起きたときはそういうよう、パパからいわれていたから。

「そうね」ママはしぶしぶスカートから手を放した。「神は誠実です。あなたが生まれて、そのあと何度も流産して、それから村の人たちが陰口をききはじめた、知ってるでしょ。ウムンナ（父方の男性親族）のなかじゃ、あなたのお父さんに、だれかほかの女と子供を作るよう言伝《ことづて》した人もいた。喜んで話にのりそうな人を何人も知ってる、娘はたいていは大学卒だって。そういう人ができれば息子を何人も産んで、この家を乗っ取り、わたしたちを追いだしてしまったかもしれない、エゼンドゥさんの第二夫人がやったように。でもあなたのお父さんはわたしを見限ったりしない、わたしたちの味方よ」こんなにたくさんいっぺんに話すママはめずらしかった。いつもはぽつぽつと、鳥が餌《えさ》をついばむみたいにしゃべるのに。

「ええ」とわたしはいった。パパがほかの女と息子をもっと作らなかったのも、第二夫人を迎えなかったのも、褒《ほ》められていいことだけど、でもパパってもともとちがうんだから。ママったら、パパをエゼンドゥさんなんかとくらべなきゃいいのに、ほかのだれとも。それじゃパパの品格を落とすことになるし、侮辱することになる。

「オグウ（魔術）を使ってわたしの子宮を縛った者がいるっていう人までいたものね」ママは首を横に振りながら笑った。大目に見ますよという笑み、神託を信じる人のことを語るときママの顔に広がる笑み。親戚から呪《まじな》い師に相談したらどうかと勧められたときとか、悪魔払いのために布に包んで前庭に埋めておいた髪の房と動物の骨を掘りだした話を聞かされるときの、あの、いかにも寛容な笑み。「あの人たちにはわかってない、神さまのなさることは神秘に満ちていることを」

「そうだよね」といってわたしは折り端がずれないよう注意して服をつかんだ。「神さまのなさることは神秘に満ちている」か。ママが最後に流産してからもう六年になる。あのあとも赤ちゃんを作ろうとしてたなんて知らなかった。ママとパパがおなじベッドでいっしょにいるところも想像できない。オーダーメイドの、既成のキングサイズより幅の広い、あのベッドで。二人のあいだに流れる感情で想像できるのは、ミサのときに交わす平和のしるしくらい、パパとママが手を握り合って、それからパパがママを優しく腕に抱くときくらいだ。

「学校での調子は？」ママはそうききながら腰をあげた。さっきもおなじことをきいたのに。

「悪くない」

「シシとモイモイ（黒目豆で作る蒸しプディング）を作ってるの、シスターたち、そろそろ来るころかな」といってママは階下へおりていった。わたしもそのあとを追い、たたんだ制服を廊下のテーブルに置いた。そうしておけば、シシがアイロンをかけてくれることになっていたのだ。

そのうち「奇跡のメダイユの聖母」のシスターたちがお祈りをしにやってきて、イボ語の歌が二階まで響いてきた。バシバシと手をたたきながら歌っている。三十分ほどお祈りをして、歌って、それからママが「ささやかなもの」を準備してありますのでと低い声で告げるのだ。でもママの声は、ドアを開けておいても、二階までやっと聞こえるくらい。大皿に盛りつけたモイモイとジョロフライスとフライドチキンをシシが運びはじめると、シスターたちは、そんなことなさらないで、とあたりさわりなくママをたしなめる。「シスター・ベアトリス、なんてまあ、こんなことなさらないで。ほかのシスターのお家でいただくようなアナラ（茄子）で十分ですのに？　こんなことなさらないで、本当に」そして「主を讃《たた》えよ！」と「讃えよ」の部分をできるだけ長く引き伸ばす甲高い声がする。それに応答する「アレルヤ」の声が、わたしの部屋の壁にはねかえり、リビングのガラス家具をびりびり鳴らす。それから、シスター・ベアトリスの寛容さが神によって報われますように、すでに受けている恵みにさらなる恵みが加わりますようにと祈るのだ。そしてクリンクリンクリンとフォークやスプーンが皿にぶつかる音が家中に響きわたる。ママは絶対にプラスチックのカトラリーを使わなかった。どれほど大勢やってきても。

シスターたちが食べ物に感謝するお祈りを始めたとき、ジャジャが階段をのぼってくる音がした。パパは家にいなかったので、わたしの部屋に来るのはわかっていた。パパが家にいれば、ジャジャはまず自分の部屋へ行って着替えをするはずだから。

「ケ・クワヌ（どうだった）？」部屋に入ってきたジャジャがきいた。ジャジャの学校の制服は青い半ズボンに白いシャツだ。シャツは前にも後ろにもアイロンの折り目がピシッと残っていて、左の胸で聖ニコラスのバッジが光っている。ジャジャは去年の投票ではいちばん身なりのきちんとしたジュニアに選ばれて、パパに思い切り強く抱きしめられたんで背骨が折れるかと思ったんだった。

「まあね」ジャジャが机のそばに立って、『テクノロジー入門』の教科書をぱらぱらめくった。「なに食べた？」

「ガリ（キャッサバ粉で作る西アフリカの常食）」

お昼ご飯いっしょに食べられたらいいのに、とその目が語っていた。

「わたしも」わたしは声に出していった。

これまでは、運転手のケヴィンがまず「純心女子学院」でわたしを車に乗せて、それからジャジャを迎えに「聖ニコラス高校」へ向かった。いっしょに家に帰って、お昼ご飯もいっしょに食べた。でもジャジャは聖ニコラス高校の新優等生プログラムに入ったので、放課後の授業があるのだ。パパはジャジャの日課を変更したけど、わたしのは変えなかった。だからジャジャの帰りを待っていっしょにお昼ご飯を食べることができなかった。ジャジャが帰るころには、わたしはお昼ご飯をすませて、午睡をして、勉強を始めることになっていた。

でも、ジャジャはお昼ご飯にわたしがなにを食べたか知っていた。キッチンの壁に貼ったメニューを、ママが月に二度書き換えていたからだ。なのにジャジャは毎日かならずきいてくる。そんなことをわたしたちはしょっちゅうやった。答えがわかっている質問をききあった。それはたぶん、ほかの質問をしないため、答えを知りたくない質問をしないためだった。

「宿題が三つもあってさ」といってジャジャは出ていこうとした。

「ママに赤ちゃんができたよ」とわたし。ジャジャがもどってきてわたしのベッドの端に座った。

「ママがそういったの?」

「うん。予定は十月だって」

ジャジャはじっと目を閉じ、しばらくしてから開けた。「ぼくたちで赤ん坊の世話をしよう。彼を守ってやろう」

守るのはパパからだってのはわかったけど、守るってどうやって、とはきかずに「なんで男の子だってわかるの?」とわたしはきいた。

「直感さ。おまえはどう思う?」

「わからない」

ジャジャはもうしばらくベッドの端に座っていて、それからお昼ご飯を食べに階下におりていった。わたしは教科書を脇にやり、目をあげて、壁に貼った日課表をにらんだ。白い紙の上部に「カンビリ」と太字で書いてある。ジャジャの部屋の机上の日課表には、おなじように「ジャジャ」と書いてあった。生まれてくる赤ちゃんのために、新しい弟のために、パパは日課表をいつごろ作るんだろう。生まれたらすぐに作るのかな、それともよちよち歩きを始めるまで待つのかな。パパは秩序立っていることが好きだ。それは日課表にも出ている。黒いインクできっちりと線を引き、一日を四角く区切って、勉強と午睡を分け、午睡と家族とすごす時間を分け、家族とすごす時間と食事を分け、食事をお祈りの時間と分け、お祈りと睡眠時間を分けた。パパは日課表をよく書きなおした。わたしたちが学校に通っているときは、午睡時間は短く勉強時間は長かった。週末でさえそうだ。休みに入ると家族の時間が少し長くなり、新聞を読む時間、チェスやモノポリーで遊ぶ時間、ラジオを聴く時間が少し長くなった。

翌日の土曜日、家族の時間のあいだに、クーデタが起きた。パパがチェスでジャジャを追い詰めていると、ラジオから軍歌が聞こえてきた。重苦しい緊張感にみんな手を止めて耳を澄ました。強いハウサなまりの将軍が、クーデタが起きて新政府が樹立されたと発表した。だれが新しい国家元首になるかはじきに告げられるという。

パパはチェス盤を脇にやり、電話をかけてくるといって書斎へ行った。ジャジャとママとわたしはじっとパパを待った。編集長のアデ・コーカーに電話してるのはわかっていた。ひょっとしたらクーデタを記事にするようなにか指示してるのかもしれない。パパがもどってきたので、みんなでマンゴージュースを飲んだ。トールグラスにシシが注いだジュースを飲みながら、パパはクーデタのことを話した。悲しそうだ。横長の唇が垂れ下がってるみたいだ。クーデタはクーデタを呼ぶ、とパパはいって、六〇年代の血なまぐさいクーデタのことを話してくれた。そのあと内戦になった、イングランド留学のためにパパがナイジェリアを出た直後だった。一度クーデタが起きると、残虐な周期でかならずくりかえされる。軍人たちは次々と打倒される、なぜなら彼らはそれができるから、権力に酔いしれるやつらだから。

もちろん政治家は腐敗している、とパパはいった。だからこそスタンダード紙は、外国の銀行口座に金を隠した大臣についてさんざん記事にしてきたんだ。教師の給料になるはずの金、道路を敷設するための金だ。しかしナイジェリア人に必要なのは兵隊が支配することじゃない、われわれに必要なのは刷新されたデモクラシーだ。刷新されたデ、モ、ク、ラ、シ、ー。パパの口調で、そこが重要なのは伝わってきたけど、それまでに、パパのいうことはほとんどすべて重要だと聞こえるようになっていた。話をするときパパは背中をそらせて上を向きたがる。空中になにか見つけようとするみたい。パパの口元をじっと見ているうちに唇の動きに集中しすぎてぼうっとなったり、パパの声を聞きながら、パパが語る大事なことを耳にしながら、わたしはずっとそのままでいたいと思ったりした。ココナッツの実がぱっくり割れて真っ白な果肉が出てくるときみたいに、パパがにっこり破顔になるときも。

クーデタの次の日は、夕べの祈りのために聖アグネス教会へ出かける前に、みんなでリビングに腰をおろして新聞を読んだ。主要な新聞は毎朝、パパの注文に従って四部ずつ配達された。スタンダード紙を最初に読んだ。スタンダード紙だけが批判的な社説を掲載し、新しい軍事政権は早急に民主制を復活させる計画を実施せよと要求していた。パパは、ナイジェリア・トゥデイ紙の記事を声に出して読んだ。それはオピニオン欄のコラムで、いまこそ軍人が大統領になるときである、政治家が統治不能に陥ってわれわれの経済は混乱の極みだから、と述べる作家の記事だった。

「スタンダードはこんなわけのわからない記事は載せない」といってパパはその新聞を下においた。

「あの男を『大統領』と呼ぶことなんぞ論外だ」

「『大統領』って選挙で選ばれるんだよね」ジャジャがいった。「正しくは『国家元首』というべきだ」

パパがにっこり笑った。ジャジャより先にわたしがいえばよかった。

「スタンダード紙の社説はよい仕事ですね」とママ。

「アデの右に出る者はいない」パパは即座に、自慢げにそういって他紙にざっと目を通した。「『政権交代』とはまたなんという見出しだ。みんな怖気づいてるな。文民政権がどれだけ腐敗していたかは書くくせに、軍事政権は腐敗などしないような書きぶりだ。この国は衰退する、おちぶれるな」

「神が救ってくれるでしょう」とわたしはいった。そういうのをパパが好きなのはわかっていた。

「そう、そうだ」といいながらパパは肯いた。それから手を伸ばしてわたしの手を握ったので、口のなかでお砂糖が溶けて広がるみたいに感じた。

それから数週間のうちに、家族の時間に読む新聞の論調が変わり、ぐっと抑えた調子になった。スタンダード紙も変わったけど、これまでよりもっと批判的で、もっと疑問を突きつける論調になった。クーデタが起きた直後の週はケヴィンが毎朝、緑の枝を折って車のナンバープレートのところに差しこんでいたので、ガヴァメント広場でデモする人たちは車をすんなり通してくれた。緑の枝には「連帯」の意味があったからだ。車につけた枝はデモの人たちの枝ほど鮮やかな緑ではなかったけど、そこを通り過ぎながら、ふと、デモに加わって「自由を」と歌いながら車の前に立っている自分を思い浮かべた。

数週間後にケヴィンの車でオグイ通りを走っていると、市場付近の路上検問所では、兵隊たちが長い銃を撫でさすりながら歩きまわるようになっていた。停車を命じられて兵隊に車内を捜索される車もあった。一度なんか男の人が自分のプジョー504のわきで、地面に膝をついて両腕を高くあげているのを見かけた。

でも家のなかはいつも通り。ジャジャとわたしは相変わらずスケジュールに従う生活で、答えのわかりきった質問をぶつけ合っていた。変わったのはママのお腹《なか》だけだ。少しずつ、ふんわりと膨らみはじめていたのだ。最初は空気の抜けたサッカーボールみたいだったのが、聖霊降臨祭《ペンテコステ》の日曜には、赤と金色の刺繡《ししゅう》をしたママの教会用ラッパーがはっきりと前にせりだすようになった。下に折りたたまれた襞《ひだ》のせいでも、ラッパーの端を結んでるせいでもない。祭壇の飾りがママのラッパーみたいな赤だ。赤は聖霊降臨の色だったんだ。赤い長衣を着た客員の神父がミサを捧げた。背が高くて長衣がちょっと短い感じ。神父は若くて、福音書を読みながら何度も顔をあげて、茶色の目で鋭く射抜くように信者たちを見た。神父は終わりにゆっくりと聖書にキスした。ほかの人がやったらわざとらしいと思われたかもしれない。でもその神父の動作はそんな感じがしなかった。とても自然に見えた。自分は任命されたばかりで、受け持つ教区の発表を待っているそうだ。その神父とベネディクト神父には共通の親しい友人がいて、ベネディクト神父からミサを捧げるよう依頼されたのが嬉しいといった。でも、わたしたちの聖アグネス教会の祭壇が美しいとはいわなかった。磨かれて氷みたいにぴかぴかだったのに。エヌグで一番の祭壇だともいわなかった。ひょっとしたらナイジェリア中探してもこれ以上きれいな祭壇はないかもしれないのに。ほかの客員神父はみんなそういったのに、この新しい神父はそんなそぶりも見せなかった。聖アグネスには神の存在がより多く宿っているとか、床から天井まで伸びる窓のステンドガラスの玉虫色の聖人たちが神が立ち去るのを引き止めている、なんてこともいわなかった。お説教が半分ほどすぎたところで神父はイボ語で歌いはじめた。「ブニエ・ヤ・エヌ……（かの人を高みにおきて）」

会衆がいっせいに息を呑《の》んだ。ため息をつく人、あっけに取られてぽかんとする人。みんなベネディクト神父の、鼻をつまんだような一本調子のお説教に慣れ切っていたのだ。ゆっくりとみんなが歌いだした。わたしはパパが口元をへの字に結んでいるのを見ていた。パパは横目でジャジャとわたしが歌っているかどうかちらりとチェックして、二人が口を閉じているので満足そうにうなずいた。

ミサのあと、わたしたちは教会の正面玄関の外に立って待っていた。パパはまわりに押し寄せた人たちにあいさつしていた。

「おはようございます、神を讃えよ」といってからパパは男たちと握手し、女たちをハグし、小さな子供たちを軽く撫で、赤ん坊のほっぺたを軽くつまんだ。耳元にささやきかける男たちにはささやき返した。すると男たちは感謝して両手でパパの手を握り、立ち去った。パパが最後のあいさつを終えるころには、教会の広い庭を口中のガチャ歯みたいに賑わしていた車もほぼ姿を消して、わたしたちはようやく自分の車に向かった。

「あの若い神父の説教中の歌い方はないな、茸《きのこ》のように生えまくるペンテコステ派教会の不信心な指導者さながらじゃないか。ああいうやからが教会に厄介を持ちこむんだ。あいつのために忘れずに祈らなければ」とパパはいって、メルセデスのドアの鍵を開け、祈禱書と会報をシートに置くと神父の居住区へ向かおうとした。ミサのあとベネディクト神父を訪ねるのがいつもの習慣だったのだ。

「車で待たせてもらえないかしら、お願い」とママがいって車にもたれかかった。「吐きそう」

パパは振り向いてママをじっと見た。わたしは息が詰まった。長い時間のように思えたけど、ほんの数秒だったかもしれない。

「車のなかにいたいってのは本気か?」とパパ。

ママは視線を落とした。両手をお腹にのせて、ラッパーがほどけそうなのを押さえて、朝ご飯に食べたパンと紅茶をなんとか飲み下そうとしていた。「体調がよくないの、気持ち悪い」声がくぐもって聞こえた。

「おまえが車のなかにいたいっていうのは本気かときいたんだ」

ママが視線をあげた。「いっしょに行きます。それほどひどくないので」

パパの表情は変わらなかった。ママがパパのほうへ歩きだすのを待ってから、パパはくるりと向きを変えて神父の家にむかって歩きだした。ジャジャとわたしもあとを追った。歩きながらママを見ていた。ママがひどくやつれているのに初めて気づいた。いつもはピーナッツペーストみたいに滑らかな肌が、水気が吸い取られて、灰みたいで、ハルマッタンで砕けた土のような色をしている。ジャジャが目で話しかけてきた。「ママが吐いたらどうする？」わたしは自分のドレスの裾《すそ》をつまみあげた。ママがそこに吐きもどせるように。そうすればベネディクト神父の家で大騒ぎにならずにすむ。

その家は建築家が、自分が設計しているのは教会じゃなくて住居だったのか、とあとから気づいたような建物だった。ダイニングルームに通じるアーチは祭壇の入り口みたいだったし、アルコーヴに置かれたクリーム色の電話は秘蹟が施されるのをいまかいまかと待ちかねてるみたいで、リビングの向こうの小さな書斎は、たぶん、最初は聖書やミサ用式服や予備の聖杯をしまう聖具室として設計されたんだ。

「ブラザー・ユジーン！」とパパを見ていうベネディクト神父の、血の気の失せた顔に笑みが浮かんだ。神父はダイニングテーブルで食事をしていた。茹でたヤム芋のスライスはランチ風だけど、卵焼きの皿もある。なんだか朝食みたいだ。いっしょに食事を、と神父はいった。パパは一同を代表して辞退してから、テーブルに近づき、低い声で話しかけた。

ベネディクト神父が「お元気ですか、ベアトリス？」ときいていた。リビングにいるママに聞こえるように声を張りあげている。「具合が悪そうですが」

「だいじょうぶです、神父さま。お天気のせいで起きるいつものアレルギーです、ハルマッタンと雨季の境目の」

「カンビリとジャジャ、きみたち、ミサはよかったかな？」

「はい、神父さま」ジャジャとわたしが同時に答えた。

それからすぐに司祭館を出た。いつもより早めだった。車のなかのパパは無言で、歯を食いしばるみたいに顎《あご》が動いている。みんな黙ってカセットプレイヤーから流れる「アヴェ・マリア」を聞いていた。家に着くとパパの茶器が並んでいた。小さな飾り取手のついた陶器のティーポットもある。シシが出しておいたのだ。パパが祈禱書と会報をダイニングテーブルに置いて腰をおろした。ママがパパのまわりでうろうろしている。

「お茶を注がせてください」とママがいった。これまでママがパパのお茶を注ぐことはなかった。パパはママを無視して自分のお茶を注ぎ、それからジャジャとわたしにそれを飲むよう命じた。ジャジャが一口飲んでカップを皿にもどした。パパがそれを取ってわたしに渡した。わたしは両手で受けとり、お砂糖とミルクの入ったリプトンの紅茶を一口すすり、皿にもどした。

「ありがとう、パパ」といいながら、舌を焼く愛を感じていた。

着替えのために、ジャジャとママとわたしは二階へ行った。静かに、足音をたてないよう気遣いながら階段を上る、いつもの日曜とおなじだ。パパが昼寝を終えてお昼ご飯になるのを待つ静かな時間、パパから聖書の一節か、初期キリスト教教父の本をあたえられて、それを読んで瞑想する静かな自省の時間。夕べにロザリオの祈りをする静けさ、そのあと聖体降福式を受けるため教会へ走らせる車のなかの静けさ。日曜日は家族の時間も静かだった。チェスをやったり新聞について話すこともなく、安息日にふさわしくすごした。

「たぶん今日はシシがひとりでお昼ご飯をこしらえてくれるよね」階段のカーブを上りきったときジャジャがいった。「ご飯の前にママは休まなくちゃ」

ママはなにかいおうとしたけど、手をぱっと口にあてたまま急いで自分の部屋に入っていった。喉の奥から絞りだすように激しく吐きもどす音を聞いてから、わたしは自分の部屋に入った。

お昼ご飯はジョロフライスと、骨がパリパリになるまで揚げた握りこぶしほどの魚《アズ》の塊、それにングオングオ（山羊の臓物と野菜類を唐辛子で煮こんだスープ）だ。ングオングオはパパがあらかた一人で食べた。パパがスプーンでピリ辛スープをガラスのボウルに取り分けている。テーブルには沈黙が垂れこめて、雨季のさなかに立ちこめる青黒い雲みたいだ。ときおり聞こえるのは、家の外でさえずるオチリ（白鷺の仲間）の鳴き声だけ。毎年、オチリは最初の雨が降る前にやってきて、ダイニングルームのすぐ外のアヴォカドの木に巣を作る。ジャジャとわたしが地面に落ちた巣を見つけると、細枝と枯れ草を巻きつけた巣に、オチリが裏庭のゴミ箱から拾ってきたのか、ママがわたしの髪を編むときに使った糸切れが混じっていた。

　最初に食べ終わったのはわたしだ。「ありがとうございます、神さま。ありがとうございます、パパ。ありがとうございます、ママ」といって腕を組み、みんなが食べ終えてお祈りの姿勢になるのを待った。だれの顔も見ないで、真向かいの壁にかかった祖父の写真をじっとにらんでいた。

　パパがお祈りを始めた。少し声が震えてるみたいだ。最初に食物への感謝を述べてから、神の意思をくじこうとした者を、身勝手な欲望を優先してミサのあと神のしもべを訪ねたくないといった者をお赦しくださいといった。ママの「アーメン！」という声が部屋中に響きわたった。

　お昼ご飯のあと、家族の時間にはキリストが病者に聖油を塗る話が聖書に出てくることを話そうと思って、部屋でヤコブの手紙第五章を読んでいた。そのとき、その音が聞こえてきた。素早くて鈍い音。両親の部屋の手彫りのドアにドスッドスッとぶつかる音が立てつづけに聞こえた。建てつけの悪くなったドアをパパが開けようとしてるんだろうか。それにちがいないと強く思えば、本当のことになるかもしれない。腰をおろして目をつむり、数えはじめた。数えればそれほど長くない気がした。それほどひどくない気がした。二十までいかないうちに終わることもある。十九まで数えたとき、音がやんだ。ドアの開く音がした。階段を降りるパパの足音がいつもより重たく、なんだかいつもとちがっている。

　部屋から出るとジャジャも自分の部屋から出てきたところだった。踊り場に立って、二人して、パパが降りていくのをじっと見ていた。パパが肩にかついでいるのはママだ。ママの体が、パパの工場労働者たちがセメボーダー（ベナンとナイジェリアの国境地域）でまとめ買いする米の麻袋みたいに、だらりと垂れている。パパがダイニングルームのドアを開けた。それから玄関のドアが開く音がして、門番のアダムーにパパがなにかいうのが聞こえた。

「床に血が」とジャジャがいった。「バスルームからブラシを取ってくる」

　二人で血痕をきれいにした。ぽたぽたと漏れる赤い水彩絵具の入った瓶を運んだみたいに、血痕は階下まで続いていた。ジャジャがブラシで擦《こす》って、わたしが拭いた。

　その夜、ママは帰ってこなかった。だから晩ご飯はジャジャとわたしだけで食べた。ママのことは話さなかった。代わりに二日前にみんなの目の前で処刑された三人の男のことを話した。薬を密売したためだ。ジャジャが学校でほかの生徒たちが話してるのを聞いてきたのだ。テレビでやってたって。柱に縛りつけられた男たちに銃弾が撃ちこまれたあと、しばらくたっても体がひくひく震えてたって。わたしはクラスの女の子がいってたことをジャジャに教えた。その子のママはテレビを消して、なんでおなじ人間が死ぬとこを見なきゃいけないの、処刑現場に集まった人たちは間違ってるといっていたと。

　晩ご飯のあとジャジャが食物への感謝を述べて、最後に短くママのことを祈った。日課表通りに自分の部屋で勉強をしているとき、パパが帰ってきた。わたしが『中学生のための農業入門』のカバーの折り返しに妊娠した女の人の絵を描いていると、パパが部屋に入ってきた。目が赤く腫れあがって、実年齢より若くて傷つきやすそうに見えた。

「お母さんは明日帰ってくる。おまえが学校からもどるころだ。お母さんはだいじょうぶ」

「はい、パパ」わたしはパパの顔から目をそらして、読んでいた本にもどった。

パパの手がわたしの両肩をつかんで、優しく円を描くように撫でた。

「立ちなさい」というので立つと、パパはわたしをハグした。強く抱きしめられたので、パパのやわらかな胸の奥で心臓の鼓動が感じられた。


次の日の午後、ママが帰ってきた。ケヴィンが、助手席のドアに派手に工場名が書かれたプジョー505にママを乗せてきた。わたしたちの通学用に使われる車だ。ジャジャとわたしは玄関近くに肩を寄せあうようにして立って待っていた。ママがドアを開けようとする前に、わたしたちがドアを開けた。

「ウム・ム（わたしの子供たち）」といってママは二人をハグした。ママは胸に「神こそ愛」と書かれた白いTシャツを着たままだ。ウエストに巻かれた緑色のラッパーがこれまでより長く垂れて、横で無造作に結ばれている。目がうつろだ。街なかで、薄汚れたぼろ布の合財袋を引きずりながら、残飯を漁《あさ》りまわる気のふれた人の目みたいだ。

「事故があって、赤ちゃんが死んだ」

わたしはちょっと後ろに身を引いて、ママのお腹をまじまじと見た。まだなんとなく大きい。まだゆるやかなアーチを描いてママのラッパーを押しだしている。赤ちゃんが死んだって本当かな？ママのお腹をじっと見てるとシシがやってきた。シシはほお骨がすごく高いせいで、とんがった、妙にニヤけた表情になる。なんだか人を小馬鹿にして嘲《あざけ》ってるみたいだけど、なぜかは絶対にわからない表情だ。「お帰りなさいませ、マダム。お食事になさいますか、それともお風呂になさいますか?」「え?」一瞬ママはシシのいったことがわからなかったみたいだ。「いまはだめ、シシ、いまはだめ。お水とタオルを持ってきて」とママはいった。

ママはリビングのまんなかで自分の体を抱きしめるようにして立っていた。ガラステーブルのそばだ。そこへシシが水の入ったプラスチックのボウルとキッチンタオルを持ってきた。飾り棚には壊れやすいガラスの棚板が三枚あって、それぞれにベージュのバレリーナの立像が置かれている。ママはいちばん下から始めて、棚と立像の両方を磨いていった。わたしはママにいちばん近い革張りのソファに腰をおろした。手を伸ばせばママのラッパーをまっすぐにしてあげられる。

「ソネ（おまえ）、勉強の時間よ。二階に行きなさい」

「ここにいたい」

ママはゆっくりと立像を布で拭いていった。「ソネ、行きなさい」といって、天井を向いたバレリーナのマッチ棒のような足を拭きつづけた。

わたしは二階へ行って座り、教科書をにらんだ。黒い活字がぼやけて、文字が隣の文字と重なり、泳ぎはじめて、やがて鮮やかな赤に変わった。鮮血の赤だ。血は水のようにママから流れだして、わたしの目からあふれた。

あとから晩ご飯のときに、パパが十六の異なるノヴェナ（カトリックで、九日連続で唱える祈り）の祈りをするといった。ママの赦《ゆる》しのために。それで聖霊降臨祭の次の日曜に、ミサが終わったあともわたしたちは残ってノヴェナを唱えはじめた。ベネディクト神父が聖水を振りかけた。唇にかかった聖水がお祈りのあいだ、塩っぽいムカつくような味がしていた。もしも聖ユダ使徒への嘆願の十三番目の祈りのところで、ジャジャかわたしがうとうとしはじめたら最初からやりなおしだぞとパパはいった。きちんとやらなければいけなかった。わたしは考えなかった。考えようともしなかった。なんのためにママが赦しを請わなければいけないかなんて。

教科書を読むたびにことばが血のにじみになった。最初の学期末試験が近づいても、授業で習ったことの復習を始めたときも、ことばから意味が伝わってこなかった。

試験初日を数日後にひかえて部屋で勉強しながら、一度に一語だけに集中しようとしていると、玄関のドアベルが鳴った。イェワンデ・コーカー、パパが雇っている編集者の妻だった。泣いている。声が聞こえたのはわたしの部屋がリビングの真上にあったからで、それにあんなに大きな泣き声を聞いたことがなかったからだ。

「連れていかれました！　連れていかれたんです！」と嗚咽《おえつ》のあいまに漏れるのが聞こえた。

「イェワンデ、イェワンデ」パパの声はずっと低かった。

「どうすればいいんですか、サー？　三人も子供がいるのに！　まだ乳離れしてない子までいるのに！　どうやってわたし独りで育てるんですか？」よく聞き取れなかったけど、喉から絞りだす音ははっきり聞こえた。するとパパが「イェワンデ、そんなふうにいうもんじゃない。アデはだいじょうぶ、約束する。アデはだいじょうぶだ」といった。

ジャジャが部屋から出る音が聞こえた。階下に降りてキッチンに水を飲みにいくふりをしてリビングのドア近くで立ち止まり、聞き耳を立ててる。二階にもどってきて、アデ・コーカーが車でスタンダード紙の編集室から帰宅する途中、兵隊に逮捕されたんだと教えてくれた。運転席のドアが開けっぱなしの車が道端に放置されていたそうだ。アデ・コーカーが車からひっぱりだされて、別の車に押しこまれるところを想像した。きっと兵隊が何人も乗った黒いステーションワゴンで、窓から銃を突きだしてたんだろう。恐怖にアデ・コーカーの両手がぶるぶる震えて、ズボンに染みが広がるところを想像した。

逮捕されたのは、スタンダード紙の最新号が一面トップに載せた記事のせいだ。わかってる。記事は、国家元首と妻が金を出してヘロインを海外に運ばせていたことを報じていた。つい最近、三人の男が処刑されたのを疑問視し、麻薬密売組織の本当のボスはだれかと問いかけていた。

ジャジャが鍵穴からのぞくと、パパがイェワンデの手を取って「神を信ずる者が捨ておかれることがありませんように」と何度も祈っていたという。

おなじことばを自分にいいきかせたのは、次の週に受けた試験のときだ。学期の終業日に試験結果を書いた成績表を胸に押し当てながら、ケヴィンの運転する車で家に帰るときも、何度も自分にいいきかせた。女子修道院のシスターたちは封をしないで成績表を渡してくれた。クラスで二番目の成績になっていた。「二十五人中の二番」と書かれていた。担任のシスター・クララは「カンビリはこの年齢にしてはとても頭がよく、物静かで責任感も強い」と書いていた。学校長のマザー・ルーシーは「聡明で従順な生徒で、自慢できる娘さんです」と。でもパパは自慢しないだろう、わかってる。ジャジャもわたしも、これまでにさんざんいわれていたからだ——おまえたちが聖ニコラス高校や純心女子学院で他の子供に抜かれるような無駄な金を出すつもりはない、不信神な自分の父親、おまえたちの祖父にあたるパパ・ンクウはもちろん、自分には学費を出してくれる者などいなかった、それでも、いつも一番だった。パパの自慢の娘になりたかった。パパとおなじようにいい成績をとりたかった。わたしの首筋に手を置いたパパから、おまえは神の意図にかなう行いをしている、といわれたかった。しっかりハグされて、多くあたえられた者は多く求められる、といってもらいたかった。パパに笑顔で笑いかけられ、パパの笑顔を照らすものにわたしの心が温められる、そうなりたかった。でも二番になってしまった。失敗でわたしは汚れてしまった。

ケヴィンが車寄せに停車しないうちに、ママがドアを開けてくれた。学期の終業日は、いつも正面玄関のそばで待っているのだ。ママはイボ語で褒め歌を歌いながらジャジャとわたしをハグして、手のなかの成績表を大事そうに撫でた。ママが家で声を出して歌うのはそのときだけだ。

「オ・メ・ムマ、チネケ、オ・メ・ムマ（よい行いをする人よ、神よ、よい行いをする人よ）……」とママは歌いはじめたけど、わたしが声をかけると歌をやめた。

「ただいま、ママ」

「ンネ、うまくいった？　浮かない顔ね」ママは一歩わきによけてわたしを通した。

「二番になっちゃった」

ママはちょっと黙った。「ご飯、食べましょう。シシがココナッツライスを作ったから」

パパが家に帰ってきたとき、わたしは勉強机にむかっていた。のっしのっしと二階にあがってくる足音で、頭のなかが掻《か》きまわされる気がした。パパはまずジャジャの部屋へ行った。いつだってジャジャが先だ。パパは自慢げにジャジャをハグして、腕をジャジャの肩に置いてるんだろうな。でもパパはジャジャの部屋からしばらく出てこなかった。科目ごとの点数を見てるんだ、前の学期から評価が一、二、下がっていないかチェックしてるんだ。体中の水分が膀胱《ぼうこう》に流れこむのを感じてトイレに駆けこんだ。出てくるとパパがいた。

「お帰りなさい、パパ」

「学校の成績はよかったかな？」

二番になったといいたかった、そうすればパパはすぐにわかるし、自分の失敗を認めることになるから。でも「はい」といってしまった。そういって成績表を渡した。パパは気が遠くなるほどゆっくりとそれを開いて、長い時間をかけてそれを読んだ。待っているあいだ、わたしは自分の呼吸を整えようとしたけど、うまくいかない。予想した通りだ。

「一番になったのはだれだ？」ついにパパが口を開いた。

「チンウェ・ジデゼ」

「ジデゼ？　前の学期に二番だった子か？」

「はい」胃がきりきりして、あたりに響くような大きな音をたてる。お腹をへこませてもぜんぜん鳴りやまない。

パパは長いこと成績表をにらんでから「夕食だ、下へおりなさい」といった。

階下へ行くときは、足の関節がなくなって、長い棒切れになったみたいだった。パパは新しいビスケットの試食品を持ち帰っていて、晩ご飯の前にその緑色の箱をまわした。わたしはビスケットをちょっとかじった。「とっても美味しい」

パパもかじってもぐもぐ食べて、それからジャジャを見た。

「さわやか味だ」とジャジャがいった。

「とてもいい味だわ」とママ。

「神のお恵みがあれば売れるだろう」とパパ。「わが社のウエハースは順調に売れていて、これはその二番手だ」

パパがしゃべっているとき顔を見なかった、できなかった。茹でたヤム芋と香辛菜が口蓋《こうがい》にくっついて、喉を通らない。保育園の入り口で母親にくっついて離れない子供みたい。呑みこむために水を何杯もがぶ飲みして、パパが感謝のお祈りを始めるころにはお腹が水でぱんぱんだった。パパはお祈りを終えると「カンビリ、二階へ来なさい」といった。

パパの後ろについていった。赤いシルクのパジャマを着たパパが階段を上るとき、お尻がぶるんぶるん震えた。アカム（トウモロコシで作るプディング）みたい、ちゃんと料理したゼリー状のアカム。パパの寝室は内装がクリーム色で、毎年少しだけちがう色調に替えられた。踏み入れた足がすっぽり沈むフラシ天の絨毯はシンプルなクリーム色、カーテンは縁に薄い茶色の刺繍がついて、クリーム色の革張りの肘掛け椅子が二脚ピッタリ寄せて置かれ、そこに座った人はひそひそ話をすることになってるみたい。そんなブレンドされたクリーム色のせいで部屋はものすごく広く、終わりがないように見えた。走ろうとしても走れない、駆けこめる場所がないから。子供のころは天国ってパパの部屋みたいなところかなと思っていた。柔らかくて、クリーム色で、終わりがない。家の外でハルマッタンの雷がゴロゴロ鳴りはじめると、パパの腕のなかに潜りこんだものだった。窓の網戸にマンゴーの実を投げつけるハルマッタン、電線がぶつかりあってパチパチとオレンジ色の火花を飛ばすハルマッタン。パパは両膝にわたしを挟み、クリーム色の毛布でくるんでくれた。その毛布の匂いでほっとしたものだった。

そのおなじ毛布の上に、ベッドの端に、いまわたしは腰をおろしている。スリッパを脱いで両足をカーペットに沈ませて、そのままにしていることにした。そうすればつま先だけでもふわふわを感じていられる。わたしの一部だけでも安心していられる。

「カンビリ」パパの声がした。ため息をついてる。「今学期はベストを尽くさなかったな。二番になったのは、おまえがそうしたからだ」パパの目が悲しげだ。暗く悲しげだ。パパの顔に触れたかった、パパの弾力のあるほおに手を走らせたかった。パパの目がわたしには絶対わからないことを語っていたから。

電話が鳴った。アデ・コーカーが逮捕されてから電話がしょっちゅう鳴るようになった。パパが低い声で話している。わたしは腰かけて待っていた。パパが顔をあげてもう行っていいと手を振った。次の日は呼ばれなかった。その次の日も、わたしの成績表のことで、どんな罰をあたえるか告げられることはなかった。アデ・コーカーのことで頭がいっぱいなのかもしれない。その一週間後にコーカーを刑務所から出してやったあとも、パパは、わたしの成績表のことは口にしなかった。アデ・コーカーを刑務所から出すという話もしなかった。コーカーがスタンダード紙の社説に、自由の価値について、自分のペンが真実を書くことをやめることはない、やめることはできない、と書いているのを見ただけだ。でもコーカーは、どこに拘禁されていたか、だれに逮捕されたか、どんなことが起きたかは一切書かなかった。追伸にイタリック体で、発行者である「誠実なひとりの男、わたしの知るもっとも勇敢な男」への謝辞が書かれていた。家族の時間にカウチでママの隣に座って、その文を何度もくりかえし読んで目を閉じると、つんとくるあの感じがした。ベネディクト神父がミサでパパのことを話すときに感じるのとおなじ感じ、くしゃみが出たあとの、あの、ぞくっとする感じだ。

「アデが無事に出てこれたのは神さまのおかげ」手で新聞をなぞりながらママがいった。

「やつらはあいつの背中に煙草を押しつけた」パパが首を振りながらいった。「何本も何本も押しつけたんだ」

「報いを受けることでしょう、今生ではないにしろ」とママがいった。パパはママに笑いかけたりしなかった――ひどく悲しそうで、笑顔を見せる気になれないみたいで――でも、ママがいう前にわたしがいえばよかったと思った。パパがママのことばが気に入ったのがわかったから。

「これからは地下出版になる」とパパ。「もうスタッフの安全が確保できない」

地下出版というのは新聞がどこか秘密の場所で発行されるってことだ。でも、つい地下の事務所にいるアデ・コーカーやスタッフの姿を想像してしまった。蛍光灯が暗い湿った部屋を照らして、男たちが机に向かって身をかがめて真実を書いているところを。

その夜、パパのお祈りはいつもより長く、パパはこの国を支配する不信心な男たちに鉄槌《てっつい》を下してくださいと祈った。そして何度も何度も「ナイジェリア人民を加護する聖母マリアさま、われらのためにお祈りください」と唱えた。


学校休みは短かい。たったの二週間だ。学校が始まる前の土曜日に、ママはジャジャとわたしを連れて市場へ行って、新しいサンダルとバッグを買った。買う必要なんかなかったのに。だってバッグも茶色の革サンダルもまだ新しく、前の学期に使いはじめたばかりだったから。でも、パパの許可なしで、ケヴィンが運転する車の窓をめいっぱい開けて三人だけで外出できるのは、新学期前に市場に行くときだけなのだ。市場が始まるあたりから目に入ってくるのは、ごみ捨て場の近くにいる半裸のおかしな人たち、立ち止まって平気でジッパーを下げてすみに放尿する男たち、女たちは小山にした緑の野菜類を大声で値切っているらしく、そのうち店の後ろから親玉が顔を出した。

市場のなかに入ると、物売りが暗い通路沿いに「こっち、こっち」とか、「あんたの欲しいものがあるよ」といって、客の欲しいものなどおかまいなしにひっぱるので、その手を振り払った。血だらけの肉やかび臭い干し魚の異臭に顔をしかめたり、蜂蜜《はちみつ》売りの屋台にびっしりたかる蜂を頭を低くして避けたりした。

ママが買ったサンダルと布を抱えて帰るとき、野菜売りの屋台のまわりに人だかりができていた。さっき通り過ぎた道路沿いの店だ。兵士が歩きまわってる。市場の女たちが叫んでいた。頭の上に両手をのせてる人が多い。絶望やショックをあらわす身振りだ。地面に倒れて、泣き叫びながら短いアフロヘアをかきむしってる女がいた。ラッパーがほどけて白い下着が見えてる。

「急いで」といってママがジャジャとわたしのそばに寄ってきたので、兵士や女たちが見えないようにしたいんだなと思った。足早に通り過ぎるとき、女が兵士に唾《つば》を吐くのが見えた。兵士が鞭《むち》を振りあげた。鞭は長かった。空中でくるりと輪を描いて女の肩にあたった。別の兵士が果物のトレーを蹴り倒し、パパイヤをブーツで踏《ふ》み潰《つぶ》して笑った。車に乗るとケヴィンがママに、あの野菜売りの屋台は違法だから取り壊せって命令が出てるんですよといった。ママは無言のまま、女たちの姿を確認するように窓の外をちらりと見た。

家に帰るあいだ、地面に身を投げだしていた女の人のことを考えた。顔は見えなかったけどあの女の人をわたしは知ってる、と思った。前から知ってる人だ。そばに行って助け起こして、ラッパーについた赤土を払ってあげればよかった。

月曜になって、パパが車で学校まで送ってくれるときも、その人のことを考えていた。パパはオグイ通りで車の速度を下げて、道端にいる乞食にパリパリのナイラ札を投げあたえた。近くでは子供たちが皮を剝《む》いたオレンジを売り歩いてる。乞食はまじまじと紙幣を見てから立ちあがり、走り去るわたしたちに手を振った。ぴょんぴょん跳びあがりながら手をたたいてる。きっと足が悪いんだ。バックミラーに映る姿を見えなくなるまでじっと見ていた。それで市場にいた泥だらけの女の人のことを思いだしたのだ。あの男の抑えきれない喜びようには、市場の女のどうしようもない絶望に近いものがあった。

純心女子学院の敷地を取りまく壁は、家の敷地を囲う壁とおなじようにとても高いけど、壁の上からコイル状の電線の代わりにギザギザに割れた緑色のガラス片が突きでていた。パパはその壁を見て決心が変わったのだといった。わたしが小学校を卒業したときだ。規律は大事だ、若い者が壁をよじのぼって街へ行って好き勝手するのを放っておいちゃだめなんだ、連邦政府のカレッジでやってるようなのは、とパパはいった。

学校の門が近づくと「あいつらは車の運転もできないのか」とパパが低くつぶやいた。ぎっしりと車間をあけずに停車した車が警笛を鳴らしあっている。「学校の敷地に一番のりしたって褒美がでるわけじゃあるまいし」

物売りや、わたしよりずっと幼い少女たちが、学校の門衛の制止を振り切って、車に近づけるだけ近づき、皮を剝いたオレンジやバナナ、ピーナッツを売りつけている。虫に食われたブラウスが肩からずりおちていた。パパがようやく学校の敷地内に車を入れて、バレーボールのコート付近に止めた。きれいに刈りそろえた広い芝生の向こう側だ。

「おまえの教室はどこだ?」

マンゴーの木立のそばの建物をわたしは指差した。パパがいっしょに車を降りた。どうするんだろう。なんでパパはここに来たんだろう。なんで自分でわたしを学校に送ってきて、ケヴィンにはジャジャを送るようにいったんだろう。

教室まで歩いていく途中、シスター・マーガレットがパパを見て嬉しそうに手を振った。生徒とその親たち数人に囲まれていたのに、すぐに、のっしのっしと歩いてきた。シスターの口から気前よくことばがあふれた。お元気でいらっしゃいますか、純心女子学院でのお嬢さんの進歩にご満足でしょうか、来週の司教さまのためのレセプションにはいらっしゃいますか?

パパは話し方をすっと変えて英国風になった。ベネディクト神父に話しかけるときみたいだ。パパは慇懃《いんぎん》だった。神父や修道女にはいつだって、白人の場合はとりわけ、相手を喜ばせる話し方をするべきだと思っていた。純心女子学院の図書館改装のために小切手を渡したときみたいな慇懃さだ。ちょっと教室を見にきただけです、とパパはいって、シスター・マーガレットの気遣いをさらりとかわした。

「チンウェ・ジデゼはどこだ?」と教室の前にきたパパがきいた。女子がドア付近に集まっておしゃべりしている。あたりを見ていると、こめかみがずきずきしてきた。パパはなにをする気だろ?

集まった女子のまんなかにチンウェの明るい肌色の顔が見える。いつものように。

「まんなかにいる子」とわたしはいった。パパは話しかけるのかな？　一番になったからって耳をひっぱるのかな？　もう、地面がぱっくり口をあけて学校の敷地ごと呑みこんじゃえばいいと思った。

「彼女を見ろ」とパパ。「頭がいくつある？」

「ひとつ」そんなこと、見なくてもわかってるけど、とにかくチンウェに目をやった。

パパがポケットから小さな鏡を取りだした。コンパクトみたいに小さい鏡だ。「鏡を見ろ」

わたしはパパをにらんだ。

「鏡を見ろ」

鏡を受け取って、のぞきこんだ。

「頭がいくつある、グボ（ええっ）？」パパがきいた。イボ語でしゃべるなんて初めてだ。

「ひとつ」

「あの子の頭もひとつだ、ふたつじゃない。なんであの子が一番になるのを放っておいた？」

「二度とそうならないようにします、パパ」風《イクク》が起きて小さな土埃《つちぼこり》をあげている。くるくると巻く茶色い渦、バネがほどけるみたいに。舌に砂の味がした。

「なんでわたしがこんなに必死で働いてると思う？　おまえとジャジャに最良のことをしてやるためだ。こんなに恵まれてるんだから、ちゃんと結果を出さなければ。神はおまえに多くをあたえてくださったのだから多くを望んでいる。神は完璧を望んでいるんだ。わたしには最良の学校へやってくれる親がいなかった。父親は木と石の神を崇めることに多くの時間を浪費した。キリスト教伝道団の修道士や修道女がいなければ、いまのわたしはない。教区の神父の家で二年もハウスボーイをやった。そう、ハウスボーイだ。学校まで車で送ってくれる者などいなかった。ニモまで八マイルの道を毎日歩いたんだ。小学校を卒業するまでだぞ。聖グレゴリア中等学校に通うあいだは庭師をした」

どれもさんざん聞いた話だった。どれほど必死に働いたか、伝道団に属する修道女や修道士になにを教えられたか、偶像を崇拝する父親、祖父のパパ・ンクウからは絶対に学べないことを。でもわたしはうなずいて黙って聞いていた。クラスの子たちが、なんであの子の父親がわざわざいっしょに学校へ来て長々と教室の前で話してるんだろと思わなければいいけど、と思いながら。ついに話が終わって、パパは鏡をポケットにもどした。

「迎えはケヴィンが来る」

「はい、パパ」

「じゃあ。しっかり勉強しなさい」といってパパはわたしを片手で軽くハグした。

「はい、パパ」パパが花のない緑の茂みに縁取られた小道を歩いていく。それを見ていると朝礼のベルが鳴った。

朝礼は騒がしかった。マザー・ルーシーが何度か「さあ、みなさん、静かにして」といわなければならなかった。わたしはいつものように列の先頭に立っていた。後ろは徒党を組んで先生の目を盗んでくすくす笑ったり、小声でおしゃべりしたりする子の場所だったから。先生たちが高い演台に、白と青の修道服を着たひょろりとした彫像みたいに立っている。カトリックの讃美歌集から「歓迎の歌」を歌ったあと、マザー・ルーシーが「マタイによる福音書の五章十一節」を読み、それからみんなで国歌を歌った。純心女子学院で国歌を歌うようになったのはそんなに前じゃない。歌いはじめたのは去年、子供たちが国歌や誓いのことばを知らないのを心配した父母がいたからだ。歌いながらシスターたちを見た。歌っているのはナイジェリア人のシスターだけだった。黒い肌に白い歯がきらきらしている。白人のシスターたちは腕組みをして突っ立ったり、腰のところに垂らしたガラスビーズのロザリオに軽く触れたりしながら、生徒全員の口が動いているか注意深く見張っていた。歌が終わるとマザー・ルーシーが、ぶあついレンズの奥で目を細めて列を見わたした。いつも生徒をひとり指名して誓いのことばをいわせ、そのあと全員に復唱させるのだ。

「カンビリ・アチケ、誓いのことばを始めて」

マザー・ルーシーがわたしを指名するなんて初めてだった。口を開けたけれど、ことばが出てこない。

「カンビリ・アチケ?」マザー・ルーシーと学校の人たち全員の視線がわたしに注がれた。咳払いをして、ことばをしぼりだそうとした。誓いのことばは覚えていたし、考えていたところだった。なのにことばが出てこない。脇の下にじわっと汗が滲《にじ》んだ。

「カンビリ?」

やっとの思いで、つっかえつっかえ「わたしは祖国ナイジェリアに誓います/誠実であることを、忠実であることを、正直であることを……」といった。

ほかの生徒たちが復唱するあいだにゆっくり息を整えようとした。朝礼が終わると列になって教室へ向かった。クラス全員がいつもの通り、ガタガタと椅子を動かして席につき、机の埃を払い、黒板に書かれた新学期の予定表を書き写した。

「休みはどうだった、カンビリ?」エズィンネが身を寄せてきてきいた。

「まあまあ」

「外国へ行った?」

「ううん」とわたし。ほかになんていっていいかわからなかったけど、いいたかったのは、エズィンネがいつも、わたしがぎこちなく口ごもったりしても優しくしてくれるので嬉しいってことだった。わたしを笑わないし、みんなみたいに陰で「裏庭のスノッブ」と呼んだりしないエズィンネに、ありがとうといいたかった。なのに口から出てきたのは「旅行したの？」だった。エズィンネは笑った。「あたしが？　オ・ディ・エグウ（まさか）。旅行するのはあんたやガブリエラやチンウェみたいにお金持ちの親がいる人だけでしょ。あたしなんかおばあちゃんの村に行くくらいだよ」

「そっか」

「なんで今朝、パパが来たの？」

「あたし……あたしの……」といってから息を吸いこんだ。そうしないともっとつっかえそうだった。「教室を見たかったみたい」

「あんたってパパ似だね。おっきくないけど、体つきとか肌の色とか、おんなじ」とエズィンネ。

「うん」

「前学期チンウェがあんたから一番の席次をとっちゃったって聞いたけど、アビ（ホント）？」

「うん」

「ご両親、気にしなかったよね、きっと。ああ、ああ！　あんた五年生になってからずっと一番だったのに。チンウェはパパがロンドンに連れてってくれたってさ」

「へえ」

「あたしなんか五番だったけど、それだってあたしにしちゃ大出来ですよ。だって前の学期は八番だったもん。このクラスってみんなすっごく出来るよね。あたしだって小学校じゃずっと一番だったのに」

そのときチンウェ・ジデゼがエズィンネの机のところにやってきた。甲高い、鳥みたいな声をしている。「あたし、今学期もクラス委員やりたいから、エズィ蝶々《ちょうちょう》ちゃん、投票よろしくね」とチンウェがいった。制服のスカートがウェストのところでぎゅっと締まって、まるっこい体が8の字みたいに分裂している。

「もち」とエズィンネ。

チンウェがわたしのところを素通りして、隣の席の子におなじことをいった。でも驚かなかった。愛称だけべつのをひねりだしてる。チンウェが話しかけてきたことはなかった。農学の授業で標本集のために野草を集めるおなじグループに入れられたときでさえそうだった。短い休み時間に彼女の机のまわりに女の子たちが群れて、よく大声で笑っていた。いつもみんなチンウェの髪型をそっくりまねた。その週チンウェが「イシ・オウ」にしてたら、みんな太いコイル状の黒髪に糸を巻きつけてきたし、その週チンウェが「シュク」にしてたら、ジグザグのコーンロウを頭のてっぺんでポニーテイルにまとめてきたのだ。チンウェは足の裏になにか熱いものでも触れてるみたいな歩き方をした。片足が床に触れるとすぐにもう一方の足をあげるのだ。長いほうの休み時間にビスケットとコークを買いに売店に向かうグループの先頭にはいつもチンウェがいた。エズィンネによれば、飲み物代はすべてチンウェが払うそうだ。わたしは長い休みはたいてい図書館で本を読んだ。

「チンウェはあんたから話しかけてほしいんだよ」とエズィンネがそっとささやいた。「ほら、あの子があんたのことを裏庭のスノッブって呼びはじめたのは、あんたがだれにも話しかけないからで。パパが新聞社や工場をいっぱい所有してて、お金持ちだからって自分までビッグだなんて思うの変だよっていってた」

「ビッグだなんて思ってないけど」

「今日の朝礼のときみたいにさ、ビッグだって思ってるから、最初マザー・ルーシーに名前を呼ばれても、誓いのことばをすぐに始めなかったんだって」

「マザー・ルーシーに最初に名前を呼ばれたときは聞こえなかった」

「あんたが自分もビッグだと思ってるって、あたしがいってるわけじゃないよ。チンウェとほかの子たちが思ってるってことね。あんたのほうから話しかけてみたらどう。たぶん放課後とか、あんなにすぐに走って帰らないで、門までいっしょに歩いてくとかさ。なんでいっつも走るの？」

「走るのが好きなだけ」といってから、次の土曜日に告白をするときの自分は、あれは嘘《うそ》だったと思うのかな、マザー・ルーシーに最初に呼ばれたのが聞こえなかったという嘘もそこに付け加えるのかな、と思った。ケヴィンはいつも、終業ベルが鳴った直後にプジョー505を学校の門につける。パパの仕事がたくさんあるのでケヴィンを待たせてはいけないことになっていた。だから最後の授業が終わるといつも全速力で、校内体育大会の二百メートル競走のときみたいに走った。一度だけケヴィンがパパに、わたしが数分遅れたと告げ口したことがあって、そのときパパにほおを平手で打たれたのだ。右と左、いっときに。それでパパの大きな手の跡が顔に二本の平行線になって残り、耳が何日もぎんぎん痛んだ。

「なんで？」エズィンネがきいた。「残っておしゃべりすれば、たぶん、あんたがスノッブなんかじゃないってみんなもわかるのに」

「走るのが好きなだけ」とまたわたしはいった。

学期末までクラスのほとんどの子にとって、わたしは裏庭のスノッブのままだった。今学期は絶対に一番にならなければと思うと、そんなこと気にしてる余裕はなかった。学校では毎日、頭に砂利の袋をのせてるみたいだった。落ちそうになっても絶対に手を使っちゃいけないのだ。教科書の文字がまだ赤くにじんで見えた。赤ん坊の弟の霊がまだ細い糸で吊るされてるみたいだった。あとで教科書を読もうとしても絶対理解できないのはわかっていたので、先生のいうことをまる暗記した。テストのあとは決まって、料理しそこねたフフの塊が喉に詰まったみたいになって、練習帳が返ってくるまで消えなかった。

学校がクリスマス休暇に入るのは十二月の初めだ。ケヴィンの運転する車で帰る途中、成績表をのぞきこむと「1／25」とある。字がすごく細い、まさか「7／25」じゃないかと目を凝《こ》らして確かめた。その夜は、ぱっと明るくなったパパの顔と、よくやった、とても誇りに思う、おまえは神の意図をかなえたな、という声を抱きしめて眠りに落ちた。

十二月といっしょに土埃を含んだ風が吹きあれるハルマッタンがやってくる。風がサハラ砂漠とクリスマスの匂いを運んできた。フランジパニの樹から長細い卵形の葉っぱをもぎとり、木麻黄《もくまおう》から針のような葉を引きちぎり、なにもかも茶色の薄い膜で被いつくした。クリスマスはいつも故郷の町ですごす。シスター・ヴェロニカはそれを年に一度のイボの渡りと呼んだ。舌にことばを絡めるあのアイルランドなまりで、理解できませんねえ、どうしてですか、イボの人はみんな故郷の町に大きな家を建てて、十二月にたった一、二週間すごすだけで、あとは都会の狭苦しい居住地に住んで満足してるなんて、といった。なんでシスター・ヴェロニカが理解しなくちゃいけないの、そういうことだってだけなのに、と思った。

出発する日の朝は風が木麻黄の樹をゆさゆさ揺すったので、樹は埃まみれの神に頭《こうべ》を垂れるみたいに、しなり、ねじれ、葉っぱと枝が、サッカーの審判が吹く大きな笛みたいな音を立てた。車寄せに何台か車が止まり、ドアとボンネットを開けたまま、人が乗りこみ、荷物が積まれるのを待っていた。パパがメルセデスを運転した。助手席にママが、後部座席にジャジャとわたしが座った。ケヴィンがシシを乗せて工場の車を運転し、ケヴィンが不在の約一週間、ボルボは工場の運転手サンデーが運転した。

パパがハイビスカスのそばに立って、白いチュニックのポケットに片手を突っこみ、もう一方の手で荷物と車を指差して指令を出している。「スーツケースはメルセデスに、その野菜類もいっしょだ。ヤム芋はプジョー505へ、レミーマルタンのケースとジュースの箱も。そこに入るならオクポロコ（干し魚）も。ライス、ガリ、豆、プランテーンはボルボだ」

積みこまなければいけないものがたくさんあった。門番のアダムーもやってきてサンデーとケヴィンを手伝った。ヤム芋だけでプジョー505のトランクが満杯になった。子犬ほどの大きな塊茎《かいけい》が何本もあったのだ。ボルボの助手席にまで豆の袋が斜めに放りこまれて、眠りこけてる人間みたいだ。ケヴィンとサンデーの車が先発で、その後ろをわたしたちが進んだ。もしも道路封鎖で兵士に止められたら、前の車を見て止まればいい。

　車が門から外の通りへ出る前に、パパがロザリオの祈りを唱えはじめた。最初の主の祈りが十回終わったところでパパは口をつぐみ、続けてママがアヴェ・マリアの祈りを十回唱えた。次の十回はジャジャがやり、わたしの番が来た。パパは慎重にゆっくり車を走らせる。高速道路は一車線なので、大型トラックの後ろになったときは急がない。パパが道路は安全じゃない、アブジャのやつらが中央分離帯と複数車線のある高速道路を作る資金を全部くすねてしまった、とぶつぶついった。車が何台もクラクションを鳴らして追い抜いていく。クリスマス用のヤム芋、ライスの袋、ソフトドリンクのケースをトランクに山のように積みこんだ車が路面を引っ掻きそうだ。

　ナインスマイルでパパはパンとオクパ（バンバラ豆の粉で作ったプディング）を買うために車を止めた。物売りがどっと押し寄せて、ゆで卵、炒《い》ったカシューナッツ、瓶入りの水、パン、オクパ、アギディ（発酵させたトウモロコシ粉で作るゼリー）を大声で売りつけた。車の窓という窓から突っこむようにして「これがいいよ、安くしとくから」とか、「こっちこっち、これがサイコー」とか。

　パンと熱いバナナの皮で包んだオクパしか買わなかったのに、パパは物売り一人ひとりに二十ナイラ札を渡した。みんな口々に「ありがとうございます、神のご加護がありますように」とくりかえした。その声が、アッバが近くなるまで、耳のなかでずっと鳴りつづけた。

　高速道路からの分岐点にある緑色の標識「アッバの町へようこそ」は見落としそうなほど小さかった。パパが未舗装の道へ車を入れると、すぐにメルセデスの車体下部が陽に焼かれた凸凹道にぶつかって悲鳴をあげはじめた。走っていく車にみんなが手を振って「オメロラ！」とパパの称号を叫んだ。泥と藁《わら》の小屋が立ち並ぶすぐ隣に、凝ったメタル装飾の門に守られて、三階建ての家が見え隠れしている。素っ裸か半裸の子供たちが空気の抜けたボールを蹴ってサッカーをしていた。男たちは木陰のベンチに腰かけ、牛の角や曇《くも》ったガラスのマグでヤシ酒を飲んでいる。田舎の家の大きな黒い門に着くころには、車は土埃に被われていた。屋敷の門のそばにぽつんと生えているウクワの木の下で、三人の年寄りたちが立って手を振りながら「ンノ・ヌ（お帰り）！　ンノ・ヌ（お帰り）！　帰ってきたんですね？　すぐにごあいさつに行きます！」と叫んでいた。門番が門を大きく開けた。

「神よ、ありがとうございます。無事に旅ができました」といってパパは十字を切りながら車を敷地に入れた。

「アーメン」とわたしたち。

屋敷を目にすると、いまでも息を呑む。四階建ての壮麗な白い建物の正面には水を高く噴きあげる噴水があって、両側にココナッツの木がそびえ、前庭にオレンジの木がポツポツと植わっている。パパにあいさつするため三人の小さな少年が敷地に駆けこんできた。車を追いかけて未舗装の道路を走ってきたのだ。

「オメロラ！　こんちは、サー！」と子供たちが声をそろえる。半ズボンしかはいてないので、どの子の臍《へそ》もちっちゃな風船みたいだ。

「ケドゥ・ヌ（元気でやってるか）？」とパパはいって、大きな布製のバッグから財布を取りだし、それぞれに十ナイラ札をあたえた。「親にちゃんとこの金を見せて、よろしくといってたって伝えるんだぞ」

「はいっ、サー！　ありがと、サー！」子供たちは歓声をあげながら脱兎《だっと》のごとく敷地から駆けていった。

ケヴィンとサンデーが食料の荷物をおろしているあいだに、ジャジャとわたしはメルセデスからスーツケースを運びだした。ママはシシと鋳鉄製《ちゅうてつせい》の料理用鼎《かなえ》を設置するため裏庭へ向かった。家族の食事はいつもキッチンの灯油コンロで料理された。でも来客用のライスやシチューやスープを作る鍋はすごく大きいので金属製の鼎にかけるのだ。山羊《やぎ》を一頭まるごと放りこめる大鍋もあった。ママとシシが料理することはなく、そこにいて見てまわり、塩を加えてとか、マギー・キューブを足してとか、もっと道具を出してとか指図するだけだ。実際に料理をするのは村からやってきて、奥さま、どうぞお休みくださいい、都会のストレスでさぞやお疲れになったことでしょうから、というウムンナの妻たちで、あとから料理の残りを——大きな肉の塊、ライスと豆、ソフトドリンクやマルティナやビールの瓶を——家に持ち帰るのが恒例なのだ。クリスマスにはいつも、村じゅうの人に行き渡るよう食べ物をこしらえることになっていた。やってきた人がみんな食べたり飲んだりして、パパのいう、それなりに満足して帰るようにいつも準備をした。パパの称号は「オメロラ、村人たちのために行う人」だった。でも客を迎えるのはパパだけじゃなかった。大きな門をした大きな家にはどこも村人たちが押し寄せたのだ。プラスチック容器にしっかり蓋《ふた》をして持ち帰る人さえいた。それがクリスマスだった。

　ジャジャとわたしが二階で荷物をほどいているとママがやってきて「アデ・コーカーがラゴスへ行く途中に家族と立ち寄って、クリスマスのあいさつにきてるから、降りてきてごあいさつなさい」といった。

　アデ・コーカーは背の低い、小太りの、大きな声で笑う人だ。会うたびに、この人がスタンダード紙の社説を書いているところを思い描こうとしたけど、兵士たちをものともせずに戦う姿を想像しようとしたけど、できなかった。ぬいぐるみの人形みたいなのだ。いつもにこにこして、ふかふか枕みたいなほっぺたにえくぼが浮かんでいる。えくぼはだれかが小枝を突いてつけたんじゃないかと思うほど、最初からずっとそこにあったみたいで、眼鏡まで人形っぽい。レンズは窓のルーバーよりぶ厚くて青っぽい変な色で、フレームは白のプラスチック。入っていくとそのまんまるコピーみたいな赤ん坊を空中に放りあげてるところだった。そばに立っている小さな娘が、自分も、自分も、とせがんでいた。

「ジャジャ、カンビリ、元気かい?」というなり答える間もあたえずに鈴が鳴るような笑い声をあげて、赤ん坊に「ちっちゃいころ高く放りあげてやればやるほど、うまい具合に跳び方を覚えるっていうよな!」といった。赤ん坊はきゃっきゃとピンクの歯茎を見せて喜び、父親の眼鏡に手を伸ばした。アデ・コーカーは頭を後ろへそらせて、また赤ん坊を投げあげた。

妻のイェワンデがわたしたちをハグして、元気かときき、アデ・コーカーの肩を悪戯っぽくたたいて赤ん坊を取りあげた。それを見ながら、この人がパパに向かって泣きじゃくりながら大声で叫んでいたのを思いだした。

「村に来るのは好きかい?」とアデ・コーカーがきいた。

わたしたちはいっせいにパパを見た。パパはソファに腰かけて、クリスマスカードを見ながら微笑んでいる。二人して「はい」と答えた。

「ほう? こんな田舎に来るのが好きなの?」彼はいかにも大げさに目をまるくしてみせた。「ここに友達がいる?」

「いいえ」とわたしたち。

「それじゃ、こんな田舎でなにをするの?」と彼はからかった。ジャジャとわたしはにこにこ笑うだけで返事をしなかった。

「お子さんたち、いつも口数が少ないですねえ」パパに向かってアデ・コーカーがいった。「すごく少ない」

「いまどきの子供みたいに騒がしく育ってないんだ、家庭のしつけや神への畏怖を知らない子供みたいに」というパパの口元とその目に浮かんだのはどう見てもプライドだった。

「われわれの口数が少なかったらスタンダード紙はどうなりますかねえ」冗談だった。アデ・コーカーは声をあげて笑っていた。妻のイェワンデも。でもパパは笑わなかった。ジャジャとわたしは黙ってそこを抜けだして二階へもどった。

ココナッツの葉のしゃらしゃらという音で目がさめた。高い門の外で山羊がめえめえと鳴き、雄鶏が鳴き、敷地を囲む土壁の向こうで人々が大きな声であいさつを交わしている。

「グドゥ・モーニ。もう起きてたんか？　調子どう？」

「グドゥ・モーニ。おまえさんちもみんな元気か？」

手を伸ばして寝室の窓を開けると音がもっとよく聞こえて、さわやかな空気が入ってきた。ちょっぴり、山羊の糞と熟れたオレンジの臭いも混じっていた。ジャジャがドアをトントンとたたいてから部屋に入ってきた。部屋が隣合わせなのだ。エヌグの家では部屋は離れている。

「起きてた？　パパに呼ばれないうちに下に行ってお祈りしよう」

わたしはラッパーを体に巻いた。暖かい夜だったので上掛け代わりにしていた布を、夜着の上から巻いて脇の下で結び目を作り、ジャジャのあとから階下へ降りた。

廊下が広くて、自分の家なのにホテルみたい。人の匂いがぜんぜんしない。ドアは一年中ほとんど鍵をかけたままだし、浴室もキッチンもトイレも使われないままで、室内は人の気配がしない。わたしたちが使うのは一階と二階だけ。三階と四階が使われたのはもう何年も前で、パパが首長になって「オメロラ」の称号を受けたときだ。ウムンナの男たちは以前からパパに称号を受けるよう説得に余念がなかった。パパがまだレヴェンティス社の部長のころから、初めて自分の工場を購入する前からだった。あんたは金持ちになったんだし、おまけに、このウムンナではだれもまだ称号を受けた者がないんだから、といって男たちは聞かなかった。というわけで、教区の神父とさんざん話をしたあと、パパがついにそうする決心をした。でも称号を受けるときは儀式から異教徒的なものはすべて取り去るという条件つきだった。だから儀式は小規模な新年のヤム芋祭りみたいだった。アッバじゅうの泥んこ道にぎっしりと車が並び、三階と四階に大勢の人があふれた。いま上階へ行くのは、壁の向こうの道路より遠くまで見たいときだけだ。

「パパは今日、教会の集会で司会をする。ママにそういってたの聞いたんだ」とジャジャがいった。

「集会は何時から?」

「お昼前」ジャジャの目が、それまではいっしょにいられる、といっていた。

アッバでは、ジャジャとわたしにはスケジュールがなかった。いつもより話をする時間がたっぷりあったし、部屋でひとりで座っていることもあまりなかった。パパが、途切れなくやってくる来客の相手ですごく忙しく、朝の五時から教会の集会に出たり、真夜中まで役場の会議に出たりしていたからだ。アッバが他所とちがって、家の敷地にみんな勝手に入りこむことができて、吸いこむ空気がゆっくり流れていたからかもしれない。

パパとママは小さいほうのリビングにいた。階下には大きなリビングに続く小さなリビングがいくつかあった。

「おはようございます、パパ。おはようございます、ママ」

「二人とも、調子は?」とパパ。

「いいです」とわたしたち。

パパの目はすっきりしていた。何時間も前から起きてたんだ。自分の聖書をぱらぱらめくっている。カトリックの第二正典で、きらきらした黒革の装丁だ。ママは眠そう。よく眠れたかときさながらむくんだ目をこすった。大きなリビングから声が聞こえる。夜明けからお客がきていた。わたしたちがテーブルのまわりで十字を切って跪いているとき、だれかがドアをノックした。擦《す》り切れたTシャツ姿の中年男がのぞきこんでいる。

「オメロラ！」男は人を称号で呼ぶときの力《りき》んだ調子でいった。「もう帰りますんで。せめて子供にクリスマス用品をオイェ・アバガナで買えるかどうか、知りたくて」男は強いイボ語なまりの英語を話した。いちばん短い語にまで装飾用に余分な母音がついてる。パパは、村人たちがパパの前で必死で英語を話そうとするときの調子が好きだ。パパにいわせると、彼らには分別があるということだった。

「オグブナンバラ（恥知らずな）！」とパパはいった。「ちょっと待ちなさい、家族とお祈りをしているところだろ。おまえに子供のためになにかあたえよう。おまえもわたしのお茶とパンを分かちあいなさい」

「へい！　オメロラ！　ありがとです、サー。今年はまだミルク飲んでないですから」男はまだドアのところでうろうろしている。そこを離れると、パパが約束したミルクティーが消えると思ったのかもしれない。

「オグブナンバラ！　あっちで座って待ってなさい」

男は引っこんだ。パパが詩篇から読み、主の祈り、アヴェ・マリア、栄唱、そして使徒信条を唱えた。パパが最初に数語唱えてわたしたちが復唱する、それを外側からひとつの静寂が経帷子《きょうかたびら》のようにすっぽり包みこんでいた。静寂が破れたのはパパが「ここからそれぞれ自分のことばで精霊に対して祈ろう、なぜなら精霊はわれわれのために神の意志に沿って取りなしをしてくれるからだ」といったときだ。各自の声がばらばらにあたりに響いた。ママは平和のために、この国の統治者のために祈りはじめた。ジャジャは神父のために、それから信者のために祈り、わたしはローマ教皇のために祈った。二十分ほどして最後にパパが、不信心な者と邪悪な力からお護りください、ナイジェリアとそれを統治する罪深き者のために、そしてわれわれが正義のなかで成長しつづけるためにと祈った。最後にパパはパパ・ンクウが改宗しますように、パパ・ンクウが地獄に堕《お》ちずにすみますようにと祈った。地獄のことを、まるでその炎が永遠に、すさまじく怒り狂うことを神が知らないみたいに描いてみせた。そして最後に全員が大声で「アーメン！」といった。

パパが聖書を閉じた。「カンビリとジャジャ、今日の午後はおじいさんの家に行ってあいさつをしなさい。ケヴィンが連れていってくれる。いいか、食べ物に手を出してはいけない、飲み物もだめだ。それに、いつものことだがそこにいるのは十五分。十五分だ」

「はい、パパ」それはここ数年、パパ・ンクウを訪ねるようになってからクリスマスのたびに聞かされてきたことだった。パパ・ンクウは一族の人たちにウムンナの集会を開くよう求めて、自分は孫たちの顔も見ていないし孫たちも祖父に会えないのだと不満を訴えたのだ。ジャジャとわたしにこのことを教えてくれたのはパパ・ンクウだった。パパはひと言もいわなかった。パパ・ンクウはウムンナで、パパからもしもキリスト教に改宗して庭にある藁葺《わらぶ》き祭壇のなかのチ（個々人の守護神にあたる）を捨てたら、家を建て、車を買って、運転手を雇うといわれたことを教えてくれた。パパ・ンクウは笑って、自分は孫の顔が見たいだけだ、そうできるうちに、といった。パパ・ンクウは自分のチを捨てるつもりはなかった。それはパパにも何度もいっていたことだ。ウムンナの人たちはいつものようにパパの側についたけれど、孫がパパ・ンクウを訪ねてあいさつすることを勧めた。おじいさんと呼ばれるほど年齢を重ねた者はだれもが孫からあいさつを受けて当然なのだからと。パパは自分からパパ・ンクウにあいさつに行ったことはない。訪ねることもない。でもナイラ札の薄い束をケヴィンかウムンナの人に託して渡していた。でもそれはクリスマスにパパがケヴィンに渡す束より薄かった。

「異教徒の家におまえたちを送りたくはない。だが神が守ってくださるだろう」とパパはいった。引き出しに聖書をしまって、ジャジャとわたしをそばに呼んで、腕をそっと撫でた。

「はい、パパ」

パパは大きいほうのリビングに入っていった。大勢の人の声がわたしにも聞こえそうだった。大勢の人が「ンノ・ヌ（お帰りなさい）」といって、暮らしが厳しい、クリスマスに子供たちに新しい服も買ってやれない、と訴えるんだろう。

「ジャジャといっしょに二階で朝ご飯を食べなさい」とママがいった。「上に運んであげます。お父さんはお客さんといっしょに食べるでしょうから」

「手伝わせて」といってみた。

「いいから、ンネ、上へ行きなさい。お兄さんといっしょに」

ママがキッチンへ向かってゆっくりと歩いていくのをじっと見ていた。ブレーズに編んだ髪を重ねて一枚の網のようにして、先端をゴルフボールみたいな塊にまとめている。サンタクロースの帽子みたいだ。疲れてる感じがした。

「パパ・ンクウの住んでるところは遠くない、歩いて五分とかからない。ケヴィンに連れてってもらうことなんかないのに」ジャジャが二階にもどるときいった。毎年そういったけど、いつも車でケヴィンに連れていかれ、ケヴィンに監視されることになった。

お昼前にケヴィンの車で敷地を出るとき、もう一度あたりに目をやって、この家のまぶしい白壁や柱、完璧な銀色の水のアーチを作る噴水をながめた。パパ・ンクウがここへ来たことはない。異教徒がこの家の敷地に足を踏み入れるのをパパが許さないからだ。例外をいっさい認めないのだ、自分の父親でさえ。

「十五分だけですからね、お父さんがおっしゃってた通り」ケヴィンはそういって車を道の端に止めた。藁の垣根で囲まれたパパ・ンクウの家の敷地のそばだ。ケヴィンの首についた傷跡をじっと見てから車を降りた。ニジェールデルタ地区にある故郷の町で、ケヴィンがヤシの木から落ちたのは何年か前の休暇中のことだ。傷跡は頭の中央から首筋にむかって、垂直に、短剣みたいに走っていた。

「わかってるよ」とジャジャ。

ジャジャがパパ・ンクウの家へ入る木製の門を開けた。キーキーと鳴るスイングドアはひどく狭くて、パパならきっと横向きにならなくちゃいけないだろうな。ここを訪ねてくればだけど。敷地はエヌグにある家の裏庭の四分の一もない。二頭の山羊と数羽の鶏がのんびり歩きまわって、枯れかかった草の茎を引きむしったり、ついばんだりしていた。敷地のまんなかにある家は小さなサイコロみたいな形で、パパとイフェオマおばさんがここで大きくなったなんて信じられなかった。むかし幼稚園で描いた家みたい。中央に真四角なドアのついた真四角な家、両側にそれぞれ真四角な窓がついている。ちょっとちがうのはパパ・ンクウの家にはベランダがあって、錆《さ》びた金属のバーで囲まれていることだ。ジャジャとわたしが初めて来たとき、家のなかでバスルームを探すと、パパ・ンクウは笑って屋外の小屋を指差した。それはクローゼットみたいな狭い建物で、積みあげたセメントブロックにはペンキも塗ってなかった。ぽっかり空いた入り口にヤシの枝を編んだゴザがかかっているだけ。その日わたしは、目が合うとさっと視線をそらしながらも、パパ・ンクウのどこがちがうのか、どこに不信心なものがあるのかじっくり観察した。そんなものはどこにもなかったけど、でもきっとあるはずなのだ。なければいけないんだから。

パパ・ンクウはベランダで低い椅子に腰かけていた。目の前のラフィア製のゴザに食べ物の入った鉢が置かれている。入っていくと立ちあがった。体にラッパーを巻いて首の後ろで結んでいる。かつて白かったランニングシャツは年季が入って茶色くなり、脇の下が黄ばんでいた。

「ネケ！　ネケ！　ネケ！　おやおやおや！　カンビリとジャジャが、じいさまに会いにきたな！」

歳《とし》をとって腰は曲がっていても、かつてはとても背が高かったのがすぐにわかった。ジャジャの手を握り、わたしをハグした。ハグをちょっと長めに返しながらそっと息を止めていたのは、体から強烈なキャッサバの臭いがしたからだ。

「こっちへ来て食べなさい」とパパ・ンクウが身振りでしめす先にはラフィア製のゴザがあって、琺瑯《ほうろう》引きの鉢にフフらしきものと水っぽいスープが入っている。魚や肉の切れ端はなさそうだ。食べなさいというのはたんなる慣習で、パパ・ンクウはわたしたちが当然断るものと思っている——目が茶目っ気たっぷりだ。

「ありがとうございます、でも結構です」といって二人でパパ・ンクウの隣にある木のベンチに座った。背筋を伸ばして木の雨戸に頭をつけると、すきまが何本も並行に走っていた。

「昨日来たそうだな」と声を出す下唇が震えていた。ところどころしか理解できなかったのは、方言がすごく古めかしかったからだ。パパ・ンクウの話し方は、わたしたちのように英語の影響をまるで受けていない。

「はい」とジャジャ。

「カンビリはずいぶん大きくなったもんだ、一丁前のアグボグォ（娘）になって。すぐに結婚の申しこみが来るぞ」とからかった。左目がだんだん見えなくなってきたらしく、薄い乳色の膜がかかっている。手を伸ばして肩をぽんぽんとたたいたので、わたしはニッと笑った。手に浮いた老斑がはっきりと見えた。土色の肌よりずっと薄い色だ。

「パパ・ンクウ、体調は？　体の具合はどうですか？」とジャジャがきいた。

パパ・ンクウは肩をすくめた。悪いところはたんとあるが、しょうがない、といってるみたいだった。「だいじょうぶ、息子よ。年寄りはな、先祖のところへ行くまでは元気でいるしかないんだ、そうだろ？」そこでことばを切って、指でフフの塊をまるめた。その顔に浮かぶ笑みと、まるめた塊を庭先に投げる慣れた手つきに、わたしはじっと見入った。庭では乾ききった薬草がそよ風に揺れて、大地の神アニに、パパ・ンクウといっしょにどうぞ召しあがってくださいとお願いしているようだ。「脚がな、しょっちゅう痛む。おまえのおばさんのイフェオマが薬を持ってきてくれるが、余裕があればお金もいっしょに。でもわしは年寄りだから。脚が痛くないときは手がな、痛むんだ」

「イフェオマおばさんと子供たちは今年も来るんですか?」とわたしはきいた。

パパ・ンクウはつるりとした頭に頑固にしがみついている白髪の房を掻きむしった。「ああ、そうさな、明日あたり来るだろ」

「去年は来ませんでしたよ」とジャジャ。

「イフェオマには余裕がなかったんだ」パパ・ンクウは首を振った。「あの子たちの父親が死んでからは大変なんだよ。でも今年はみんなでやってくるだろう。会えるさ。おまえたちがいとこのことをよく知らないってのは正しいことじゃない。いとこなんだから」

ジャジャとわたしは黙っていた。イフェオマおばさんやその子供たちのことはよく知らなかった。パパがパパ・ンクウと仲たがいしていたからだ。ママの話では、パパがパパ・ンクウを家に入れないようになってから、イフェオマおばさんはパパと口をきかなくなって、何年もしてからやっと口をきくようになったらしい。

「スープに肉が入ってりゃ、そいつをおまえさんたちにやるんだが」とパパ・ンクウはいった。

「だいじょうぶです、パパ・ンクウ」とジャジャ。

パパ・ンクウはすごく時間をかけて食べ物を飲みこんだ。喉の奥へ食べ物が滑り落ちるのを、わたしはじっと観察した。たるんだ喉ぼとけの近くを苦労しながら通過していく。喉ぼとけが首から突きでた皺だらけのナッツみたい。手近なところに飲み物はなかった。水さえも。「手伝ってくれる子が、チンイェルがもうすぐ来るはずだから。その子に頼んでおまえたちの飲み物を買いにいかせよう。イチエの店から」とパパ・ンクウはいった。

「いいえ、パパ・ンクウ。だいじょうぶです」とジャジャ。

「エズィ・オクウ？　本当か？　おまえたちの父親がここでは食べたりしちゃいかんといってるんだろ、わかってるよ。ここじゃ食べ物を先祖に供えるからな。だが、飲み物もか？　飲み物はみんなとおなじように店から買ってくるんだがな？」

「ここに来る前に食べてきましたから」とジャジャ。「ぼくたち、喉が渇いたら、パパ・ンクウの家で飲みますよ」

パパ・ンクウはにっこり笑った。黄色い歯と歯のあいだが大きくあいていた。歯がずいぶん抜けたんだ。「おまえさん、なかなか口が達者だな、わしの父親のオグブエフィ・オリオケがよみがえったみたいだ。知恵のあることばを話した人だった」

琺瑯の皿の上のフフをわたしはじっと見つめた。皿は葉っぱみたいな緑色で縁がところどころ欠けている。フフがハルマッタンの風でかぱかぱに乾いて、飲みこむたびにパパ・ンクウの喉を引っ掻いていくところを想像した。ジャジャがわたしを肘でそっと突いた。でも帰りたくなかった。もう少しそこにいて、フフがパパ・ンクウの喉にひっついて喉を詰まらせないか見ていて、もし詰まらせたら走っていって水を持ってきてあげたかった。水がどこにあるのか知らなかったけど。ジャジャがまた肘で突いた。それでもわたしは立ちあがれなかった。ベンチがわたしを捕まえて放そうとしないのだ。灰色の雄鶏が庭の隅にある祭壇にトコトコ入っていくのが見えた。パパ・ンクウの神さまがいるところ、パパが絶対に近づくなといった場所だ。祭壇は扉のない低い造りで、泥の屋根と壁が、干したヤシの枝で被われている。聖アグネスの後ろの岩屋とか、ルルドの聖母が祀《まつ》られている洞穴みたいだ。

「ぼくたち帰ります、パパ・ンクウ」ジャジャがいって、やっと立ちあがった。

「そうか、息子よ」とパパ・ンクウ。「なに、もうか？」とか「この家は落ち着かんか？」とはいわなかった。わたしたちが着いてから帰るまでの時間のことには慣れているのだ。パパ・ンクウは木の枝で作ったねじ曲がった杖で体を支えながら、車まで見送りにきてくれた。ケヴィンが車から降りてあいさつをして、現金の薄い束を手渡した。

「お？　ユジーンによろしくいってくれ」といってパパ・ンクウはにっこり笑った。「ありがとうってな」

走りだした車にパパ・ンクウが手を振っていた。わたしも手を振りながら、パパ・ンクウがよろよろと家の敷地にもどるまで目を凝らしていた。実の息子から、ひどく事務的に、わずかな金額を運転手を介して渡されて気を悪くしていたとしても、パパ・ンクウはそれを態度に出さなかった。去年のクリスマスも、その前のクリスマスも。これまでずっと態度に出さなかった。パパの扱い方がぜんぜんちがうのだ、母方の祖父に見せた態度とは。五年前になくなるまで、毎年クリスマスにアッバにやってきたら、まず、イクウ・ウネ（母方の親族が住む地区）にある祖《グランドファーザー》父の家に寄って、それから自分たちの屋敷に向かったものだ。母方の祖父は肌の色がとても明るい人で、ほとんどアルビノといっていいくらいだった。キリスト教伝道団の人たちが彼を好んだ理由の一つがそれだった、ともっぱらの噂《うわさ》だった。決然たる態度で、いつも、すごいイボ語なまりの英語を話した。ラテン語もできたので、第一ヴァチカン公会議の規約からよく引用して話をした。たいてい聖パウロ教会にいた。この教会で最初の教理問答の教師になったのだ。わたしたちには、英語で「グランドファーザー」と呼びなさい、イボ語のパパ・ンクウやンナ・オチエ（母方の祖父）を使ってはいけないといった。パパはいまでもよくその祖父のことを自慢げに、目を輝かせて、自分の父親みたいに話す。パパが目を大きく見開くとみんなもそれに倣《なら》って目をバッチリ開けた。そこでパパは決まってこういう——彼は伝道団を歓迎したごく少数の人間の一人でした。彼がどれほどすばやく英語をマスターしたかわかりますか？　彼が通訳になったとき、どれほど多くの人たちが改宗者となったか知っていますか？　アッバの人たちをたった一人で改宗させたといってもいい！　正しいやり方でやったのです、白人のやり方で、わが民がいまだにやっているやり方ではなくて。パパは聖ヨハネ騎士団の礼服を着た祖父の写真を、立派なマホガニーの額に入れてエヌグの家の壁にかけている。でも祖父のことを思いだすのに写真なんか要らなかった。祖父が死んだとき、わたしはまだ十歳だったけど、ほとんど緑色の白っぽい目のことも、どんな話にも決まって「罪人」という語を入れる癖があることもおぼえていた。

「パパ・ンクウは去年ほど元気そうじゃなかったね」帰りの車のなかで、わたしはジャジャに身を寄せて耳元にささやいた。ケヴィンに聞かれたくなかったのだ。

「歳とったよね」とジャジャ。

家に帰るとシシがお昼ご飯を運んできた。薄茶色の素敵な皿にライスとフライドビーフが盛り付けられていた。ジャジャとわたしだけで食べた。教会の集会は始まっていて、男たちがときどき大きな声で議論するのが聞こえ、裏庭ではリズミカルに上下する女たちの声が聞こえた。ウムンナの妻たちがあとで洗いやすくするため鍋に油を塗ったり、木の杵でスパイス類を砕いたり、鼎の下に火を焚《た》きつけたりしていた。

「白状するつもり？」食事中にジャジャにきいてみた。

「なにを？」

「今日いったじゃない、喉が渇いたらパパ・ンクウの家で飲みますって。パパ・ンクウの家じゃ飲んじゃいけないってわかってるのに」

「パパ・ンクウの気分がよくなることをちょっといいたかっただけさ」

「喜んでたね」

「顔には出さなかったけどね」とジャジャ。

そのときパパがドアを開けて入ってきた。階段を上る足音が聞こえなかったし、それに階下では教会の集まりがまだ続いていたので、上がってくるなんて思わなかった。

「ただいま、パパ」

「おまえたちがじいさんと二十五分もいっしょにいたとケヴィンがいったぞ。そうしろといったかな？」パパの声は低かった。

「時間を使いすぎました。ぼくが悪いんです」とジャジャ。

「あそこでなにをした？　偶像に供えた食べ物を食ったのか？　キリスト教徒の舌を汚したのか？」

わたしは凍りついた。舌までキリスト教だなんて知らなかった。

「いいえ」とジャジャ。

パパはジャジャのところへ近づいた。ことばがぜんぶイボ語になってる。てっきりジャジャは耳をひっぱられると思った。パパがことばを吐きだすのに合わせてジャジャがぐいぐい体を揺さぶられ、パパがジャジャの顔をひっぱたき、パパの手のひらが学校の図書室の本棚から重たい本が落ちるときみたいにバシッと音をたてて、それからわたしのほうに、胡椒《こしょう》入れに手を伸ばすみたいな何気なさで手を伸ばしてきて、ほおにぴしゃりと食らうな、と思った。しかしパパは「それを食べてしまいなさい、それから自室に行って赦しを請《こ》うお祈りをしなさい」というなり、くるりと背を向けて階下へもどっていった。パパが残した沈黙は重苦しかったけど、そこにはほっとした感じも混じっていた。寒い朝にはおる、着古した、ちくちくするカーディガンみたいだ。

「ほら、まだ皿にライスが残ってるよ」とようやくジャジャがいった。

わたしはこくりとうなずいてフォークを握った。すると窓の外でパパの激高した声が聞こえたので、またフォークを置いた。

「この家であいつはなにをしている？　わたしの家でアニクウェンワはなにをしている？」パパの声のなかで燃えさかる怒りが、わたしの指先を凍らせた。ジャジャと急いで窓のところへ行った。なにも見えなかった。大急ぎでバルコニーに出て柱のそばに立った。

パパが前庭のオレンジの木の近くに立って怒声をあびせている相手は、破れたランニングシャツを着て腰にラッパーを巻いた、皺のよった老人だ。パパのまわりに数人の男が立っている。

「わたしの家でアニクウェンワはなにをしている？　偶像を崇拝する者がこの家でなにをしてるんだ？　ここから出ていけ！」

「いいか、わしがおまえさんの父親の同年齢組（共同体の正式な一員になるため男女別に受ける成人儀礼の仲間で、生涯強いつながりをもつ）だってことは知ってるな？」と老人はきいた。ふりまわす指をパパに向けようとしてはいるけど、自分の胸の高さまでしか上がらない。「わしが自分の母親の乳を吸ってるとき、おまえさんの父親も自分の母親の乳を吸ってたのを？」

「この家から出ていけ！」パパは門を指差した。

二人の男がアニクウェンワをゆっくりと敷地の外へ連れだした。彼は逆らわなかった。いずれにしても逆らうには歳をとりすぎていた。しかし老人はふりかえりながら、パパにことばを投げつけた。「イフクワ・ギ（自分を見てみろ）！　墓のなかまでやみくもに屍体《したい》を追いかける蝿《はえ》そっくりだ！」

老人が確固たる足取りで門の外へと出ていく姿から、わたしは目が離せなかった。

イフェオマおばさんがやってきたのは次の日の夕方で、オレンジの木から前庭の噴水へ、長い、揺らめく影が伸びはじめるころだった。おばさんが大きな声で笑うのが、本を読んでいた二階のリビングまで聞こえてきた。声を聞くのは二年ぶりだったけど、あのはじけるような威勢のいい声は、どこにいてもおばさんだとわかった。イフェオマおばさんはパパとおなじくらい背が高く、プロポーション抜群なのだ。歩くのが速くて、どこへ行くのか、そこでなにをするのか、ぜんぶわかってる歩き方をした。話し方も歩き方とおなじで、最短時間で口から出せるだけたくさんことばを出す。

「いらっしゃい、おばさん」といってわたしはおばさんをハグした。

おばさんのハグはいつもの短く軽いハグじゃなかった。両腕でしっかり包んで柔らかな胸に強く抱きしめてくれたのだ。Aラインのドレスの幅広の襟はラベンダーの香りがした。

「カンビリ、ケドゥ（元気）？」おばさんの浅黒い顔に大きな笑みが広がって、前歯のすきまが見えた。

「ええ、元気です」

「すごく大きくなったわねえ。どれどれ、おやまあ」おばさんの手が伸びてわたしの左胸をひっぱった。「わあ、あっというまに成長か！」

わたしは目をそらして大きく息を吸った。どもったりしないよう。そんな冗談にどう返していいかわからなかったから。

「ジャジャはどこ？」

「寝てます。頭が痛いって」

「クリスマスまで三日しかないのに頭が痛いの？　ありえない。わたしが行って起こしてあげる。頭痛なんかぶっとびよ」といってイフェオマおばさんは声をあげて笑った。「お昼前に着いたんだけどね。うんと朝早くスッカを出たんでもっと早く着くはずだったのに、車が路上で故障しちゃって。ナインスマイルの近くだったからすぐに修理工が見つかって助かった」

「ああ、それはよかった」とわたし。それからちょっと間をおいて「いとこたちは？」ときいた。そうきくのが礼儀だったから。でも、ほとんど知らないいとこのことをきくのはなんだか変な感じだった。

「すぐに来る。いまパパ・ンクウのところ。パパ・ンクウが例の語りを始めたところで。あれが始まったら止まらないもんねえ」

「わあ」とわたし。パパ・ンクウが語りはじめたら止まらなくなるなんて知らなかった。物語をすることだって知らなかった。

ママが入ってきた。トレーいっぱいにソフトドリンクやマルティナの瓶を横にして積み、その上にチンチン（チップス類《チップスるい》）の皿がバランスよくのっている。

「ンウンイェ・ム（わたしの妻）、そんなに、だれのためかしら？」イフェオマおばさんがきいた。「あなたと子供たちのためですよ」とママ。「子供たち、すぐに来るっていったでしょ、オクウィア（ちがった）？」

「そんな気遣いはしないで。来る途中でオクパを買って食べたばかりだから」

「それじゃチンチンは袋に入れておこうかしら」といってママは部屋から出ていこうとした。腰に巻いたラッパーはドレッシーな黄色いプリントデザインで、それに合わせたブラウスの短いパフスリーブにも黄色いレースが縫いつけられている。

「ンウンイェ・ム」とイフェオマおばさんが呼びかけたので、ママは振り向いた。

何年か前にイフェオマおばさんがママのことを「ンウンイェ・ム」と呼んだときは死ぬほどびっくりした。女の人が女の人を「わたしの妻」と呼ぶなんて。パパにきくと、それは不信心者の伝統の名残で、妻と結婚するのは家族であってその男だけではない、という考え方から来ているそうだ。ママがあとからわたしの部屋で二人だけになったとき、こっそり「わたしはあなたの父親の妻だから、おばさんの妻でもあるわけ。だからあれはおばさんがわたしを認めているという意味なの」と教えてくれた。

「ンウンイェ・ム、こっちへ来て座って。疲れてるみたい。だいじょうぶ?」とイフェオマおばさんがきいた。

ママの顔に強ばった笑みが浮かんだ。「だいじょうぶ、とても元気よ。ウムンナの女たちが料理するのを手伝ってたもんだから」

「こっちへ来て座って」とイフェオマおばさんはもう一度いった。「こっちへ来て座って休んで。ウムンナの奥さん連中は自分で塩のありかを探せますよ。どうせあの人たちはなにかくすねにやってきてるんだし。だれも見てないすきに肉をバナナの皮に包んでおいて、あとでこっそり家に持ち帰るんだから」といってイフェオマおばさんは笑った。

ママはわたしの隣に腰をおろした。「ユジーンが外に置く予備の椅子の手配をしていて。クリスマスの日のため特別に。もうずいぶん大勢の人が来てるの」

「ここの一族ときたら、クリスマスは家から家へ渡り歩くほかにすることがないみたい」とイフェオマおばさん。「でも一日中ここで相手をするなんて無理無理。明日は子供たちをアバガナに連れていってアロのお祭りでンムオを見せたほうがいい」

「ユジーンが子供たちを異教徒のお祭りには行かせないかも」とママ。

「異教徒のお祭り？　クワ（なにそれ）？　だれだってンムオを見にアロに行くでしょ」

「わかってるけど、ユジーンのことだから」

イフェオマおばさんはゆっくりと首を横に振った。「あの人にはドライブに行くってわたしからいう、そうすれば、子供たちがみんないっしょにすごせる」

ママはしばらく黙ってもじもじと指先をいじっていた。それから「子供たちを父親が生まれた町へ連れてくのはいつ？」ときいた。

「今日にでも、でもイフェディオラの家族のための力はいまは出せそうもないな。彼のウムンナときたら年を追うごとに強欲になってく。彼がどこかにお金を残してたはずで、わたしがそれを隠してるって。去年のクリスマスなんか、屋敷内に住むある女が、殺したのはあんただろっていったんだよ、このわたしに。その女の口に砂を詰めてやりたかった。あとから、彼女にそこに座りなさい、あのね、人は愛する夫を殺したりしないの、トレーラーが夫の車に追突した事故のことを騒ぎ立てたりしないの、といってやればよかったと思ったけど、まあ、時間の無駄かな？　あの人たちにはホロホロ鳥なみの脳みそしかないんだから」とイフェオマおばさんは甲高い耳ざわりな声をあげた。

「あとどれくらい子供たちをあそこへ連れていくかわからない」

ママは同情して舌打ちをした。「人はいつも分別をわきまえて話すとはかぎらないものね。でも子供たちが行くのはいいことよ、とくに男の子は。自分の父親の育った家や父方のウムンナの人たちを知っておかなくちゃ」

「まったく、イフェディオラったら、なんであんなウムンナの出身だったんだろ」

話をする二人の口元が動くのをわたしはじっと見ていた。ママのリップなしの唇がおばさんのより白っぽいのは、おばさんはきらきらブロンズのリップを塗ってるからだ。

「ウムンナの人たちっていつもぐさりと来ることをいうわね」とママ。「わたしたちのウムンナだって、ユジーンに別の妻をもらえとか、彼のような立場の男が子供二人だけなんてありえないとか、いわなかった？　あなたみたいな人がわたしの味方についてくれてなければ……」

「もういい、もういい、感謝なんかしないで。もしユジーンがそんなことしてたら、敗者はユジーンであって、あなたじゃない」

「そうはいってもねえ。夫のいない子持ちの女って？」

「わたし」

ママは首を振った。「またそんなこといって、イフェオマ。わたしのいってることわかってるでしょ。女はそんなふうにして生きていけないんじゃない？」ママの目がぐんぐん吊りあがって顔を大きく占拠した。

「ンウンイェ・ム、結婚生活が終わったときに人生が始まるってこともあるのよ」

「それはあなたみたいな大学人専用の話ですよ。学生にそう教えてるの？」ママは笑っていた。

「まじで、教えてるよ。でも最近はどんどん早く結婚してくなあ。学生たちが、学位ってなんのためにあるんですかってきくもの、卒業しても仕事がぜんぜんないから」

「どのみち結婚すればだれかが面倒みてくれるんだし」

「だれがだれの面倒みるのか知らないけど、初年度のセミナーにいる六人の女子学生は結婚してて、夫がメルセデスやレクサスに乗って毎週末に訪ねてくる。彼らがステレオや教科書や冷蔵庫を買いあたえ、卒業したら夫が彼女たちを学位込みで所有するわけ。わかるでしょ？」

ママはしきりと首を振っていた。「また大学人専用の話。夫は女の人生にとってタイトルですよ、イフェオマ。それが彼女たちの望み」

「そう思いこんでるだけよ。でも彼女たちを責められる？　いまの軍事独裁政権がこの国に対してやってることを見てよ」イフェオマおばさんはそういって目を閉じた。なにか嫌なことを思いだそうとするときに人がする仕草だ。「スッカじゃもう三カ月もガソリンが手に入らない。先週、ガソリンスタンドでガソリンが来るのを待って夜明かししたくらい。でもとうとうガソリンは来なかった。家まで帰り着けるガソリンがなくて、スタンドに車を置いてく人もいた。あの夜わたしを刺したヤブ蚊を見せたかったたわ。刺されたあとが腫れあがってカシューナッツ並みの大きさになった」

「あらまあ」とママは同情して首を振った。「でも大学のほうはどんな感じなの？」

「またもやストライキを中止したところ。過去二カ月に講師は一人も給料もらってないのに。連邦政府には金がないっていう」イフェオマおばさんはちょっと笑いながらユーモアまじりにそういった。「イフクワ（見てよ）、みんなこの国から出てくじゃない。フィリパは二カ月前に発っていった。友だちのフィリパ、おぼえてる？」

「何年か前のクリスマスに、いっしょに帰ってきた人ね。色の黒い、ぷりっとした人」

「そう。彼女はいまアメリカで教えてる。狭い研究室をもう一人の非常勤講師とシェアしながら。でもとにかくあそこは教師に給料が出てる」イフェオマおばさんはここで話を中断して、ママのほうに手を伸ばしブラウスからなにかを払った。わたしはおばさんの動きをちくいち目で追っていたし、話も聞き逃すことはなかった。遠慮のなさ、話につける身振り、にっこり笑って歯と歯のすきままで見せてしまうあの大胆さ。

「古い灯油コンロをひっぱりだしたばかり」とおばさんは話しつづけた。「いま使ってるのはそれ。キッチンじゃもう灯油の臭いさえ気にならない。料理用のガスボンベがいくらするか知ってる？

べらぼうよ！」

ママはソファの上で身をずらした。「ユジーンにいったらどう？　工場にはガスボンベがいくつかあるし……」

イフェオマおばさんは笑って優しくママの肩をたたいた。「ンウンイェ・ム、生活は厳しいけどまだ死にかけてるわけじゃないから。こういうことはぜんぶあなただからいってる。ほかの人には、空きっ腹の顔にワセリン塗って気張って見せてる」

そのときパパが入ってきた。寝室に行くところだった。きっと「イバ・クリスマス」のお祝いとして客にあげるナイラ札を取りにいくところで、客たちが感謝の歌を歌いだしたら、「これは神からだ、わたしではなく」とパパはいうんだろう。

「ユジーン」イフェオマおばさんが呼びかけた。「ジャジャとカンビリはうちの子供たちといっしょに明日でかけるわよ」

パパはふむと唸ってドアに向かって歩きつづけた。

「ユジーン！」

イフェオマおばさんがパパに話しかけるたびにわたしの心臓が止まって、それからまた大急ぎで動きだした。からかうみたいなんだもん、相手がパパだってことがわかってないみたい、パパはほかの人とはちがう、特別だってわかってないみたい。手を伸ばしておばさんの口をふさぎたかった。キラキラのブロンズのリップが指についたってかまわない。

「どこへ連れていきたいんだ？」パパがドア近くに立ったまままきいた。

「あちこち見て歩くだけ」

「観光か？」とパパはきいた。英語で話してる。イフェオマおばさんがイボ語で話してるのに。

「ユジーン、子供たちに外出させてあげて！」おばさんはイライラしてるみたいだ。声がちょっと高くなった。「わたしたちがお祝いしてるのはクリスマスじゃなかった？　子供たちみんなですごしたことがないじゃないの。イマクワ（でしょ）？　うちのちびのチマなんかカンビリの名前さえ知らないんだから」

パパがわたしを見て、それからママを見た。鼻の下に、頭の上に、唇の上に、まるで自分の気に入らないことが書かれてないか探ってるみたいだ。「いいだろ。連れていってもいいが、子供たちを邪悪なものに近づかせたくない、わかってるな。ンムオのそばを車が走るときは窓を閉めておくんだぞ」

「かしこまりました、ユジーン」とイフェオマおばさんは大げさな固い口調でいった。

「なんでクリスマスの日にみんないっしょにランチを食べないんだ？」とパパがきいた。「そうすれば子供たちはいっしょにいられるじゃないか」

「だってクリスマスの日は子供たちとわたしはパパ・ンクウといっしょにすごすから」

「偶像崇拝者にクリスマスのなにがわかる？」

「ユジーン……」といってイフェオマおばさんは深いため息をついた。「わかった、クリスマスの日は子供たちといっしょにここですごすことにします」

パパは階下へもどっていったので、わたしはソファに座ってイフェオマおばさんがママと話してるのを見ていた。そこへいとこたちがやってきた。アマカはおばさんを細くしたティーンエイジャーのコピーみたい。歩くのもしゃべるのもおばさんより速くて、意図も明確だ。目だけがちがった。イフェオマおばさんの目のような、無条件の温かさはない。たくさん質問をして、多くの答えを受け入れない目だ。一歳下のオビオラは肌の色がとても薄くて、分厚い眼鏡の奥の目は蜂蜜色、いつもにこにこしてるので口の両端がきゅっとあがっている。チマはご飯を炊く鍋の底みたいに肌が黒くて七歳にしては背が高い。みんな似たような笑い方をする。喉の奥から思いきり声を出して、ゲラゲラとはじけるように笑う。

　みんながパパにあいさつした。パパがイバ・クリスマス用のお小遣いを渡すと、アマカとオビオラはお礼をいって二つの分厚いナイラ札の束を受け取った。礼儀正しく、驚いたような目をして。自分たちは厚かましくはない、お金をもらうなんて思わなかった、というみたいに。

「ここって衛星テレビあるよね？」とアマカがわたしにきいてきた。それが、あいさつしあってから初めて彼女が口にしたことばだ。髪はショートヘア、正面は高く、アーチを描いてだんだん低くなり、後頭部にはほとんど毛がない。

「ええ」

「CNN見れる？」

　わたしはわざと咳払いをした。ことばに詰まったりしたくなかった。

「たぶん、明日ね」アマカは続けた。「だってこれからウクポの父さんの親族を訪ねるみたいだから」

「うちはテレビあんまり見ない」

「なんで？」とアマカがきいた。おなじ年齢とは思えなかった。二人とも十五歳だなんて。ずっと年上っぽい。イフェオマおばさんにものすごくよく似てるからかな。それとも目をまっすぐ見つめてくるからかな。「もう見飽きちゃったの？　うちにも衛星テレビあればいいなあ、そうすれば飽きるまで見れるのに」

　ごめんなさいといいたかった。衛星テレビを見ないせいで嫌われたくなかった。エヌグの家の屋根には衛星テレビの巨大なアンテナがいくつもあるけど、テレビは見ないんだといいたかった。スケジュールにパパがテレビの時間を書きこんでないから。

　でもアマカは母親のほうを向いてしまった。おばさんは背中をまるめてママと話しこんでる。

「ママ、ウクポに行ってもすぐに帰ってこなくちゃね、パパ・ンクウが寝てしまう前にもどれるように」

イフェオマおばさんが立ちあがった。「そう、ンネ、帰ってこなくちゃ」

おばさんがチマの手を取ってみんなで階下へ降りた。アマカが階段の手摺《てすり》を指差して、そこにくっきりと手彫りされた絵柄のことでなにかいうと、オビオラが笑った。男の子たちは、じゃあね、と声をかけてくれたけど、アマカは振り向かなかった。イフェオマおばさんだって、手を振って「明日またね」といったのに。

イフェオマおばさんが車で敷地に入ってきたのは、わたしたちがちょうど朝ご飯を食べ終えたときだった。二階のダイニングルームに駆けこんできたおばさんは、いにしえの誇り高き先祖みたいだ。何マイルも歩いて手作りの粘土の壺《つぼ》に水を汲んだり、赤ん坊が歩いたり話したりするまで世話したり、陽で焼いた石で長刀を研いで戦ったりした人たち。部屋がおばさんでいっぱいになったみたいだった。「ジャジャとカンビリ、用意はできてる?」とおばさん。「ンウンイェ・ム、あなたはいっしょに来ないの?」

ママが首を振った。「家にいるほうがいいとユジーンが思ってるの、知ってるでしょ」

「カンビリ、ズボンのほうがいいと思うな」おばさんは車に向かって歩いていくわたしにいった。

「だいじょうぶです、おばさん」といったけど、なんで、スカート丈はたっぷり膝下まであります から、女がズボンをはくのは罪深いからもってないんです、といわなかったんだろう。

おばさんのプジョー504ステーションワゴンは白で、錆びたフェンダーは気味の悪い茶色だ。アマカが助手席に座った。オビオラとチマが後部座席に、ジャジャとわたしがまんなかの座席に乗りこんだ。ママは車が見えなくなるまで見送っていた。なんでわかったかというと、ママの視線を感じたから、ママがそこに立ってると感じたからだ。車はボルトがあちこちゆるんだみたいにガタゴト音をたてながら凸凹道を走った。ダッシュボードにはエアコンの通気口の代わりにぽっかり長方形の空間があいたままだ。だから窓は開けっぱなし。土埃がぶわっと入ってきて、口にも、目にも、鼻にも入りこんだ。

「パパ・ンクウを連れにいくね、いっしょに来ることになってるから」とイフェオマおばさんがいった。

びっくりして胃がきゅっとなって、ちらっとジャジャを見た。ジャジャと目があった。パパになんていう？　ジャジャが目をそらせた。そんなことジャジャにだってわからないんだ。

泥塀と藁葺き屋根で囲まれた敷地の前でおばさんがエンジンを切らないうちに、アマカがフロントドアを開けて飛び降りた。「パパ・ンクウを連れてくる！」

男の子たちも車から降りて、小さな木製の門を抜けてアマカのあとを追った。

「降りたくないの、きみたち？」とおばさんがジャジャとわたしに向かってきいた。

わたしは目をそらせた。ジャジャもわたしとおなじようにじっと座っていた。

「きみたち、パパ・ンクウの家のなかに入りたくないの？　でも二日前にあいさつに来たんでしょ？」イフェオマおばさんは目をまるくしてわたしたちを見つめた。

「あいさつに来たあとは、ここに来てはいけないことになってますから」とジャジャ。

「なにばかなこといってるの？」といってから、おばさんは口をつぐんだ。わたしたちが決めたことじゃないのを、たぶん思いだしたんだ。「ねえ、なんでお父さん、あなたがたをここに来させたくないんだと思う？」

「わかりません」とジャジャ。

わたしは唾を飲みこんで、強ばった舌をゆるめた。ざらついた土埃の味がした。「パパ・ンクウが異教徒だからです」そうわたしがいったのを知ったらパパは誇りに思うはず。

「あなたがたのパパ・ンクウは異教徒じゃないよ、カンビリ、伝統主義者なの」とおばさんはいった。

わたしはおばさんをじっと見つめた。異教徒、伝統主義者、なにがちがうの？　カトリックじゃない、そこが大事なんだ。パパ・ンクウは信仰をもってない。そういう人たちが改宗して地獄の火に永遠に焼かれて苦しまずにすみますようにってお祈りしてきたんだから。

門が開いてアマカが出てくるまで黙って座っていた。パパ・ンクウに助けが要るときはすぐに手を貸せるよう、アマカがそばに付き添って、その後ろから男の子たちが歩いてくる。パパ・ンクウはゆったりした柄物のシャツにカーキ色の膝丈の半ズボンをはいている。訪ねたときはいつも擦り切れたラッパーを体に巻きつけていたので、ラッパー姿じゃないのを見たのは初めてだった。

「あの半ズボン、わたしが買ってあげたの」と笑いながらイフェオマおばさんがいった。「ほら、すごく若返って見える。八十歳にはとても見えないでしょ？」

アマカはパパ・ンクウが助手席に乗りこむのを手伝ってから、わたしたちのいるまんなかの座席に乗りこんだ。

「パパ・ンクウ、こんにちは」とジャジャとわたしはあいさつした。

「カンビリ、ジャジャ、街に帰る前にまた会えたな？　エーイェ（そうか）、こりゃわしが先祖にもうすぐ会うことになるしるしかもな」

「ンナ・アンイ（われらが父さん）、自分が死ぬ死ぬって予告するのに飽きないねえ？」とおばさんはいってエンジンをかけた。「なにか新しいことを聞かせてよ！」おばさんは「ンナ・アンイ」と呼んでいる。パパもむかしはそう呼んでたのかな、いまパパがパパ・ンクウと話をするとしたら、どう呼ぶんだろう。

「すぐに死ぬ死ぬっていうのが好きなんだよね」とおどけた英語でアマカがいった。「そういえば、なにかやってもらえると思ってるんだもん」

「ホントにもうすぐ死ぬんだよ。ぼくたちがその年齢になるころには死んでるさ」オビオラがこれまたおどけた英語でいった。

「この子たちはなにをいっとる、なあ、イフェオマ?」パパ・ンクウがきいた。「わしの黄金と、たんとある土地を分捕ろうって魂胆か? わしが先に行くのを待ってられんのか?」

「黄金とか土地とかもってるなら、わしたちがとっくに殺してるわよ」とイフェオマおばさん。

いとこたちが声をあげて笑った。アマカがジャジャとわたしをちらっと見たのは、たぶん、なんで笑わないんだろと思ったからだ。わたしもちょっと笑いたかったけど、ちょうど家の前を通るところだったので、迫ってくる黒い門と白い壁を目にすると口元が強ばってしまった。

「いちばん偉い神さんのチュクウに、みんなこんなふうにいうんだな」とパパ・ンクウ。「富と子宝をさずけてください、でもどっちか選ばなくちゃならないなら子宝をさずけてください、子供たちが大きくなれば富も大きくなりますから」パパ・ンクウはそこで話を切ると、振りかえってわたしたちの家を見た。「ネケネム(わしを見ろ)。あの家を所有してるのは息子だ、アッバじゅうの男という男がぜんぶ泊まれるほどの家だぞ。なのにわしは皿にのせる食い物がないなんてことがしょっちゅうだ。あいつを宣教師のあとについていかせるんじゃなかったな」

「ンナ・アンイ」とイフェオマおばさんがいった。「宣教師のせいじゃないでしょ。わたしも宣教師の学校へ行ったんじゃなかった?」

「いや、おまえは女だ。員数外」

「ええっ? わたしは員数外? 父さんに脚が痛いかってユジーンがきいたことある? わたしが員数外っていうなら、朝、父さんに気分よく目が覚めたかきくのやめよかな」

パパ・ンクウはくすくす笑った。「それじゃわしのスピリットがおまえに取り憑《つ》くぞ。先祖さまにわしが加わったときに」

「取り憑くならまずユジーンにしてよ」

「冗談だよ、ンワ・ム（わが子よ）。もしわしのチが娘をさずけてくれなかったら、いまごろわしはどうなってたかなあ？」パパ・ンクウはここでちょっと間をおいた。「わしのスピリットがおまえさんのためにチュクウに取りなしをしてくれるだろうよ、そしたらおまえさんと子供たちの面倒をみるいい男を送ってくれるさ」

「スピリットに取りなしてもらうんなら、チュクウにはわたしが早く上級講師に昇進できるよう頼んでもらって、お願いするのはそれだけ」とおばさんがいった。

パパ・ンクウはしばらく返事をしなかった。カーラジオから流れるハイライフ・ミュージックと、ゆるんだネジのカタカタ音と、ハルマッタンの靄《もや》のせいで、こっくりこっくりしてるのかもしれない。

「でもな、息子を騙《だま》して間違った道に踏みこませたのは宣教師なんだ」とパパ・ンクウがいったので、びっくりした。

「もう耳にタコができるほど聞いたから、なにかほかの話にして」とイフェオマおばさん。でもパパ・ンクウはまるで聞こえなかったみたいに話しつづけた。

「アッバに最初にやってきたやつのことは忘れんぞ、ファーダー・ジョンとみんなが呼んだやつだ。顔がヤシ油みたいに真っ赤だった。ここの太陽の照りつけ方は白人の土地じゃありえないとぬかしおった。やつには助っ人がいたな。ニモ出身のジュードって男だ。昼すぎになると子供たちを伝道所のウクワの木の下に集めて、やつらの宗教を教えた。わしは絶対に参加しなかった、クパ（てな具合でな）、それでもときどきやつらがなにをしてるか見にいった。ある日、あんたらが崇拝する神さんはどこにいらっしゃる？　ときいたんだ。するとチュクウみたいに、空にいるという。そこでわしは、殺された人とはだれのことか？　伝道所の外にある木に吊るされた人というのは？　とたずねた。やつらは、それは息子だ、といったが、息子と父はおなじだといったんだ。そのときわしは白人は頭がおかしいってわかった。父と息子がおなじだと？　トゥフィア（べらぼうめ）！　わからんか？　ユジーンがわしを軽視する理由はそれだ、あいつはわれわれがおなじだと思っとる」

いとこたちがくすくす笑った。イフェオマおばさんも笑ったけど、すぐに笑うのをやめてパパ・ンクウに「もうたくさん、口を閉じて休んでて。もうすぐ着くから、着いたらエネルギーかきあつめてンムオのことを子供たちに教えなきゃならないでしょ」といった。

「パパ・ンクウ、座り心地はどう？」アマカが助手席の背中から身を乗りだして、きいた。「座席を調整してほしい？　もっと広くしようか？」

「いや、だいじょうぶだ。わしは年寄りだから体重も減った。こういう車は若いころだってしっくりこなかったろうな。あのころはちょいと高く手を伸ばせば木からイチェク（ベルベット・タマリンドとも呼ばれる木の実）がもげたもんだ。木なんか登らなくたって取れたぞ」

「はいはい」とおばさんはいってまた笑った。「手を伸ばせば空にだって触れたんだよね？」

おばさんはあっけなく笑った。それもしょっちゅう。みんなそうだった、ちっちゃなチマまで。

エズィ・イチェケに到着すると、道路には車がずらり。バンパーとバンパーがくっつくほどだ。車の周辺にぎっしり人が寄りかたまって、人と人のあいだにスペースがぜんぜんない。人と人が混じって、ラッパーとTシャツが、ズボンとスカートがごっちゃになって見えた。おばさんがやっと空きを見つけてステーションワゴンを滑りこませた。ンムオはすでに早足に歩きだしていた。ンムオが通りすぎるのを待つ車の長い列があちこちにできた。どこを見ても物売りがいる。ガラスケースにアカラ（ササゲ豆をすりつぶして揚げたコロッケ）やスヤ（牛や山羊の肉片を串に刺してグリルしたもの）を入れ、きつね色に焦がしたチキンのドラムスティックを入れ、トレーに皮を剝いたオレンジをのせ、バスタブみたいな大きさのクーラーにウォール印のバナナアイスクリームを入れていた。極彩色の絵画から抜けだしてきたみたいだ。わたしはそれまでンムオを見たことがなかった。ステーションワゴンのなかに座って、見物にやってきた大勢の人たちといっしょにというのも初めてだった。一度だけ、何年か前にパパが運転する車で、エズィ・イチェケに集まった大勢の人たちのあいだを通り抜けたことがあったけど、パパはそのとき、無知なやつらが異教徒の仮面祭などという儀式に参加している、と低くつぶやいた。ンムオなんてのは蟻《あり》の穴から這《は》いだしてきたスピリットで、椅子を走らせたり籠に水を容れたりするなんてのは、どれもこれも悪魔的な民話だといった。「悪魔的な民話」という口調がいかにも危ない感じに聞こえた。

「これを見ろ」とパパ・ンクウ。「これは女のスピリットだ。女のンムオは悪さはしない。祭りじゃ大きいンムオの近くにも寄らない」パパ・ンクウが指差しているンムオは背が低かった。木彫りの仮面は骨ばった可愛い顔で唇が赤く塗られていた。しょっちゅう立ち止まって、くねくねと小刻みに動きながら踊るので、腰に巻いたビーズの紐が大きく揺れて波打った。近くの群衆がはやしたてて、なかにはお金を投げる人もいた。小さな男の子たちが——ンムオの従者で金属製のオゲネ（カウベルの形の鐘）や木製のイチャカ（ひょうたんにビーズを編んだ網をかけた楽器）を鳴らしながら——皺くちゃのナイラ札を拾いあげた。その一行が通り過ぎるか過ぎないうちにパパ・ンクウが叫んだ。「見るな！　これは女の見るもんじゃない！」

　道の向こうからやってくるンムオは数人の年配の男たちに囲まれていた。男たちはンムオの歩調に合わせてキンキンと鐘をたたいている。仮面は人の骸骨そっくりの渋面で、目のくぼみが大きくへこんでいる。額にはもがく亀が結びつけられていた。草で覆われた体から一匹の蛇と三羽の鶏の死骸がぶらさがり、ンムオが歩くたびに大きく揺れた。路上近くの人たちは怖がってさっと後ろにさがった。近くの家の敷地にあわてて駆けこむ女たちもいた。

　イフェオマおばさんは面白がってるみたいだったけど、それでも顔をそむけて、「見ちゃだめよ、女の子たち。おじいさんのご機嫌をそこねないことにしとこうね」と英語でいった。アマカはとっくに目をそらしていた。わたしも車を囲んで押し合いへし合いしている人たちに視線を向けた。罪深いことなんだから、異教の仮面に敬意を払うなんて。でもほんのちょっとだけ、ちらっと見てしまった。たぶん厳密にいえば、それで異教の仮面に敬意を払ったことにはならないはず。

「あれは、われわれのアグウォナトゥンベ（「亀を攻撃する蛇」の意の仮面）だ」とパパ・ンクウが自慢げにいったのは、ンムオが行ってしまったあとだった。「ここではいちばん力のあるンムオで、あれのせいで近村のやつらはアッバを恐れている。去年のアロの祭りじゃ、アグウォナトゥンベが杖をふりあげたら、ほかのンムオは一目散に逃げたぞ！　そのあとなにが起こるか見もせんで！」

「ほら見て！」とオビオラがまた別のンムオが道をやってくるのを指差した。ふわふわと漂う白い布みたいで、平らで、エヌグの家の庭に生えてる大きなアヴォカドの木よりも高かった。そのンムオが去っていくとパパ・ンクウはフムと唸った。見るからに気味がわるくて、椅子が走ってるところが思い浮かんだ。四本の脚が全速力で地面を蹴って、籠のなかに水がたまり、蟻の穴から人の形をしたものが這いでてくる。

「あれ、どうなってるの、パパ・ンクウ？　あのなかにどうやって人が入るの？」とジャジャがきいた。

「シィー！　あれはンムオだ、スピリットなんだ！　女みたいな口をきくな！」ぴしゃりとパパ・ンクウはいうなり、振り向いてジャジャをにらみつけた。

　イフェオマおばさんが声をあげて笑いながら英語でいった。「ジャジャ、あのなかに人間がいるってのは口にしちゃいけないことになってるの。知らなかった？」

「はい」とジャジャ。

おばさんはジャジャをじっと見ていた。「イマ・ンムオをしてないな？　オビオラは二年前に父親の故郷の町でやったけど」

「やってません」ジャジャが小声でいった。

ジャジャを見ながら思った、あの目のなかにうっすらと見えるのは恥ずかしさなのかな。急にジャジャがイマ・ンムオをすませてるとよかったのに、スピリットの世界へのイニシエーションを、と思った。女たちは知ってはいけないことになってるので、わたしにはほとんどわからないけど。それは一人前の男になるためのイニシエーションだったから。でも一度だけ、ジャジャは自分が聞いたことを話してくれた。男の子たちが鞭で打たれて、大勢がやんやと嘲るなかで沐浴《もくよく》させられたと。パパがイマ・ンムオについて口にしたのは一度きりで、息子にそれをやらせるキリスト教徒は無知の塊、そんなふうだから最後は地獄の業火で焼かれるんだ、といったのだ。

そしてわたしたちはエズィ・イチェケを発った。イフェオマおばさんはまず眠そうなパパ・ンクウを車から降ろした。見える目は半分ほど閉じているのに、見えなくなってきた目はぱっちり開いていて、フィルムみたいな膜が濃くなって、コンデンスミルクみたいだ。おばさんがわたしたちの家の敷地に車を止めたとき、家に入りたいかどうか子供たちにきいた。アマカは大きな声で「ノー」といった。弟たちにもそういえといわんばかりに。おばさんが家のなかまで送ってくれて、集会の最中だったパパに手を振った。帰る間際におばさんはジャジャとわたしをしっかり抱きしめてくれた。

その夜、自分が大きな声で笑っている夢を見た。でも自分の声じゃないみたいだった。自分の笑い声がどんな感じかちゃんとわかってたわけではなかったけど、それは喉の奥から、思いっきり、はじけるように出てくる、イフェオマおばさんみたいな笑い声だった。

パパはわたしたちを乗せて聖パウロ教会のクリスマスミサに連れていった。不規則に広がる教会の敷地に入っていくと、イフェオマおばさんと子供たちがステーションワゴンに乗りこむところだった。パパがメルセデスを止めるのを待って、おばさんたちがあいさつにやってきた。早い時間のミサに出たそうで、お昼ご飯にまた会うことになっていた。おばさんは前よりもっと背が高くて、怖いものなしに見えた。赤いラッパーにハイヒール。アマカも母親とおなじ鮮やかな赤いリップを塗ってる。ニッと笑って「メリー・クリスマス」というとき、歯が真っ白に見えたのはそのせいだ。

ミサに集中しようとしたけど、アマカのリップのことが頭から離れない。唇に色を塗るのってどんな感じだろ。それよりもっと集中できなかったのは、神父がずっとイボ語でお説教をして福音書にちっとも触れなかったからだ。亜鉛とセメントのことばかり話したのだ。「あなたがたは亜鉛のためのお金をわたしが食べてしまったと考えていますね、オクウィア（ちがいますか）？」神父は大袈裟な身振りで、会衆を非難するように指差しながら叫んだ。「とどのつまり、ここにいる何人がこの教会に寄付しましたか、グボ（ええっ）？　寄付なしで家を建てることができますか？　亜鉛とセメントがたった十コボで買えると思ってるんですか？」

パパは神父がほかのことを話せばいいのにと思っていた。飼い葉桶のなかで生まれたとか、羊飼いと導きの星とか。どうしてわかったかというと、パパが祈禱書をぎゅっとつかんだり、座席で何度も身をずらしたりしたからだ。わたしたちは最前列に座っていた。白い綿ドレスに聖母マリアのメダルをかけた座席案内係がすっとんできて、大声でパパに、大切なお客さまのために最前列がとってありますといって、そこにわたしたちを座らせたのだ。左手にアッバで唯一わたしたちの家より大きな屋敷をもっているウメアディ首長が座り、右手にイグウェ殿下が座っていた。イグウェ殿下は「平和と愛」の祈りのあいだにパパのところへやってきて握手し、「ンノ・ヌ（お帰りなさい）、あとでお邪魔して、きちんとごあいさついたします」といった。

ミサが終わるとパパといっしょに教会の隣にある多目的ホールで、神父の家を新築するための資金集めをした。額にスカーフをきっちり結んだ座席案内係が、神父の古い家の写真が載ったパンフレットを配った。雨漏りのする屋根とシロアリに食われたドアフレームにぼやけた矢印がついてる。パパが小切手を切って案内係に渡しながら、スピーチはしたくないと伝えた。司会者が、集まった金額を発表すると神父は立ちあがって、お尻を振りながら踊りはじめ、会衆も立ちあがって大きな歓声をあげた。まるで雨季の終わりにゴロゴロと鳴る雷鳴のようだった。

「行こう」とパパがいったのは司会が最後に新しい寄付について発表しようとしたときだ。パパが先頭に立ってホールから出た。大勢の人たちに微笑みながら手を振るパパの白いチュニックに、手がいくつも伸びてきた。まるでパパに触れると病いが癒《い》えるとでもいうように。

家に帰るとリビングのカウチにもソファにもぎっしり人が座っていた。テーブルに軽く尻をのせてる人までいる。パパが入っていくと男も女もいっせいに立ちあがって、「オメロラ！」と称える声があたりに響いた。パパは「メリー・クリスマス、神のご加護がありますように」といいながら握手とハグをくりかえした。だれかが裏庭に通じるドアを開けっ放しにしたため、青灰色の濃い焚き火の煙がリビングに流れこんで、客たちの顔がぼやけて見えた。裏庭からウムンナの妻たちがぺちゃくちゃしゃべる声が聞こえた。火にかけた大きな鍋からスープやシチューをすくって小鉢に入れている。客たちにふるまわれるのだ。

「ウムンナの奥さんたちにごあいさつなさい」とママがジャジャとわたしにいった。

ママのあとから裏庭に出た。ジャジャとわたしが「シノ・ヌ（いらっしゃい）」というと、女たちは手をたたいてひやかしの声をあげた。

みんなおなじに見えた。サイズの合わないブラウス、擦り切れたラッパー、頭にぎゅっと巻いたスカーフ。ニッと笑うとおなじように白い歯が見えて、陽に焼けた肌は色も肌理《きめ》もピーナッツの薄皮みたいにみんなおんなじ。

「ネケネ（見て）、この男の子が父親の財産を受け継ぐんだよ！」と女の人が声をあげてひやかす。口が狭いトンネルみたいな形になった。

「あたしたちにおなじ血が流れてなかったら、うちの娘をあんたに売りつけるとこだねえ」と別の人がジャジャにいった。火のそばにしゃがんで鼎の下の薪《まき》の具合を見ている人だ。みんなどっと笑った。

「あの娘は熟れたアグボグォ（娘）さ！　すぐに強くて若い男がヤシ酒持ってやってくるねえ！」とまた別の人がいった。汚れたラッパーをちゃんと結んでないので、小分けしたフライドビーフのトレーを抱えて歩くたびに、ラッパーの端が地面を撫でていた。

「二階へ行って着替えてらっしゃい」といってママがジャジャとわたしの肩を抱えた。「おばさんといとこたちがもうすぐ来るから」

二階のダイニングテーブルにはシシが八人分の席を用意していた。カラメル色の大皿には、パリッとアイロンをかけて三角形にたたんだナプキンがのっている。イフェオマおばさんと子供たちが到着したとき、わたしはまだ教会用の服を着替えている最中だった。おばさんの大きな声が聞こえて、そのあとエコーのような声がしばらく続いた。それが母親の声に反応するいとこたちの笑い声だなんて、リビングに入っていくまでわからなかった。ママは教会へ着ていったピンクの重たいスパンコールつきのラッパーのまま、カウチにイフェオマおばさんと座っている。ジャジャは飾り棚の近くでアマカとオビオラと話している。わたしも仲間に入ろうと近づいた。息を整えながら、どもったりしないように。

「あれ、ステレオだよね？　音楽かければいいのに。ステレオにも飽きたの？」アマカがクールな視線をジャジャからわたしへすばやく移しながらきいてる。

「ああ、ステレオだよ」とジャジャは答えたけど、かけたことがないとも、かけようと思ったこともないとも、聞くのはもっぱら家族の時間にパパがつけるラジオのニュースだけだともいわなかった。アマカが近づいてLPの入った引き出しをあけた。オビオラもいっしょだ。

「ステレオかけないのも無理ないわ、どれもめっちゃつまんないもん！」とアマカ。

「つまんないってことはないさ」とオビオラはいって、LPをざっと漁りながら、鼻筋に沿って分厚い眼鏡を押しあげた。癖なんだ。やっと一枚選んで、アイルランド教会の聖歌隊が「神の御子《みこ》は今宵《こよい》しも」と歌うのをかけた。オビオラはステレオにすっかり魅せられたらしく、歌が流れるあいだ立ったまま、じっと見ていた。凝視すれば、クロムでできたステレオの奥の秘密を解明できるとでも思ったのかな。

チマが部屋に入ってきた。「ここのトイレすごいよ、マミー。おっきな鏡があって、クリームがガラス瓶に入ってた」

「なにか壊してないといいけど」とイフェオマおばさん。

「壊してないもん」とチマ。「テレビつけていい？」

「だめ。もうすぐユジーンおじさんが来るし、そうしたらみんなでお昼ご飯だから」とおばさん。食べ物とスパイスの匂いをさせながらシシが部屋に入ってきて、ママに、イグウェ殿下が来たのでパパがみんなに降りてきてあいさつをするようにいってると伝えた。ママは立ちあがってラッパーをしっかり巻きなおし、イフェオマおばさんが先に立って歩きだすのを待った。

「イグウェ殿下は公邸にいて来客をもてなすものだと思ってた。一般人の家を訪ねるなんて知らなかった」とアマカが階下に降りながらいった。「それって、あなたのお父さんがビッグマンだからだね」

「あなたのお父さん」じゃなくて「ユジーンおじさん」っていえばいいのにと思った。アマカは話しながらこっちを見もしなかった。アマカを見てると、亜麻色の砂が自分の指のあいだからこぼれていくのを、なすすべもなく見てるような気がした。

　イグウェ殿下の公邸はほんの数分のところにある。わたしたちが訪ねたのは数年前に一度だけで、そのあと訪ねたことはない。理由は、改宗したとはいえイグウェ殿下はまだ公邸で異教徒の親戚に犠牲を捧げる儀式をやらせているからだとパパはいう。あのときママは女はそうするものとされる伝統的なやり方であいさつをした。低く腰をかがめて背中を差しだすと、イグウェが、動物の尻尾で作った麦藁色の柔らかな扇ではたいたのだ。その夜、家に帰ってから、パパはあれは罪深いとママにいった。おまえはほかの人間に腰をかがめたりしてはいけない。イグウェ殿下に腰をかがめるなんて、あれは邪悪な伝統だといった。だから数日後に司教に会いにアウカに行ったとき、わたしは指輪にキスするために跪かなかった。パパに気に入られたかったのだ。でもパパは車のなかでわたしの耳をひっぱり、おまえには識別する心がないのか、司教は神につかわされた人間だがイグウェは伝統的統治者にすぎない、といった。

「こんにちは、サー、ンノ」と階下に降りてわたしはイグゥエ殿下にいった。こっちに向かってにっこり笑いながら「われらが娘よ、ケドゥ（元気かな）？」という殿下の、胡座《あぐら》をかいた鼻から鼻毛が突きでていた。

イグウェ殿下と妻と四人の付き人のために、小さいほうのリビングの一つが片付けられていた。付き人の一人が、エアコンが効いているのに、金箔のついた扇でイグウェ殿下をあおいでいる。もう一人の付き人があおいでいるのが妻だ。黄色い肌の女性で首から金のペンダント、ビーズ、珊瑚《さんご》といった宝石類を垂らしている。頭に巻いたスカーフは正面のところがフレアになってて、バナナの葉みたいに大きくて高い。これじゃ教会で後ろに座った人は立たなければ祭壇が見えないかも。

イフェオマおばさんが膝をついて「イグウェ殿下！」と大きな声であいさつして敬意を示すと、イグウェ殿下がその背中を扇ではたいた。チュニックいちめんに縫い付けられた金色のスパンコールが、午後の日差しを受けてぎらぎらと輝いた。アマカは殿下の前で深々とお辞儀をした。ママ、ジャジャ、オビオラは握手するとき両手で殿下の手を包みこむようにして敬意を示した。わたしはじっと見ながら、ドアロに立っていた。イグウェ殿下のそばでお辞儀することにならないようにして、それをパパに見てほしかったのだ。

二階へもどると、ママはイフェオマおばさんと自分の部屋へ行った。チマとオビオラは絨毯の上に寝転がって、オビオラがポケットに入れてきたカードゲームのウォットを始めた。アマカはジャジャが持ってきたという本を見たがってジャジャの部屋に行ってしまった。わたしはソファに座って、いとこたちがカードで遊ぶのを眺めていた。そのゲームのことは知らなかったし、合間あいまに笑いながら一人が「ドンキー！」と叫ぶ理由もわからなかった。ステレオはとっくに止まっていた。立ちあがって廊下に出て、ママの寝室のドア近くに立った。なかに入ってママやイフェオマおばさんといっしょに座りたかったけど、じっと立って耳を澄ました。ママが小声でささやいてる。

なにをいってるかほとんど聞き取れない。わかったのは「工場には中身の詰まったガスボンベがたくさんある」だけだ。パパに頼んでみたらいい、とママがイフェオマおばさんを説得していた。

おばさんの声も低かったけど、こっちはよく聞こえた。ささやき声まですごくおばさんらしいのだ――高くて、はつらつとして、怖いものなしの大きな声、おばさん自身より大きいくらい。「ユジーンがわたしに車を買ってやろうかっていったときのこと、忘れた？　イフェディオラが死ぬ前だったけど、買う前にわたしたちに聖ヨハネ騎士団に加われっていった。アマカを修道院の付属学校へ入れろともいった。わたしにメイクするのやめろとまでいったのよ！　新車はほしいですよ、ンウンイェ・ム、ガスコンロだってまた使えるようにしたいし新しい冷凍庫だってほしい、チマのズボンが小さくなったら縫い目をほどかなくてもすむようお金もほしいわ。でも、それを手に入れるために兄さんに頼んだりしない、わたしは、身をかがめて尻を舐めさせてくれなんて」

「イフェオマ、もしも……」ママの小声がまた尻すぼみになった。

「ユジーンがイフェディオラとうまくいかなかった理由は知ってるでしょ？」イフェオマおばさんがまたささやき声になったけど、さっきより大きくて、きつかった。「イフェディオラがユジーンに面と向かって思ってることをいったからよ。イフェディオラは遠慮なく真実をいった。でもユジーンって自分の気に入らない真実には逆らいまくる。わたしたちの父親は死にかけてる、でしょ？　死にかけてるの。もう年寄りなんだから、いったいどれくらい時間が残されてるか、グボ（でしょ）？　なのにユジーンったら家に入れようとしないし、あいさつもしない。オ・ジョカ（最悪よ）！　ユジーンは神の仕事をやめるべき。神は偉大なんだから自分の仕事は自分でできる。もしも神が、われわれの父親が先祖のやり方に従うことにしたので審判をくだすっていうなら、神にやってもらえばいい、ユジーンじゃなくて」

「ウムンナ」ということばも聞こえた。イフェオマおばさんは答える前に喉の奥から大きな笑い声をあげる。「ウムンナの人たちって、つまりアッバじゅうの人って、だれもがユジーンの聞きたがることをいう。あの人たちに分別がないかって？　いやいや、自分の口を満たしてくれる手をつねったりしないものでしょ？」

アマカがジャジャの部屋を出てすぐ近くに来てるのに、わたしは気づかなかった。たぶん廊下が広いせいだ。「なにしてるの？」とアマカの声がした。首筋に息がかかるほどの近さだ。

わたしは飛びあがった。「なにも」

アマカは怪訝《けげん》そうにわたしの目をじっと見た。ちょっと間をあけてから「あなたのお父さん、お昼ご飯のために二階にあがってきたよ」といった。

みんながテーブルにつくのをパパがじっと見ていた。そして食前の祈りを始めた。いつもよりちょっと長めで二十分以上かかった。最後に「われらが主であるキリストによって」というと、みんなが「アーメン」といった。イフェオマおばさんの「アーメン」がひときわ大きく聞こえた。

「ライスが冷めるようにしたかったわけ、ユジーン？」とおばさんが小声でいう。パパは聞こえなかったみたいにナプキンを広げた。

皿にフォークがあたる音や、大皿から取り分けるスプーンの音がダイニングルームいっぱいに響いた。午後なのに前もってシシがカーテンを閉めてシャンデリアを点けていた。黄色い光のせいでオビオラの目がもっと金色っぽく見えて、エクストラスイートの蜂蜜みたい。エアコンをかけてるのに暑いくらいだった。

アマカは自分の皿にほとんど全種類の料理という料理を盛りつけていた——ジョロフライス、フフ、二種類のスープ、フライドチキンにフライドビーフ、サラダのクリームがけ——もうじき食べられなくなる人みたいに。レタスの切れ端が皿からはみでてテーブルに垂れていた。

「いつもフォークとナイフでライス食べるの？　ナプキンまでつけて？」アマカがわたしのほうを

じっと見つめながらきいた。

わたしは自分のジョロフライスをにらんだまま、こっくりとうなずいた。アマカったら、もっと小さな声で話せばいいのに。食事中の会話にわたしは慣れていなかった。

「ユジーン、子供たちをスッカに寄こしてよ」とイフェオマおばさんがいった。「大きな家じゃないけど、そうすれば、いとことして知り合える」

「家から離れたがらないんだ、子供たちが」とパパ。

「それは家から離れたことがないからでしょ。スッカがきっと気に入ると思うな。ジャジャとカンビリ、どう?」

皿に向かってもごもごいってるうちに、わたしは咳きこみはじめた。口から気のきいたことばが出ないうちに、咳が先に出てしまったみたいだ。

「パパがいいっていえば」とジャジャがいった。パパがジャジャに向かってニッと笑った。自分がそういえばよかった。

「たぶん次の休みのときにでも」とパパが話を締めくくった。この話を終わりにさせたかったのだ。

「ユジーン、ビコ(お願い)、子供たちを寄こして、一週間でいいから。一月末まで学校はないんでしょ。運転手に子供たちを車でスッカまで送らせてよ」

「ングワヌ(わかった)、まあそのうち」とパパ。初めてイボ語で話している。いまにも眉をしかめそうだ。

「イフェオマの話ではストライキは終わったそうですよ」とママがいった。

「スッカは少しは改善されているのか?」とパパはまた英語にもどった。「大学はいまや過去の栄光で生き延びているな」

イフェオマおばさんが目を細めた。「これまで一度でもその問題について電話できいたことがあった、ユジーン？　妹に電話をかけようと受話器を持つと手が萎《しお》れるわけ？　グボ（えぇっ）？」おばさんのイボ語はあっけらかんと、からかう調子になっていたけど、声の硬さがわたしの喉にしこりを作った。

「電話したさ」

「いつ？　あらためてきくけど——それはいつの話？」イフェオマおばさんはフォークを置いた。おばさんが身じろぎもせずにじっとしている張り詰めた長い時間、パパもまたじっとしていて、ほかのみんなも息を殺している。ついにママが咳払いして、ジュースのボトルがからっぽじゃないかしらとパパにたずねた。

「ああ」とパパ。「あの娘にもっとジュースを持ってくるよういいなさい」

ママが立ちあがってシシに声をかけにいった。シシが運んできた長いボトルには見るからにエレガントな液体が入っていて、先細のボトルはすらりとプロポーション抜群の女性みたいだ。パパがみんなにジュースを注いで、乾杯しようといった。「クリスマスのスピリットに、そして神の栄光に」

みんな声を合わせてパパのことばを復唱した。オビオラのは尻あがりになって疑問文みたいに聞こえた。「神の栄光に？」

イフェオマおばさんは「そしてわたしたちにも、家族のスピリットにも」と付け加えてジュースを飲んだ。

「これ、ユジーンおじさんの工場で作ってるんですか？」アマカがボトルになんて書かれているか目を細めながらきいた。

「そうだよ」とパパは答えた。

「ちょっとあますぎますね。お砂糖を少し減らせばもっと美味しくなると思いますけど」アマカの口調は年上の人と話すときの、丁重でごくふつうの感じだ。パパがうなずいたのか、それともあれは嚙《か》んでるときの頭の動きにすぎなかったのか、よくわからなかった。わたしは喉にまた別のしこりができて、口にほおばったライスを飲みこめなくなった。グラスに手を伸ばしたけど倒してしまった。白いレースのテーブルクロスに血のような色のジュースが広がった。ママが急いでナプキンをあてた。赤く染まったナプキンをママが持ちあげたとき、階段に付着したママの血のことを思いだした。

「アオクペのこと、おじさんは聞きましたか?」とアマカがきいた。「ベヌエの小さな村に、聖母マリアがあらわれるって話ですが」

アマカって、どうしてあんなにやすやすと口を開けて、さらさらとことばを出せるんだろ。

パパはしばらく食べ物を嚙みつづけ、それを飲みこんでから「ああ、聞いたことはあるよ」といった。

「子供たちを連れて巡礼してみようと思うんだけど」とイフェオマおばさんがいった。「カンビリとジャジャもいっしょに行ってもいいわよね」

アマカがさっと顔をあげた。驚いてる。なにかいいかけて、思いなおしたようだ。

「そうだな、教会はそこにあらわれる姿が本物かどうかまだ結論は出していないが」といってからパパはじっと皿をにらんだ。

「アオクペについて教会の正式発表を待っていたら、わたしたちみんな死んじゃうかも」とイフェオマおばさん。「かりに教会が、あれは本物じゃないといったとしても、わたしたちがそこへ行くのはべつに問題じゃないでしょ、信仰心ゆえなんだから」

意外にもパパはイフェオマおばさんのいったことが気に入ったらしい。ゆっくりとうなずいたのだ。「いつ行くつもりだ?」

「一月になってから、子供たちの学校が始まる前に」

「いいだろ。エヌグにもどってジャジャとカンビリが二、三日そこへ行けるよう調整したら電話する」

「一週間、ユジーン、一週間は泊まらせて。頭から人を喰《く》らうモンスターを家で飼ってるわけじゃないから！」といってイフェオマおばさんが笑い声をあげると、子供たちもおなじ笑い声をあげた。喉の奥から思い切り出す笑い声。その歯が、ぱっくり割れたヤシの実の内部のようにきらっと光った。アマカだけが笑わなかった。


翌日は日曜日だったけど、なんだか日曜じゃないみたいだった。クリスマスに教会へ行ったばかりだったからかもしれない。ママがわたしの部屋にやってきて優しくわたしを揺すってハグした。デオドラントのミントの香りがした。

「よく眠れた？　今日は早い時間のミサに行くわよ、そのあとにパパが人と会う予定だから。ほら、クニエ（起きて）、バスルームに行って、もう七時」

わたしはあくびをして、起きあがった。ベッドの上に赤い染みがついている。ノートブックを広げたみたいだ。

「月経ね」とママ。「ナプキンは持ってきた？」

「うん」

遅れてはいけないと思って、体を洗うか洗わないうちにシャワーから出た。青と白のドレスを出して青いスカーフを頭に巻いた。首の後ろで二重に結んで端をコーンロウの下のほうにたくしこんだ。むかしパパが自慢げにわたしをハグして、額にキスしてくれたことがある。ベネディクト神父がわたしのことをパパに、ミサのために髪をいつもきちんと布で被っていますね、教会にくるほかの若い娘たちとちがって、といったからだ。ほかの娘たちは髪を人前にさらすことが邪悪だと知らないかのように髪を出している、と神父はいったという。

出ていくと、ジャジャとママが着替えをすませて二階のリビングで待っていた。腹部に激しい痛みが走った。歯みたいなものが周期的に腹部の内膜に噛みついて放さない、そんな感じなのだ。

「ママ、パナドールある？」

「痛みが、アビア（来た）？」

「うん。お腹もぺこぺこ」

ママは壁の時計を見た。パパが寄付をした慈善事業からの贈り物だ。卵形をしていて金色のエンボスでパパの名前が入っている。七時三十七分。信仰心の篤《あつ》い者は聖体拝領を受ける前、一時間は固形の食べ物は摂ってはいけないことになっていた。聖体拝領の断食をわたしたちが破ったことはない。朝食のテーブルにはお茶のカップとシリアル用のボウルが並んでいたけど、家に帰ってくるまで食べることはなかった。

「コーンフレークを少しだけ食べなさい、急いで」とママがささやくようにいった。「パナドールを飲む前に胃になにか入れなくちゃ」

ジャジャがテーブルの上のシリアルを箱から少しだけ出して、ティースプーンで粉ミルクと砂糖をすくって入れてから水を加えた。ガラスのボウルは透明だったので、チョークみたいな粉ミルクの塊が水の底から浮きあがるのが見えた。

「パパはお客さんといっしょだから、あがってきたら音でわかるよね」とジャジャ。

わたしは立ったままシリアルを大急ぎで食べはじめた。ママがパナドールの錠剤をくれた。銀色のフォイルから取りだすときパキッと音がした。ジャジャがボウルに入れたシリアルはわずかだった。食べ終わる寸前、ドアが開いてパパが入ってきた。

パパの白いシャツには完璧なテイラードのラインがついていて、こんもりしたお腹の線を隠すにはほとんど役に立っていない。パパがわたしの手のなかにあるコーンフレークのガラスボウルを凝視しているあいだ、わたしは粉ミルクの塊のあいだに浮いてるふやけたフレークを見おろして、どうやってパパは音をたてずに階段をのぼってきたんだろうと考えていた。

「なにをしている、カンビリ？」

わたしはごくんと飲みこんだ。「わたし……わたしは……」

「ミサの十分前にものを食べているのか？　ミサの十分前だぞ？」

「月経が始まって、ひどい痛みが……」とママ。

ジャジャが割って入った。「ぼくがコーンフレークを食べてからパナドールを飲むようにいったんだ、パパ。ぼくがそうさせた」

「悪魔の使い走りになれといわれたのか？」いきなりパパの口からイボ語が飛びだした。「悪魔がわたしの家にテントを張っているのか？」パパがママのほうを向いた。「おまえはそこに座って、娘が聖体拝領の断食を汚すのを黙って見ていたのか、マカ・ンニディ（なんのためだ）？」

パパはゆっくりとベルトのバックルをはずした。何層も茶色の革を重ねてから沈んだ色の革でくるんだ、バックル付きの重たいベルト。ベルトはまずジャジャの肩に落ちた。それからママが両手を出すとその二の腕に落ち、スパンコールのついた教会用ブラウスのパフスリーブの上に落ちた。わたしがボウルを下に置いたときベルトが背中に当たった。わたしはときどきフラニの遊牧民をじっと見ていることがある。彼らは白いジュラバの裾を風になびかせ、小枝の鞭をピシッといわせながら牛の群れを追って、エヌグの道路を横切っていく。鞭の動きはすばやく正確だ。ベルトをママやジャジャやわたしに振り下ろしながら、悪魔が勝利することはない、というときのパパは遊牧民のフラニみたいだ——あんなふうに背が高く痩身ではないけど——シュッといって宙を舞う革のべルトから、わたしたちが二歩以上離れることはなかった。

それからベルトが止まり、パパが手に持った革をにらみつけた。顔がゆがんで、目蓋《まぶた》が垂れ下がっている。「なぜ、おまえたちは罪に踏みこむ？　なぜ罪を好む？」といった。

ママがパパの手からベルトを取ってテーブルの上に置いた。

パパがジャジャとわたしを自分の体に引き寄せて抱きしめた。「ベルトのせいで傷ができたか？　皮膚が切れたか？」といってわたしたちの顔をのぞきこんだ。背中がずきんずきんと痛んだけど、いいえ、傷はできていません、とわたしはいった。パパは首を振った。罪を好むことについて語るときいつもそうするのだ。重たいものがどさりと落ちてきても振り払うことができないみたいに。

わたしたちは遅いほうのミサに参列した。でもその前にまず、パパでさえ服を着替えて、それから顔を洗った。


新年を迎えるとすぐにわたしたちはアッバを発った。ウムンナの妻たちは残った食料を、ママが失敗作だといった豆のライスまで分取り、裏庭の地面に跪いてパパとママに感謝した。門番は、わたしたちが車で走り去るあいだ、両手を頭上で振りつづけた。門番の名前はハルナだ。数日前にジャジャとわたしに、PとFの音が入れ替わったハウサ語なまりの英語で、あなた方のお父さん《パーザー》はわたしがこれまで出会った最高のビッグマンだといった。最高の雇い主《エンフロイヤー》だともいった。知ってますか？　あなた方のお父さん《パーザー》が、うちの子供たちの授業料《ピーフェイ》を払ってくれたんです。それにわたしの妻《ワイフ》がこの地区の役所《オピス》で仕事に就けるように助け《ヘルフ》てくれたんですよ。あんなお父さん《パーザー》がいて幸せですね。

高速道路に入るころパパがロザリオの祈りを唱えはじめた。半時間もしないうちに検問所に着いた。道は渋滞していた。いつもより大勢の警官が銃を振って車を迂回させている。渋滞する車列の一台になるとようやく事故に巻きこまれた車体が見えた。一台が検問所で停車したところへもう一台が追突したのだ。追突した車はぐしゃっと潰れて半分ほどの大きさになっている。血だらけの死体が路上に横たわっていた。ブルージーンズの男だ。

「あの男の魂が安らかに眠らんことを」とパパはいって十字を切った。

「見ないで」とわたしたちのほうを振り向いてママがいった。

でもジャジャとわたしはもう死体を見てしまった。パパは警官のことを、こんな樹木の多いところで道路封鎖するなんて、モーターバイクには危険きわまりないのに、通行人から巻きあげた金を隠す茂みがあって便利なんだなといっていた。でもわたしはパパのいうことをちゃんと聞いてなかった。ブルージーンズの男のことを、死んだ人のことを考えていた。どこへ行くつもりだったんだろ、そこでなにをしようとしてたんだろ。

パパが二日後にイフェオマおばさんに電話した。ひょっとしてその日パパは懺悔《ざんげ》に行かなければ電話しなかったかもしれない。そうなっていたら、わたしたちはスッカに行かなかったかもしれないし、なにもかもそれまでとおなじだったかもしれない。

神の顕現《エピファニー》の祝日で、義務の聖日だったので、パパは仕事に行かなかった。家族で午前中のミサに出たけど、義務の聖日には、ベネディクト神父をいつものように訪ねないで、あとから神父の家へ行った。パパはベネディクト神父に懺悔したがっていた。アッバで懺悔に行かなかったのはイボ語で告白をしたくなかったからだ。パパがいうには、アッバの教区司祭はあまりスピリチャルではないからだそうだ。それがわれわれ一族の問題なんだ、教会の建物の大きさと強い権威ばかり気にして、優先順位のつけかたが間違っている、白人たちは絶対にそんなことはしない、とパパはいった。

ベネディクト神父の家で、ママとジャジャとわたしはリビングに腰をおろして、続き部屋の書斎でパパがベネディクト神父と話しているあいだ、リビングの、棺桶を思わせる低いテーブルに売り物のように広げられた新聞や雑誌を読んでいた。パパが出てきて、わたしたちに懺悔の準備をしなさいといった。最初はいつもパパだ。ドアをきっちり閉めてもパパの声が聞こえてきた。流れる一語一語が、ぶるぶると止まらないエンジン音みたいに続いた。次はママで、ドアは少しだけ開いていたけど声は聞こえなかった。ジャジャはうんと短かった。部屋を出るときまだ十字を切っていて、とにかく早くそこから出なくちゃという感じだった。目で、パパ・ンクウにいった嘘のことを覚えてるかどうかきくと、ジャジャはこくんとうなずいた。わたしは机と椅子が二脚やっと入る大きさの部屋に入って、ドアがちゃんと閉まったか、押して確かめた。

「祝福をおあたえください、神父さま、わたしは罪を犯しました」といった。椅子のうんと端に腰かけていた。ひたすら懺悔したかった。緑色のカーテンで司祭と信者が隔てられる木の小部屋の安全がほしかった。跪きたかった。ベネディクト神父の机にあるファイルで自分の顔を隠したかった。顔を突きあわせて懺悔すると、最後の審判の日が早くやってきそうな気がして、心の準備がまだできていないと思ったのだ。

「そうですか、カンビリ」ベネディクト神父が背筋をすっと伸ばして椅子に座り、肩にかけた紫色のストールを指でいじりながらいった。

「最後に懺悔をしてから三週間になります」といいながら壁にかかった法王の額入り写真の真下をわたしはにらんだ。写真の下側にサインが入っている。「罪を犯しました。二度、嘘をつきました。一度、聖体拝領の断食を破りました。ロザリオのお祈りのあいだに三度、集中するのを怠りました。口にしたすべてのことに対して、口にするのを怠ったすべてのことに対して、その手と神の手から赦しを請います」

ベネディクト神父が椅子の上で身をずらした。「続けなさい。告白のときに意図してなにかを隠すのは精霊に対する罪だというのは知っていますね」

「はい、神父さま」

「では、続けて」

壁を見るのをやめて神父をちらっと見た。神父の目は庭で一度見かけた蛇の色をしていた。ハイビスカスの茂み近くをしゅるしゅるっと滑っていった蛇とおなじ緑色。庭師は、庭によくいる毒のない蛇だといっていた。

「カンビリ、罪はすべて告白しなければいけません」

「はい、神父さま。告白しました」

「神に隠し事をしてはいけません。考える時間を少しあげましょう」

わたしはうなずいて、また壁をにらんだ。ベネディクト神父が知っていて、わたしが自分でも知らないことって？　パパがなにかいったのかな？

「祖父の家に十五分以上いました」ようやくわたしはいった。「祖父は異教徒です」

「偶像のために供えられた原住民の食べ物を食べましたか？」

「いいえ、神父さま」

「異教徒の儀式に参加しましたか？」

「いいえ、神父さま」といってからわたしは黙った。「でも、ンムオを見ました。仮面です」

「楽しかったですか？」

壁にかかった写真を見あげて、あれは法王本人の署名かなと思った。「はい、神父さま」

「異教徒の儀式を楽しんではいけないことはわかっていますね、モーセの十戒の第一の戒律を破ることですから。異教徒の儀式は迷信へと人を誘導するもので、それは地獄の門にあたります。そのことを理解していましたか？」

「はい、神父さま」

「懺悔として主の祈りを十回、アヴェ・マリアを六回、使徒信条を一回唱えなさい。それからあなたは意識的に、異教的なやり方を楽しむ者を改宗させる努力をしなければいけません」

「はい、神父さま」

「いいでしょう、それでは痛悔の祈りを」

わたしが痛悔の祈りをしているあいだ、ベネディクト神父は祈りのことばを唱えながら十字を切った。

出ていくと、パパとママはまだ頭を垂れてソファに座っていた。ジャジャの隣に座って、頭を垂れて懺悔した。

家に帰る車のなかで「アヴェ・マリア」より大きな声でパパがいった。「これでわたしの汚れはなくなった、全員の汚れがなくなった。神がいますぐわれわれを召されるとしても、まっすぐに天国へ行ける。まっすぐに天国だ。煉獄《れんごく》で身を浄める必要はない」パパは笑顔だった。目を輝かせて、片手でハンドルを軽くリズミカルにたたいている。そして家に帰るなりイフェオマおばさんに電話したのだ。そのときもまだ笑顔だった。まだお茶も飲んでいなかった。

「ベネディクト神父と話し合ったが、子供たちはアオクペへ巡礼してもいいそうだ。だがあそこで起きていることは教会によって検証されたわけではないから、そこははっきりさせておきたいとのことだった」ちょっと間があり「ケヴィンに運転させて子供たちを連れていかせよう」と続いて、またちょっと間があいた。「明日じゃ急すぎる。明後日だ」長い沈黙。「そうか、わかった。神のご加護を、じゃあ」

パパが電話を切ってこちらを向いた。「おまえたちは明日発つことになったから、二階で荷物をまとめるように。五日分の荷物だ」

「はい、パパ」ジャジャとわたしはいっせいに答えた。

「ということは、たぶん」とママ。「イフェオマの家を訪ねるのに手ぶらじゃいけませんよね」

パパはママが口をきいたことに驚いたみたいだった。「もちろん車には食べ物をのせる、ヤム芋とライスだ」とパパ。

「スッカではガスボンベが手に入りにくいとイフェオマがいってましたが」

「ガスボンベ？」

「ええ、料理用の。いまじゃ古い灯油コンロを使っているそうです。粗悪品の混じった灯油の話を覚えてます？　爆発して人が死んだ話。工場からガスボンベを少し持ってきてイフェオマのところへ持っていくのはどうかしら」

「おまえとイフェオマの計略か？」

「クパ（というか）、そうしたらどうかなと思ったんです。もちろん決めるのはあなたですよ」

パパはしばらくママの顔をいぶかしげにじっと見ていた。「いいだろ」といってからパパはジャジャとわたしのほうを向いた。「二階へ行って荷物を詰めなさい。そのために勉強時間から二十分だけ使っていい」

わたしたちは彫刻された階段をゆっくりと上った。ジャジャも下っ腹がごろごろいってるかな、わたしみたいに、と思った。自分の家から離れてパパのいないところに泊まるのは初めてだった。

「スッカへ行きたい？」踊り場まで行って、きいてみた。

「うん」とジャジャ。その目が、おまえだってそうだろ、わかってるさ、と告げていた。五日間もパパの声の聞こえないところで、階段にパパの足音が聞こえないところですごすなんて、考えただけで喉が詰まりそう。でもそのことを、目と目でかわす会話でジャジャに伝えることばが見つからなかった。

次の日の朝、ケヴィンがパパの工場から満タンのガスボンベを二つ運んできて、ボルボのトランクに積みこんだ。隣にはライスと豆の袋、ヤム芋が少し、プランテーンの緑の大束、それにパイナップル。ジャジャとわたしはハイビスカスの茂みのそばに立って待っていた。庭師がブーゲンビリアを剪定している。平らに切りそろえた上に頑固に突きでた花を切っていた。フランジパニの木立の下から熊手で落ち葉とピンクの花をかき集め、積みあげて、手押し車にのせようとしていた。

「これがスッカですごす一週間のスケジュールだ」といってパパはわたしの手に紙片を押しこんだ。二階の勉強机のところに貼ってあるスケジュール表に、一日に二時間だけ「いとことすごす時間」が鉛筆で書きこまれている。

「スケジュールからはずれていいのは、おばさんといっしょにアオクペへ行く日だけだぞ。その日はこれに従わなくてもいい」とパパ。ジャジャをハグして、それからわたしをハグしたとき、パパの手が震えていた。「おまえたち二人と一日以上離れていたことはなかったな」

わたしはなんといっていいかわからなかったけど、ジャジャはこくりとうなずいて「一週間もしないうちに会えますから」といった。

「ケヴィン、運転は慎重に。わかってるな?」というパパの声を聞きながらわたしたちは車に乗りこんだ。

「かしこまりました」

「帰ってくるときにナインスマイルで給油するんだ、領収書を持ってくるのを忘れるなよ」

「かしこまりました」

パパはわたしたちに車から降りるようにいって、もう一度ハグして、首の後ろを撫で、走っている車のなかでロザリオの祈りを十五回、はしょらずに唱えるのを忘れないようにといった。ママにもう一度ハグされてから車に乗りこんだ。

「パパがまだ手を振ってる」とジャジャ。ケヴィンが車をゆっくりと車道に出すあいだ、ジャジャは頭上のミラーを見ていたのだ。

「泣いてる」とわたし。

「庭師も手を振ってる」というジャジャに、わたしのいったことが聞こえたかどうかわからなかった。わたしはポケットからロザリオを取りだして十字架にキスして、お祈りを唱えはじめた。

車が走ってるあいだ窓の外を見ながら、道路脇で真っ黒になった塊を数えた。あんまり長いあいだ放っておかれたので赤錆が浮いているのもある。あの車に乗ってたのはどんな人たちだったんだろう。事故にあって、ガラスが砕け散って、金属部分がグシャグシャになって、フレームが吹き飛ぶ直前なにを考えてたんだろう。お祈りの「栄えの神秘」に少しも集中できなかったし、それはどうやらジャジャもおなじ。ジャジャったら次の十回分を始める番になってもすっかり忘れていたのだ。車が走りだして四十分ほどしたとき、道の傍らに「ナイジェリア大学、スッカ」という標識が見えた。そろそろ着いたのかとケヴィンにきいてみた。

「いいえ」とケヴィン。「もう少し先です」

オピの町の近くで——埃だらけの教会と学校の掲示板に「オピ」とあるのでわかったんだけど——警察の検問所にぶつかった。道路には古タイヤと釘を打ちつけた丸太がいくつも転がり、車が通れるのは残りの狭いスペースだけだ。近づいていくと警官が旗を振ってわたしたちの車を停車させた。ケヴィンが低く唸った。スピードを落としてグローブ・ボックスに手を伸ばし、十ナイラ札をひっぱりだして、車の窓から警官に向かって放り投げた。警官はニヤッとあざ笑うように敬礼して、車を通す合図をした。もしパパが車に乗っていたら、ケヴィンはそんなことはしなかっただろう。警官や兵士に停車を命じられても、パパは相手が車を通すまで、延々と、車検やらなにやら書類をすべて見せて、車のなかまで捜索させた。でも賄賂《わいろ》だけは渡さなかった。闘っている相手の一部になるわけにはいかない、とよくパパはいっていた。

数分後、「さあ、スッカの町に入りますよ」とケヴィンがいった。車は市場を通り抜けているところだ。人がひしめく道端の店には粗末な棚に商品が並び、狭くて細い路上にいまにも品物がこぼれ落ちそうで、路上にはすでに二重駐車の列がぎっしり、トレーを頭にのせた物売り、オートバイ、ヤム芋を積んだ荷車を押す少年たち、籠を抱えた女たちであふれかえり、ゴザに座る物乞《ものご》いが目をあげて手を振っている。さすがに車はスピードを落とした。するといきなり道のまんなかにポッカリと穴。すかさずケヴィンは前を走る車の急ハンドルに倣って切り抜けた。市場が終わると道は急に狭くなった。路肩がごっそりえぐられている。車を止めて、ほかの車が通り過ぎるのをしばらく待った。

「さあ大学に着きましたよ」やっとケヴィンがいった。

上方に大きなアーチがそびえて、黒い金属板に切り抜き文字で「ナイジェリア大学、スッカ」とある。アーチの下側の門が大きく開かれて、焦茶色の制服にそろいのベレーを被った警備員が何人か立っている。車を止めて窓を下げた。

「こんにちは。ちょっとおききしますが、マーガレット・カートライト通りへはどうやって行けばいいんですか?」

いちばん近くにいた、皺のよったドレスみたいな顔の警備員がケヴィンに「やあ調子はどう?」といって、マーガレット・カートライト通りはすぐそこだと教えてくれた。このまま直進して最初の交差路を右へ曲がってすぐに左折だ。ケヴィンはお礼をいって車を発進させた。道の横にはほうれん草色の芝生が広がっている。芝生のまんなかに立っている銅像をじっと見た。黒いライオンが後ろ足で立ち、胸を突きだし、尻尾が上向きのカーブを描いている。ジャジャが台座に刻まれたことばを声に出して読みあげるまで、ジャジャも見ていたことに気づかなかった。「人間の尊厳を保つために」と読みあげてから、ジャジャは「大学の標語だ」といった。わたしが知らないみたいに。

マーガレット・カートライト通りの両端にはグメリナの高木が植えられていた。雨季になると激しい雷雨で木々が傾き、こずえが触れ合って、通りが暗いトンネルになりそう。砂利の敷かれた車寄せと「犬に注意」と前庭に標識を出した二世帯住宅が続いたあと、二台分の車寄せのある平屋の住宅をすぎて、家の前が車寄せじゃなく空き地のままのフラットが並ぶブロックになった。ケヴィンはゆっくりと車を走らせながらイフェオマおばさんの家の番地をぶつぶつ口のなかでつぶやいていた。そうすれば早く着けるみたいに。おばさんの家は四つ目のブロックにあった。高いけど、どうってことのない建物で、青いペンキははげかかり、ベランダからテレビのアンテナが突きでている。両側にそれぞれフラットが三つあって、イフェオマおばさんの家は左側の一階だ。目に飛びこんできたのは家の正面に広がる円形の鮮やかな色彩で、その周りに有刺鉄線が張ってある。花壇だ。バラ、ハイビスカス、ユリ、イクソラ、クロトンが手描きのリースみたいに仲良く並んでいた。フラットからショートパンツ姿のイフェオマおばさんがTシャツの胸で手を拭きながら出てきた。膝が真っ黒だ。

「ジャジャ！　カンビリ！」と叫んで、車から降りるのが待ちきれないとばかりにわたしたちをハグした。いっしょにギュッと抱きしめられて、おばさんの腕のなかに二人して心地よく身をゆだねた。

「こんにちは、マー」とあいさつしてから、ケヴィンは車の後ろにまわってトランクを開けた。

「まあ！　すごい！　ユジーンったらわたしたちが飢え死にするとでも思ったのかな？　ライスの

袋まで?」とおばさん。

ケヴィンが微笑んだ。「オガ（旦那さま）がどうぞよろしくとのことです、マー」

おばさんがトランクのなかを見て「わっ!」と声をあげた。「ガスボンベまで? おお、ンウンイェ・ム（お義姉さん）ったら、こんなに気を遣わなくていいのに」といってから、おばさんはちょっとダンスして、ボートを漕《こ》ぐみたいに腕を動かし、足を交互に前に出して地面を強く踏みしめた。ケヴィンはそばに立って嬉しそうに、このビッグサプライズはすべて自分が指揮したとでもいうみたいに、両手を擦り合わせている。彼がトランクからガスボンベをひょいと持ちあげると、ジャジャがそれを家のなかに運びこんだ。

「子供たちはもうすぐ帰ってくるからね、アマディ神父にお誕生日おめでとうっていいにいってるの。アマディ神父は友達で、大学の司祭として働いてる人。あっ、料理してたんだ、鶏を一羽絞めたんだよ、二人のために!」といっておばさんは笑い声をあげてわたしを引き寄せた。ナツメグの匂いがした。

「これ、どこに置きますか、マー?」とケヴィンがきいた。

「全部ベランダに置いといて。あとでアマカとオビオラが片づけるから」

リビングに入っていくときも、まだおばさんはわたしを抱えていた。わたしが最初に気づいたのは天井だ。すごく低かった。手を伸ばせば触れそうなくらい。ぜんぜんちがう。わたしの家は天井が高くて、部屋には広々とした静けさがあった。キッチンから灯油コンロの煙にカレーとナツメグの香りが混じった、すごく刺激的な匂いが流れてくる。

「ちょっと見てくる、ジョロフライスが焦げちゃいそう!」といっておばさんは大急ぎでキッチンへ行った。

茶色のソファに腰をおろした。クッションの縫い目がほつれてパックリと口が開いている。リビングにあるソファはそれっきりで、隣の籐椅子《とういす》に茶色のクッションがのっている。部屋の中央に籐のテーブルがあり、着物姿の女たちが踊る絵のついた東洋風の花瓶には茎の長いバラが三本生けてあった。バラは目を射るほど赤く、一瞬プラスチックかと思ったほどだ。

「ソネ、お客さんみたいにしなくていいの。ほら、こっちこっち」キッチンから出てきたイフェオマおばさんがいった。

ぎっしり詰まった本棚が並ぶ短い廊下を、おばさんの後ろからついていった。灰色の木板は本を一冊加えるだけで崩れそう。見たところ本はどれもきれいだ。しょっちゅう読まれているか、頻繁に埃を払っているか、どちらかだ。

「ここがわたしの部屋。寝るときはチマといっしょ」といっておばさんは最初のドアを開けた。ドア近くの壁にはぎっしりカートンや米袋が山積みになっていた。トレーの上に粉ミルクやボーンヴィタ（チョコレート入りの麦芽飲料）の巨大な缶がいくつもあって、そばの仕事机には読書用ランプ、薬の瓶、書籍がのっていた。隅にスーツケースが積み重なっている。おばさんが別の部屋に案内してくれた。壁に沿ってベッドが二つ並んでいる。ギュッと寄せてあるのは人が二人以上入れるようにするためだ。ドレッサーが二つに鏡が一つ、勉強机と椅子もなんとか収まっている。ジャジャとわたしはどこで寝るんだろと思っていると、おばさんがわたしの頭のなかを見通したみたいに「ソネ、あなたとアマカはここで寝て。ジャジャはリビングでオビオラといっしょ」

ケヴィンとジャジャがフラットに入ってくる音がした。

「荷物は運びこみましたので、これで失礼します」とケヴィン。声はリビングから聞こえたけど、フラットはとても狭かったので大声をあげる必要はぜんぜんなかった。

「ユジーンに、わたしがありがとうといってたって伝えて。みんな元気だからって。帰りは気をつけて運転してね」

「はい、奥さま」

ケヴィンが帰っていくのを見ているうちに、急に、胸がギュッと締めつけられるように感じた。追いかけていって、バッグを取ってくるから、わたしが車に乗るまで待ってて、といいたい衝動に駆られた。

「ンネ、ジャジャ、キッチンに行っていっしょにいよう、いとこが帰ってくるまで」というイフェオマおばさんには客を迎える調子がぜんぜんなかった。わたしたちがやって来るのはいつものことで、これまで何度も訪ねてきたんだし、みたいな感じだった。ジャジャが先にキッチンに入り、低い木のスツールに腰かけた。わたしがドアのそばに立っていたのはキッチンが狭かったからで、入るとおばさんがシンクでお米の水気を切ったり、料理中の肉を見たり、煮込みにトマトを混ぜたりする邪魔になりそうだったからだ。ライトブルーのキッチンタイルは使い古され縁が欠けていたけど、掃除は見るからに行きとどいている。鍋もきれい、でも蓋がぴったり合っていない。片側がゆがんで鍋に落ちこんでいた。灯油コンロが窓辺の木の台にのっていて、窓際の壁や古びたカーテンが煙ですっかり黒ずんでいる。イフェオマおばさんはしゃべりながら、お米をコンロにもう一度かけて、紫玉ねぎを二つ刻んだ。流れるように話す声を、弾ける笑い声が句読点みたいに区切っていく。笑いながら泣いてるみたいだ。玉ねぎのせいで出る涙を何度も手の甲で擦っていたのだ。

それからすぐに子供たちが帰ってきた。前とはちがって見えた。自分たちの家にいるのを見るのが初めてだからかも。アッバじゃパパ・ンクウの家のお客さんだった。家に入るときオビオラが黒いサングラスをはずして、半ズボンのポケットに滑りこませた。わたしを見て声を出して笑った。

「ジャジャとカンビリが来てる！」チマが甲高い声をあげた。

みんなでハグして、ギュッと抱きしめあった。アマカは自分の腰をわたしの腰にちょっと触れただけですぐに離れた。リップを塗ってる。茶色より赤味の強い風変わりな色で、ドレスは細身の体にぴっちり。

「ここへ来るドライブはどうだった？」アマカがジャジャを見ながらいった。

「上々だよ」とジャジャ。「もっと時間がかかるかと思ってた」

「あら、エヌグってそんなに遠くないもん」とアマカ。

「まだ飲み物も出してないじゃん、ママ」とオビオラがいった。

「買ってきてって、出かける前にいわなかった？　グボ？」といいながらイフェオマおばさんはスライスした玉ねぎを熱した油に放りこみ、一歩後ろに下がった。

「じゃあ行ってくるよ。ジャジャ、いっしょに来ないか？　隣の敷地にある売店に行くだけだけど」

「からの瓶を持ってくの忘れないで」とおばさん。

わたしはジャジャとオビオラが出ていくのをじっと見ていた。顔が見えないので、ジャジャも困惑してるかどうかわからなかった。

「ママ、着替えてくる、そしたらプランテーンを揚げるね」とアマカはいって出ていこうとした。

「ンネ、いっしょに行きなさい」とおばさんがわたしにいった。

アマカの部屋まで恐る恐る、片方の足を出してそれから次の足を出すという感じでついていった。セメントの床がざらついているので、自分の家の滑らかな大理石の床みたいに、すり足で歩くわけにはいかなかった。アマカがイアリングをはずしてドレッサーの上に置き、姿見に映る自分を見ていた。わたしはベッドの端にお尻をのっけて、アマカをじっと見ながら、彼女、わたしが部屋までついてきたことわかってるのかなと思った。

「エヌグにくらべたらスッカなんて非文明的だと思ってるんでしょ」まだ鏡を見ているアマカがいう。「ママにいったんだよね、無理して二人に来るようにいわなくてもいいじゃないのって」

「わたし……わたしたち……来たいって思ったから」

アマカは鏡に向かってニッと笑った。わざわざ気を遣って嘘をいわなくてもいいのに、といわんばかりの恩着せがましい薄笑い。「スッカじゃびっくりなんて起きないよ、まだ気がついてないとしたらの話だけど。スッカにはジェネシスみたいな洒落たレストランも、ナイキレイクみたいな高級リゾートもないから」

「えっ？」

「ジェネシスやナイキレイクって、エヌグじゃびっくりが起きる場所だよね。しょっちゅう行ってるんでしょ？」

「そんなに行ってない」

アマカは妙な顔をした。「でも、ときどきは行くよね？」

「まあね」ジェネシスなんてレストランには行ったことがなかったし、ナイキレイクのホテルだってパパの仕事の仲間がそこで結婚披露宴をやったとき一度行っただけだ。パパが新郎新婦といっしょに写真を撮ってプレゼントを渡すあいだ、そこにいただけだった。

アマカは櫛を手に取るとショートヘアの毛先に走らせた。それからわたしのほうを見て「なんで小声になるの？」といった。

「えっ？」

「話をするとき声を小さくするじゃない。ささやくみたいに話してる」

「そんな」といって机に目をやった。机にはものがあふれている——書籍、割れた鏡、フェルトペン。

アマカは櫛を下に置いて頭からドレスを脱いだ。白いレースつきのブラとライトブルーのショーツ姿のアマカは、ハウサ人がつれてる山羊みたい。茶色で、胴が長くて、瘦《や》せてる。わたしは咄嗟に目をそらせた。服を脱いだ人は見たことがなかった。他人の裸をじろじろ見るのは罪深いことだった。

「エヌグの家のあなたの部屋にあるサウンドシステムとはぜんぜんちがうと思うけど」とアマカはいって、ドレッサーの下のほうの小さなカセットプレイヤーを指差した。自分の部屋で音楽をかける装置なんてもってないといいたかったけど、それを聞いてアマカが喜ぶかどうかわからなかったし、たとえもっていたとしても、そう聞いてアマカが喜ぶとは思えなかった。

アマカがカセットプレイヤーをオンにして、ポリフォニックなビートに合わせてリズムを取った。

「聞くのはたいていこの土地生まれの音楽。文化について意識的だし、いうことがリアルだよね。フェラとかオサデベとかオニェカが好き。あっ、知らないか。あんたはアメリカン・ポップス派だね、きっと、ほかのティーンエイジャーみたいに」アマカは「ティーンエイジャー」という語をまるで自分はそうじゃないみたいにいった。ティーンエイジャーってのは、文化について意識的な音楽を聞かないので、ランクが一段下なのだといわんばかりだ。「文化について意識的」と自慢げにいったけど、その言い方はそれまで知らなかったことばを、いかにも知ったかぶりしていう口調だった。

ベッドの端にじっと座ったまま、わたしは両手を握り、自分専用のカセットプレイヤーなんかもってないし、ポップミュージックのことなんてこれっぽっちも知らないとアマカにいいたかった。

その代わり「これ、自分で描いたの？」ときいた。子供を連れた女性を描いたその水彩画は、パパの寝室にかかっている油彩の「聖母子像」の模写っぽかった。でもアマカの絵は女性と子供が黒い肌をしている。

「そう、わたし、ときどき絵を描くんだ」

「すてき」自分のいとこが水彩で写実画を描くって、もっと早く知っていればよかった。アマカったら、わたしをこれから説明され分類される奇怪な実験動物みたいに見なきゃいいのに。

「お嬢さんたち、ずっとそこにいるの?」キッチンからイフェオマおばさんの大きな声が聞こえた。

アマカの後ろについてキッチンにもどり、アマカがプランテーンをスライスして揚げるのを見ていた。ジャジャが男の子たちとソフトドリンクのビンの入った黒いビニール袋を下げて帰ってきた。おばさんがオビオラにテーブルをセットするようにいいつけた。「カンビリもジャジャも今日はお客さん待遇だけど、明日からは家族として家事に参加してもらいますよ」とおばさん。

食事用のテーブルは木製で、乾季のあいだに干割れていた。天板の表層がはがれて、脱皮中のコオロギみたいに茶色の薄皮がめくれあがっていた。食事用の椅子もふぞろいだ。四脚はありふれた木の素材で教室の椅子みたいだけど、ほかの黒い二脚はパッドつき。わたしはジャジャの隣に座った。おばさんがお祈りを唱えて、いとこたちが最後に「アーメン」といったときも、わたしは目を閉じたままだった。

「ンネ、お祈りはもう終わったよ。この家じゃ食前の祈りはあなたのお父さんのように長くないの」そういってイフェオマおばさんはくすっと笑った。

目を開けたとき一瞬、アマカがじっとこっちを見ていたのがわかった。

「毎日カンビリとジャジャが来るといいよな、こういうのが食べられて。チキンとソフトドリンクだよ!」といいながらオビオラが自分のグラスをつついた。

「マミー! チキンの脚のとこが欲しい」とチマ。

「瓶に入れるコークの量、減らしはじめたんじゃないかな」といってアマカはコークの小瓶を持ちあげて、しげしげとながめた。

自分の皿に盛りつけられたジョロフライス、揚げたプランテーン、ドラムスティックの半分を見下ろして、食べ物を飲みこむことに集中しようとした。皿もまたふぞろいだ。チマとオビオラはプラスチックの皿、ほかの人はシンプルなガラスの皿で可憐な花も銀色の線も描かれていない。笑い声が頭上を飛び交っている。みんなの口からほとばしることば。答えなんか別に要らないといった調子で、いちいち応答することもない。自分の家ではなにかいうときは目的があった。食事中はとくにそうだ。でもいとこたちは、ただ、ひたすら話している。

「ママ、ビコ（ねえ）、チキンの首のとこちょうだい」とアマカがいった。

「このあいだは首はいらないっていってたのに、グボ（ね）？」おばさんはそういいながら、チキンの首を自分の皿から向かいのアマカの皿に移した。

「最後にチキン食べたのいつだったっけ？」とオビオラ。

「オビオラ、そんなふうにくちゃくちゃしちゃだめよ、山羊みたい！」とおばさん。

「山羊って、最初に食べるのと反芻《はんすう》するのと、噛み方がちがうんだよ、ママ。どっちのことさ？」

わたしは目をあげてオビオラが噛んでいるのを見た。

「カンビリ、食べ物が口に合わない？」とイフェオマおばさん。その質問にビクッとなった。なんだか自分がそこにいないような気がしていたのだ。テーブルについてるだれにでも、いつでも、どんなことでもいえて、思いっきり好きなだけ息ができる、それを自分はただ眺めているような気がしていた。

「ライスが好きなんです、おばさん、ありがとう」

「ライスが好きなら、ライスを食べるといいよね」とおばさん。

「お家で食べてる高級品ほど上等じゃないかもしれないけどさ」とアマカ。

「アマカ、絡まない絡まない」とおばさんはいった。

ランチが終わるまでわたしはなにもいわなかったけど、みんなが口にすることばの一つひとつを、どんな笑い声も、どんな冷やかしも聞き逃すまいとした。たいていはいとこたちがしゃべって、おばさんは椅子の背にもたれてそれを見ながらゆっくりと食べていた。チームにいい試合をさせながら、ペナルティエリアの隣に立って、満足気に見ているサッカーコーチみたいだ。

食事のあとで、トイレはどこかとアマカにきいた。寝室の真向かいのドアがそれだってことは知っていたけど。アマカはわたしの質問にイライラしたみたいで、大雑把《おおざっぱ》な身振りで廊下を示しながら、「ほかのどこだと思うの?」といった。

トイレはひどく狭くて手を伸ばすと両側の壁に触れられそうだ。エヌグの家とはちがって床には柔らかいラグは敷いてないし、シートや蓋にふわふわしたカバーもかかってない。オシッコをしたあと水を流したかったけど、貯水タンクはからっぽ。レバーを押してもカタカタと上下するだけだ。狭いトイレに数分立っていたけど、外に出ておばさんを探した。おばさんはキッチンで灯油コンロの両側を泡だつスポンジで擦っていた。

「新しいガスボンベはうんとケチケチ使うつもり」わたしを見るとおばさんは笑いながらいった。「ボンベは特別な料理のときだけ使う、そうすれば長持ちするから。この灯油コンロ、まだまだお蔵入りにするつもりになれないよ」

わたしはことばに詰まった。自分がいおうとしてることがガスボンベや灯油コンロとあまりにかけ離れていたからだ。ベランダからオビオラの笑い声が聞こえてきた。

「おばさん、トイレに流す水がないんだけど」

「オシッコした?」

「ええ」

「水が流れるのはね、朝だけ。オ・ディ・エグウ(ひどいもんだわ)。だからオシッコのときはフラッシュレバーはまわさない、どうしても流さなきゃならないモノがあるときだけまわす。二、三日、ずっと水が流れないこともある。そのときは蓋を閉めておいて、みんな出かけてからバケツの水で流すの。水の節約になるからね」イフェオマおばさんはそういって悲しげに微笑んだ。

「あ」とわたし。

　おばさんが話しているとアマカが入ってきた。冷蔵庫のほうへ歩いていく。「お家じゃきっと一時間おきに水を流してるんだね、水をきれいにしておくだけのために、でもここじゃそんなことしない」

「アマカ、オ・ギニ（なんなのそれ）？　その言い方は良くないよ！」

「ごめん」とアマカは口のなかでつぶやくようにいって、プラスチックの瓶から冷たい水をグラスに注いだ。

　わたしは灯油の煙で黒ずんだ壁へ近づいて、そのなかに溶けて消えてしまいたかった。アマカに謝りたかった。なんで謝るのかわからなかったけど。

「明日、カンビリとジャジャにキャンパスを見せてあげようかな」おばさんの口調がすごく淡々と聞こえた。もっとはっきりいうものと自分は思いこんでいたんだろうか。

「見るものなんてないじゃない。二人が退屈するだけだよ」

　そのとき電話が鳴った。けたたましい耳障りな音で、わたしたちの家のプルルルとひかえめに鳴る音とはずいぶんちがう。おばさんが急いで自分の寝室へ行って受話器を取った。「カンビリ！ジャジャ！」すぐにそう呼ぶ声が聞こえてきた。パパなのはわかっていた。ジャジャがベランダから家に入ってくるのを待って、いっしょに行った。電話のところへ行くとジャジャが振り向いて、わたしに先に出ろと合図した。

「ハロー、パパ。こんばんは」といってから、食前にすごくはしょったお祈りしかしなかったのがばれたかな、と思った。

「元気か？」

「元気です、パパ」

「おまえたちがいないんで家はカラッポだ」

「でも」

「なにか要るものはないか？」

「いえ、パパ」

「なにか要るものがあったらすぐに電話するんだぞ、ケヴィンに持っていかせるからな。毎日こうして電話する。勉強とお祈りを忘れるな」

「はい、パパ」

ママが電話に出ると、いつものささやくような声じゃなくて、もっと大きな声に聞こえた。電話のせいかもしれない。シシが、わたしたちのいないのを忘れて四人分の料理をこしらえたそうだ。

その夜、ジャジャとわたしが夕食の席についたとき、パパとママが二人だけであの大きなダイニングテーブルについてるのを想像した。こっちの夕食は昼の残りのライスとチキン、飲み物は水だ。午後に買ったソフトドリンクはもうぜんぶ飲んでしまった。家に帰ればキッチンの貯蔵室にはいつもコーク、ファンタ、スプライトのカートンがぎっしりだったなと思い、そんな考えを押し流すみたいに急いでガブリと水を飲んだ。もしもアマカが人の考えを読めるとしたら、こんな考えは嬉しくないだろう。夕飯の席ではにぎやかな話や笑いはあまりなかった。テレビがついていて、いとこたちが皿を持ってリビングへ行ってしまったからだ。上の二人はソファや椅子を完全に無視して床に座っている。チマだけがソファにちんまり座り、膝にプラスチックの皿を抱えている。イフェオマおばさんが、二人もあっちのリビングに座ったらどう、そのほうがテレビがよく見えるのにといった。ジャジャが、いいえ、このテーブルがいいですというのを待ってから、わたしも、という意味でうなずいた。

いっしょに座って食べながら、おばさんはチラチラとテレビのほうに目をやっていた。「なんでテレビがメキシコの二流のショーをやって、この国のもってる可能性を無視するのかわからない」と小声でいった。

「ママ、いまはさあ、お説教はやめて」とアマカ。

「メキシコから安物のソープ・オペラを輸入するほうが安上がりだからだよ」というオビオラの目はテレビ画面に張りついたままだ。

おばさんが立ちあがった。「寝る前に毎晩ロザリオの祈りを唱えるけど、もちろんジャジャもカンビリも、そのあとテレビを見てもいいし、なにをしてもかまわないからね」

ジャジャはポケットからスケジュールを取りだして椅子を後ろに引いた。「おばさん、パパのスケジュールではぼくたち、夜は勉強することになってるんです。本も持ってきました」

おばさんはジャジャの手のなかのスケジュールをじっと見ていた。それから大声で笑いはじめた。けたたましく身を揺らしながら。背の高いおばさんの体が、風の強い日に大きくしなる木麻黄の木みたいだ。「ユジーンがスケジュールを持たせたの？　ここでもそれに従うようにって？　ネクワヌ・アンヤ（なんてこと）、いったいどうなってるの？」イフェオマおばさんは、ちょっとその紙を見せてといって、さっきよりもっと強く笑った。おばさんが顔をあげてこっちを見たとき、わたしもきっちり四つ折りにした紙をスカートのポケットから取りだした。

「これは、帰るときまでわたしが預かっておくね」

「おばさん……」とジャジャがいいかけた。

「ユジーンにはないしょにしておこう、ね、そうすればスケジュール通りにやらなくても、わからないから、グボ（ね）？　ここに来たのは休暇のため、ここはわたしの家だから、あなた方はわたしのルールに従うの」

おばさんが二人のスケジュール表を持って自分の部屋に歩いていくのをじっと見ていた。口がからからに乾いて、舌が口蓋に張りついていた。

「家じゃスケジュール表に従ってやってるわけ?」とアマカがきいた。床に仰向けに寝転がって、椅子から下ろしたクッションを枕代わりにしている。

「そう」とジャジャ。

「面白い。ってことはお金持ちってその日にやることを決められないわけか、いちいち指図してくれるスケジュールが要るんだ」

「アマカ!」とオビオラが叫んだ。

イフェオマおばさんが青いビーズにメタルの十字架のついた大きなロザリオを手にしてもどってきた。テレビ画面にクレジットが映りはじめたので、オビオラがテレビを消した。オビオラとアマカがロザリオを取りに寝室へ行ったので、ジャジャとわたしもポケットから自分のを取りだした。みんなで籐の椅子のそばに跪いて、おばさんが最初のお祈りを唱えはじめた。最後のアヴェ・マリアを唱え終わると、大きな美しい、アマカの声が聞こえたので、わたしは思わずピクッと頭をあげた。アマカが歌ってる!

「カ・ム・ブニエ・アファ・ギ・エヌ(御名を高らかに讃えん)……」

イフェオマおばさんとオビオラがそれに加わり、声が混じりあっていく。目がジャジャの目と合った。ジャジャが涙ぐんでる、その目がなにかを必死で伝えようとしてる。ダメ! とわたしはきつく瞬《まばた》きして伝えた。それは正しいことではなかった。ロザリオの祈りの最中に歌を歌ったりしちゃいけない。だからわたしは歌わなかったし、ジャジャもそうしなかった。ロザリオのお祈りの区切りのところでアマカが歌い、それも高らかにイボ語で歌い、おばさんがそれに応唱した。まるでオペラ歌手がお腹の底からことばを絞りだすように歌っている。

ロザリオの祈りが終わると、いま歌ったなかで知ってる歌はあるかとおばさんがきいた。

「家では歌いません」とジャジャは答えた。

「ここじゃ歌うのよ」といっておばさんは眉をしかめた。それを見て、怒ってるのかなと心配になった。

おばさんが「おやすみ」といって寝室に引きあげたあと、オビオラはテレビをつけたけど、そこに出てくるオリーブ色の肌の人たちが、だれがだれだか見分けがつかなかった。なんだかイフェオマおばさんの家をこうして訪ねているのは自分の影で、本当の自分はいまごろスケジュール表が貼ってあるエヌグの部屋で勉強してるんじゃないかという気がした。しばらくしてから立ちあがり、寝室へ行って寝る支度をした。スケジュール表がなくても、もう寝る時間だとパパが書いてたのを知っていたから。アマカはいつ部屋に来るのかな、わたしが眠ってるのを見て口をへの字に曲げて冷笑するかな、と思いながら眠りに落ちた。


夢を見た。アマカが緑がかった茶色の汚物であふれそうな便器にわたしを沈めようとしている夢だ。最初は頭が入るくらいだった便器がどんどん大きくなって、全身すっぽり入る大きさになった。アマカが「流して、流して、流して」と歌い、わたしはもがきながらそこから出ようとした。目がさめたときもまだもがいていた。アマカはもうベッドから降りて、夜着の上からラッパーを巻いている。

「水道の蛇口まで水を汲みにいく」とアマカがいった。いっしょに来ないかとはいわれなかったけど、起きあがってラッパーを巻き、アマカのあとについていった。

ジャジャとオビオラはもう狭い裏庭の蛇口のところにいた。庭の隅には古いタイヤと自転車の部品、壊れたトランクが山積みになってる。オビオラが蛇口の下に容器を置いて、注ぎ口を水の流れに合わせた。ジャジャが最初にいっぱいになった容器をキッチンまで運ぼうかといったけど、オビオラは、いやだいじょうぶ、といって自分で運んだ。次のをアマカが運んだ。ジャジャは小さめの容器を蛇口の下に当てて水で満たした。リビングで寝たんだとジャジャが教えてくれた。オビオラが寝室のドアの後ろからひっぱりだしてきたマットレスにラッパーをかけて寝たそうだ。それを聞きながら、ジャジャったら驚いてる、ジャジャの瞳の茶色ってこんなに薄かったかな、とあらためて思った。その次のコンテナはわたしが運ぶといってみたけど、アマカに、そんなやわな体じゃ無理無理と笑われた。

すべて運び終わるとみんなで、リビングで朝のお祈りをした。一連の短いお祈りの区切りに歌が入った。イフェオマおばさんは大学のために、講義と運営方法やナイジェリアのために祈り、最後に今日も一日が平和で笑いに満ちた日でありますようにといった。十字を切るとき、わたしは顔をあげてジャジャを見た。おばさんと家族が、よりによって「笑い」に満ちた日でありますようになんて祈ることに、ジャジャも当惑してるかどうか知りたかったのだ。

狭いバスルームで順番に顔を洗った。バケツ半分ほどの水にしばらく加熱用コイルを入れて温めた水を使った。染みひとつないバスタブの隅に三角形の排水口があって、水を抜くと人が苦痛にうめくような音がした。ママが丁寧に詰めてくれた洗面具から、石けんとスポンジを出して泡立ててこすり、小さなカップで水を汲み、ゆっくりと体にかけた。でも、床に敷いた古タオルに足をのせたとき、まだヌルヌルした感じが取れていなかった。

浴室から出るとイフェオマおばさんはテーブルについて、冷水の入ったジャーにスプーンで粉ミルクを何杯か入れて溶かしている。「これを子供たちにやらせたら、一週間ももたない」といってから、カーネーション印の粉ミルクの缶を安全な自室へもどしにいった。アマカが、あなたの家でもお母さんがおなじことするかってきかなければいいなと思った。だって、家ではもっとクリーミーなピーク印のミルクを好きなだけ飲めるといわなくちゃいけなくなったら、絶対にことばに詰まるから。朝食はオビオラが走っていって近所で買ってきたオクパだ。ご飯にオクパを食べるなんて初めてだった。車でアッバへ行く途中、ときたまスナックとして、ささげ豆とパーム油で作った蒸し立てのケーキを買うことはあった。アマカとおばさんが湿った黄色いケーキを小さく切るのを見て、自分もそうした。イフェオマおばさんが、急いでといった。ジャジャとわたしにキャンパスを案内してから、家に帰って料理をするのだという。夕飯にアマディ神父を招待しているからだ。

「車にガソリンたっぷり入ってる、ママ?」とオビオラがきいた。

「まあ、キャンパスをまわるくらいなら、だいじょうぶかな。来週はガソリンが補給されるといいなあ、でなきゃ授業が再開したら、歩いて講義にいかなきゃならない」

「でなきゃ、オカダを使うとか」とアマカがいって笑った。

「この調子だと、そのうち使うことになるかも」

「オカダってなんですか?」ジャジャがきいた。わたしはびっくりしてジャジャのほうを見た。ジャジャがそんな質問をするなんて。そもそも質問をするなんて、思ってもみなかったのだ。

「モータバイク」とオビオラ。「いまじゃタクシーより人気がある」

車まで歩いていく途中でイフェオマおばさんは立ち止まって、ハルマッタンのせいで植物が枯れちゃう、といいながら庭先の茶色の葉っぱをぶちぶちと摘んでいた。

アマカとオビオラが、またかといわんばかりに唸った。「庭の手入れはあとにしてよ、ママ」

「それ、ハイビスカスですよね、おばさん?」とききながらジャジャが凝視しているのは針金のフェンス近くの植物だ。「紫色のハイビスカスがあるなんて、知らなかった」

おばさんは笑って、その花にちょっと手を触れた。花は濃い紫色をしている。ほとんど青に近い。

「最初はみんなおなじ反応をするね。親友のフィリパが植物学を教えてて。彼女、ここにいるあいだにずいぶん実験的な仕事をやったの。見て、白いイクソラ、でも赤いのにくらべるとあまり花をつけない」

ジャジャがおばさんと話してるあいだ、みんな立って二人を見ていた。

「オ・マカ、とってもきれいだ」といってジャジャまで花弁に指を触れたりしている。おばさんの笑い声にさらにことばが加わる。

「でしょ。庭にフェンスを作らなきゃならなかったのは、近所の子供たちが来て、めずらしい花を片っぱしから摘んでしまわないようにするため。庭に入れるのはわたしたちの教会か、ペンテコステ派の教会からくる祭壇係の女の子たちだけ」

「ママ、オ・ズゴ(もういいじゃん)。行こうよ」アマカがいった。でもおばさんはまだジャジャに花を見せている。それからやっとみんなでステーションワゴンにぎゅうぎゅう乗りこんで車を出した。車が走りだした通りは急な坂道だったので、おばさんはエンジンを切って車を惰走させた。ゆるんだボルトがガタガタ鳴った。「燃料節約のためね」とおばさんはいって、ジャジャとわたしのほうをチラッと見た。

通りすぎる家々にはひまわりの生垣があって、手のひら大の花が緑の茂みに大きな黄色い水玉模様を作っていた。生垣は穴だらけなので、家の裏庭がまる見えだ——未塗装のセメントブロックにのせた金属製の水槽、グアヴァの木に吊るされて揺れる古タイヤ、木から木へ渡したロープに広げられた衣類。その通りの終わりでおばさんはエンジンを入れた。道路が水平になったからだ。

「あれが大学付属の小学校だよ」とおばさん。「チマはここに通ってるの。むかしはもっとちゃんとしてたけど、ほら、いまじゃ窓のルーバーが全部なくなって、建物も汚れきってる」

木麻黄の生垣で囲われた広い校庭に、細長い建物が、植えもしないのに勝手に芽を出して大きくなったみたいに雑然とならんでいた。イフェオマおばさんが小学校の隣の建物を指差した。アフリカ学研究所。おばさんの研究室がある建物で、そこで授業をしているのだ。その建物も古かった。色でわかる。窓という窓に分厚い埃がこびりついていた。数え切れないほどのハルマッタンを経験してきたんだ。もう二度とピカピカにもどることはない。おばさんはロータリーに車を入れた。ピンクの蔓日々草《つるにちにちそう》が、白と黒に塗りわけられたレンガで縁取られている。道の脇にグリーンの寝具を広げたような緑地が広がり、ぽつぽつとマンゴーの木が生え、枯れかかった葉っぱが乾いた風に負けるもんかと色を保ちつづけていた。

「あの広場でバザーをやるの」とイフェオマおばさん。「向こうにあるのが女子寮。メアリー・スレッサー・ホールも。あっちにあるのがオクパラ・ホールで、これがベロ・ホール、いちばん有名な寮ね。アマカは大学に入ったら絶対ここに住んで活動を始めるといってるわ」

アマカは笑ったけど、おばさんと議論はしなかった。

「たぶん、あなたがた二人いっしょってことになるかな、カンビリ」

わたしは身を強ばらせたまま うなずいたけど、おばさんはわたしを見なかった。大学のことなんか考えたことがなかった。どこへ行くのか、なにを勉強するのか。そのときになれば、パパが決めるだろう。

角を曲がるとき、イフェオマおばさんは警笛を鳴らして、絞り染めのシャツを着て立っている頭の禿《は》げた二人の男に手を振った。おばさんがまたエンジンを切ったので、車は通りをするすると下った。通りの両脇にグメリナかドゴニャロの木がしっかりと根をおろしている。ドゴニャロの葉の、鼻につんとくる匂いが車内いっぱいに広がった。アマカは深く息を吸いながら、これ、マラリアに効くんだよといった。居住区域に入って、車は平屋のならぶ広い敷地を通っていく。バラの茂み、色褪《いろあ》せた芝生、果樹。通りは徐々にアスファルトの滑らかさがなくなり、手入れされた生垣もまばらになって、家はどれも低く小さくなっていく。玄関のドアとドアがすごく近い。手を伸ばせば隣のドアにとどきそうなほどだ。これみよがしの生垣などなくなり、一軒家であるそぶりも見せず、プライバシーもへったくれもない感じで、まばらに生えた発育不全の茂みとカシューの木のあいだに低い建物が身を寄せ合っていた。大学職員の居住区だ。秘書や運転手が住んでる、とおばさんが説明すると、すかさずアマカが「入れるだけラッキーなんだよね」といった。

建物の一群を通りすぎたときおばさんが右手を指差して、「ほら、オディン・ヒルが見える。丘の頂上からのながめは素晴らしいよ。そこに立つと、神が丘と谷をどんなふうに創造したかわかるの。エズィ・オクウ（本当に）」

車をUターンさせて、いま来た道を引き返すとき、わたしはぼんやりと、神がその大きな白い手を広げて、ベネディクト神父みたいな爪の先から、三日月のような影を発してスッカの丘を創造するところを思い描いた。工学部の敷地を取り囲むがっしりした樹木の横を通りすぎ、女子寮の周りにマンゴーの木が茂る広い敷地を通りすぎた。イフェオマおばさんは自分の家のある通りが近づくと、反対方向へ車を向けた。マーガレット・カートライト通りの反対側を見せたかったのだ。そこには古参の教授たちが住んでいて、砂利道の車寄せに囲まれたデュープレックスがならんでいた。「この家を最初に建てたときは教授といえば白人ばかりで、教授陣のなかには煙突と暖炉を欲しがった人もいたそうよ」というおばさんの口調は、ママが呪術師のところへ行く人たちを鷹揚《おうよう》に笑いながら話すときに似ていた。おばさんはそのあと高い壁に囲まれた副学長の家を指差し、騒いだ学生が生垣を飛び越えて敷地で車を燃やすまでは、よく手入れされた桜とイクソラの生垣だったのに、といった。

「なんのための騒ぎだったんですか?」とジャジャがきいた。

「灯りと水だよ」とオビオラがいったので、わたしは彼を見た。

「一カ月も灯りが点かなかったし水も出なかったから」とイフェオマおばさん。「学生たちは勉強ができない、試験の予定を再調整して欲しいといったけど、拒否されたの」

「この壁、ゾッとする」とアマカが英語でいった。もしも彼女がエヌグの家を訪ねてきてあの壁を見たらなんていうかな。副学長の家の壁はそれほど高くはなかった。黄ばんだ緑の木の葉が茂る天蓋の後ろに、心地よく収まっている大きなデュープレックスが見えた。「壁を建てるなんて、どう見たって、うわべを取《と》り繕《つくろ》ってるだけ」とアマカは続けた。「もしもわたしが副学長だったら、学生が暴れることなんかないのに。灯りも水もみんな提供するから」

「もしもアブジャのビッグマンが金を盗んだら、副学長がスッカのために自腹切るってことになるの？」とオビオラがきいた。わたしは振りむいてオビオラを見て、十四歳の自分を想像し、いまの自分を想像した。

「いますぐだれかがわたしのために自腹切ってくれるんなら文句ないけどな」おばさんが自慢げにチームを観察するコーチみたいに笑いながらいった。「町へ行こう、市場で手ごろな値段のウベ（青紫色の瓜形の果物）を探してみよう。アマディ神父はウベが好きだから、添えるトウモロコシは家にある」

「燃料、足りる？　ママ？」とオビオラ。

「アマロン（わからない）、やれるだけやろう」

イフェオマおばさんが大学の正門へ続く道路へ車を入れた。走行中にジャジャが首をまわして、誇らしげなライオンの銅像を見ていた。口元が声を出さずに動いている。「人間の尊厳を保つために」。オビオラも銘板を読みながらケッと笑っていった。「でもさ人間はいつ尊厳を失ったの？」

門の外に出るとおばさんはまたエンジンをかけた。車体がぶるぶるっと震えて発進せずに沈黙した。おばさんが口のなかで「勘弁して、いまは」とつぶやいて、またエンジンをかけた。車は哀れっぽい音を出すだけだ。後ろで警笛を鳴らす音がする。振り向くと黄色いプジョー504に乗った女の人が見えた。車から出てこっちへ歩いてくる。キュロットの裾がパタパタとふくらはぎに当たって、そのふくらはぎが薩摩芋《さつまいも》みたいにごつい。

「わたしの車もイースタンショップ近くで昨日エンストした」という女の人は、イフェオマおばさんの窓のところに立って、荒れ狂うカールの髪を風になびかせている。「今朝、夫の車から息子が一リットル抜いてくれたおかげで市場まではもちそうだけど。オ・ディ・エグウ（ったく、ひどいもんだ）。早く燃料がくるといいねえ」

「まあ、様子見ね、シスター。ご家族は元気？」とおばさんがきいた。

「みんな元気。だいじょうぶ」

「後ろを押してみようか」といいながらオビオラがドアを開けかけた。

「待って」おばさんがキーをもう一度まわすと車体がぶるぶるっと震えてエンジンがかかった。おばさんはガンガン速度をあげて車を走らせた。スピードを落とすとまたエンストする、そんなことはさせないぞ、といわんばかりだった。

車は道端でウベを売ってる物売りのそばで止まった。青っぽい果実が琺瑯引きのトレーにピラミッドみたいに積まれている。おばさんが財布から皺くちゃの札を出してアマカに渡した。アマカが売り手とちょっと値段の交渉をして、ニッと笑ってピラミッドのなかから、これ、と指差した。あれをやるのってどんな感じがするんだろ。

フラットにもどると、わたしはキッチンにいるイフェオマおばさんとアマカに加わり、ジャジャはオビオラと外へ出て上階に住む子供たちとサッカーをやった。家から運んできた大きなヤム芋をおばさんが取りだした。アマカが床に新聞紙を広げてスライスする。カウンターに置くよりそのほうが作業が簡単だ。アマカがスライスしたヤム芋をプラスチックのボウルに入れたとき、皮はわたしが剝こうか、というとアマカがナイフを渡してくれた。

「カンビリもきっとアマディ神父が好きになるよ」とおばさんがいう。「新任の神父さんだけど、キャンパスじゃもうすごい人気者。みんなが食事に招こうとして、ひっぱりだこ」

「うちに来る回数がいちばん多いよね」とアマカ。

イフェオマおばさんは笑った。「アマカは彼の肩をもってばかり」

「カンビリ、それじゃ、ヤム芋が無駄」アマカがピシャリといった。「ああ！　ああ！　自分の家じゃそうやって剝くわけ？」

わたしはビクッとなってナイフを落とした。ナイフが足のすぐそばに落ちた。「ごめん」といったものの、ナイフを落としたせいか、ヤム芋の白いクリーミーな部分を茶色い皮に残しすぎたせいか、自分でもよくわからなかった。

イフェオマおばさんがじっと見ていた。「アマカ、ングワ（ほら）、カンビリに剝き方を見せてあげなさい」

アマカは口をへの字に曲げ、眉を寄せて母親をにらんだ。ヤム芋のスライスからちゃんと皮を剝く方法をだれかに教わるなんてあり得ないといわんばかりだ。アマカがナイフを握ってスライスの皮を剝きはじめた。茶色い皮だけが落ちるようにしている。手慣れた動きをじっと観察した。皮がどんどん長くなっていく。わたしは謝りたかった、ちゃんと剝く方法を覚えたかった。アマカの剝き方はとても上手だ、皮がぜんぜん切れずに、土のついたリボンみたいに、クルクル巻いて垂れていく。

「たぶん、これもそのスケジュールとやらに付け加えるべきよね、ヤム芋の皮の剝き方」とアマカは口のなかでぶつぶつといった。

「アマカ！」イフェオマおばさんが叫んだ。「カンビリ、おもてのタンクから水を少し運んできて」

キッチンとアマカのしかめっ面《つら》から逃げられることに感謝しながら、わたしはバケツを手に取った。その午後、アマカはあまりしゃべらなかった。でも、それもアマディ神父が土っぽい匂いを漂わせてやってくるまでのことだった。チマが飛んでいって神父に抱きついた。神父はオビオラと握手して、イフェオマおばさんとアマカとは短いハグを交わした。それからおばさんがジャジャとわたしを紹介した。

「こんばんは」とわたしはいって「神父さま」と付け加えた。こんな少年みたいな男の人を「神父さま」と呼ぶなんて、神への冒瀆《ぼうとく》みたいだ。だって、オープンネックのTシャツにジーンズで、おまけにそのジーンズはひどく色が褪せてて、もとは黒だったのかダークブルーだったのかわからない。

「カンビリとジャジャですね」まるで前にも会ったことがあるみたいな口調だ。「スッカは初めてだそうだけど、第一印象はどんな感じ？」

「大嫌いだって」とアマカがいったので、すぐにわたしは、そんなことといわないで欲しいと思った。

「スッカは魅力的なところですよ」そういってアマディ神父は微笑んだ。歌手のような声をしている。その声はわたしの耳に、ママがわたしの髪にピアーズのベビーオイルを梳きこむとき頭皮が感じるのとおなじ効果をもたらした。夕食のとき、彼の英語風のイボ語がすべて理解できなかったのは、神父が口にすることばの意味より音に気を取られたからだ。彼はヤム芋や野菜を嚙みながらしきりとうなずき、ほおばった口のなかのものを吞みこんで、ちょっと水を飲んでからしゃべった。イフェオマおばさんの家でとてもくつろいでいた。この椅子には釘が突きでているので服が引っかかって破れるかもしれない、なんてことまで知っていた。「その釘は打ちつけて引っこめたと思ってたけどな」といってから、オビオラとサッカーの話をし、アマカとは政府が逮捕したばかりのジャーナリストのことを話し、イフェオマおばさんとはカトリックの女性組織について話し、チマとは近所の人がもってるビデオゲームのことを話した。

いとこたちはこれまで以上におしゃべりだったけど、まずアマディ神父がなにかいうのを待ってから、それに飛びつくようにして自分の意見をいった。わたしは奉献の儀式のためにパパがときどき買ってくる肥《ふと》った鶏たちのことを思った。聖体拝領のために、ワインとヤム芋と、ときには山羊も祭壇に供え、さらに、鶏を日曜の朝まで放し飼いにしておいて供えたのだ。シシが投げてやるパン屑に向かって鶏たちは、ばらばらに、勢いよく駆け寄った。そんな感じで、いとこたちもアマディ神父のことばに駆け寄っていた。

アマディ神父は質問でジャジャとわたしを会話に引き入れた。質問はわたしたち二人に対してなのがわかったのは、神父が二人称として単数形の「ギ」ではなく、複数形の「ウヌ」を使ったからだ。でも、ジャジャが答えてくれるのをいいことに、わたしはずっと黙っていた。どこの学校に行ってるのか、どんな科目が好きか、スポーツはするか、といったことをきいていた。エヌグではどの教会へ行ってるかときいたときも、ジャジャが答えた。

「聖アグネス教会？　あそこへはミサをしに一度訪ねたことがあります」とアマディ神父がいった。

それで思いだした、お説教の途中でいきなり歌を歌いだした若い客員神父がいたのだ。パパが、彼のために祈らなければならない、ああいう人たちは教会にとって厄介の種だからといったんだ。それから数カ月のあいだに、ほかにも何人か客員神父はやってきたけど、あれはアマディ神父だった。わたしにはわかった。そのとき彼が歌った歌も覚えていた。

「そうなんですか？」とイフェオマおばさんがきいた。「あの教会は、わたしの兄のユジーンがほとんど独りで財政支援をしてるんですが。すてきな教会」

「チェルクワ（ちょっと待ってください）。お兄さんってユジーン・アチケのことですか？　スタンダード紙の社主の？」

「ええ、ユジーンは兄です。前にもいったと思いますが」とイフェオマおばさんはにこやかな笑みを浮かべていったけど、表情は明るくなかった。

「エズィ・オクウ（ホントですか）？　知りませんでした」とアマディ神父は首を振った。「編集方針に深く関わっていると聞いています。スタンダード紙はいまや真実を知らせる唯一の新聞です」

「ええ」とおばさん。「それにアデ・コーカーという才気あふれる編集者がついてますが、いつまでそれが続くか心配です、そのうち永久に監獄入りになってしまうんじゃないかと。ユジーンのお金ですべてが買えるわけじゃありませんから」

「アムネスティ・ワールドがお兄さんに賞を授与するという話をどこかで読んだんですが」とアマディ神父がいった。すばらしいことだというように、ゆっくりとうなずいている。わたしは、誇らしくて、それ、わたしのパパのことだよといいたくて体中がカッと熱くなった。なにかいいたかった。このハンサムな神父さんに、パパはイフェオマおばさんの兄でスタンダード紙の社主であるだけじゃなくて、わたしの父なんだって思いだしてもらいたかった。アマディ神父の目にふわっとかかる雲のような温もりがはらりと落ちて、しっかりとわたしに注がれるといいなと思った。

「賞を？」目をパチクリさせてアマカがいった。「ママ、うちもたまにはスタンダード紙を買ったらいいのに、そうすればなにが起きてるかわかるよ」

「それより無料で送ってもらえるよう頼んでみたらどうなのさ、プライドはこのさい呑みこんで」とオビオラ。

「賞のこと、ぜんぜん知らなかった」とイフェオマおばさんはいった。「まあユジーンは自分からいう人じゃないし、イガシクワ（そうよ）。話し合うのさえ難しいんです。子供たちがここを訪ねることにオーケーを出させるために、アオクペ巡礼を利用しなくちゃならなかったほどなんですよ」

「ではアオクペに行く予定なんですね？」とアマディ神父。

「まだ予定は決まっていませんが。でもいまとなっては行かなくちゃならないようですね、次にあらわれる日をはっきりさせなくちゃ」

「聖母マリアはこのあいだビショップ・シャナハン病院にあらわれたんじゃなかったっけ？　それからトランセクルにあらわれるってみんなが噂してない？」とオビオラがきいた。

「アオクペは特別。ルルドであった聖母の出現にそっくり」とアマカがいった。「それに、聖母マリアがようやくアフリカにやってきたってことですし。どうしてヨーロッパにばかりあらわれるのか不思議に思わなかったんですか？　だってもとはといえば中東出身の人ですよね」

「いまはなに？　政治的聖母ってこと？」とオビオラがきいたので、わたしはまた彼を凝視した。十四歳なのに、なんて図々しい。自分が男だとしても十四歳でこんなふうになることはありえなかったし、いまだってありえない。

アマディ神父は大きな声で笑った。「でもエジプトにはあらわれましたよ、アマカ。人々は曲がりなりにもそこに集ったんです。いまアオクペに人々が集っていくように。オ・ブゴディ（たとえそうであっても）、渡りをするイナゴみたいなもんかな」

「神父さんは信じてないみたいに聞こえますが」とアマカはいって彼をにらんだ。

「アオクペであれどこであれ、われわれが聖母を見にいかなければならないとは思いません。聖母はここにいて、われわれの内にあり、その息子のもとへ導いてくれるのです」なんの努力もせずにサラサラとそう述べる神父は口がまるで楽器かなにかみたいだ。触れると音が出るらしい。

「でもわれわれの内にあるトマスはどうですか？　信じるためには見る必要があるところですよね？（トマスは実際に見るまで信じなかった使徒）」とアマカ。その顔には、本気かな、とわたしが考えてしまう表情が浮かんでいた。

アマディ神父は答えなかった。答える代わりに眉を寄せたので、アマカは笑った。歯と歯の隙間がいっそう大きく、いっそう鋭く、イフェオマおばさんのよりひどくなって、まるでだれかが金属製の道具で前歯を二本こじ開けたように見えた。

夕食後みんなでリビングへ移ると、イフェオマおばさんがオビオラに、テレビを消してといった。アマディ神父がいるうちにお祈りできるようにするためだ。チマはもうソファで寝てしまったので、ロザリオの祈りを唱えるあいだずっとオビオラはチマにもたれかかることになった。アマディ神父が最初の祈りを唱え、最後のところでイボ語の讃美歌を歌いはじめた。みんなが歌うあいだ、わたしは目を開けて壁をにらんでいた。チマが洗礼を受けたときの家族写真がかかっている。その隣にぼやけたピエタ（キリストの遺体を膝に抱いたマリア像）のコピーが貼ってあって、木製の額の角がいくつか欠けている。わたしは口をキュッと結んで、下唇を嚙み、口が勝手に歌いださないよう、この口がわたしを裏切らないようにしていた。

ロザリオをしまってリビングでトウモロコシ添えのウベを食べながら、テレビで「ニュースライン」を見ていた。目をあげるとアマディ神父がこっちを見ている。急にウベの果肉から種を分けることができなくなった。舌が動かない。飲みこむこともできない。彼の視線を意識しすぎていた。わたしを見ている、このわたしをじっと見ている。「今日あなたは一度も声をあげて笑いませんでしたね、カンビリ、あなたが微笑むのも見かけなかった」神父はついにそういった。

わたしは俯いてトウモロコシに目をやった。笑わなかったことを謝りたかった、ごめんなさいといいたかった。でも、ことばが出てこない。耳さえ、しばらくなにも聞こえなかった。

「恥ずかしがりやで」とイフェオマおばさんがいった。

ぶつぶつとつぶやいたことばが意味をなさないのはわかっていた。わたしは立ちあがって寝室へ向かった。廊下へ続くドアをしっかり閉めた。心地よい神父の声が、眠りに落ちるまで耳のなかで鳴っていた。

イフェオマおばさんの家では笑い声が絶えなかった。どこから聞こえてきても、声が部屋の壁という壁にはねかえった。いきなり議論する声が聞こえたかと思うと、いきなりやんだ。朝と夜のお祈りにはあいまに必ず歌が入った。たいてい手をたたきながらイボ語の讃美歌を歌う。食事に出る肉はわずかで、一人分の肉は幅が指二本をピッタリくっつけたくらい、長さは指半分ほど。家のなかはいつもピカピカ――アマカが床を硬いブラシで磨き、オビオラが箒《ほうき》をかけて、チマが椅子にのってるクッションをポンポンはたいて膨らませた。みんなが交代で皿を洗った。イフェオマおばさんがジャジャとわたしを皿洗いのスケジュールに組み入れたので、わたしがランチの皿にこびりついたガリを洗って水切りトレーに置くと、アマカがそれを水に浸した。「家じゃこんなふうに皿を洗う？　あ、皿洗いなんてあのファンシーなスケジュールには入ってないか？」とアマカ。

わたしは突っ立ったまま、そこにイフェオマおばさんがいて、代わりになにかいってくれるといいのにと思いながら、アマカをじっと見ていた。アマカはしばらくわたしをにらみつけて、出ていった。その日は友達がやってくるまで、アマカはもう口をきいてくれなかった。おばさんとジャジャは庭にいて、男の子たちは玄関先でサッカーをしている。「カンビリ、この人たちはわたしの学校の友達」とそっけなくアマカはいった。

二人の少女がハローといったので、わたしは微笑みかえした。アマカみたいに髪を短くして、シャイニーなリップを塗り、ピチピチのズボンをはいてる。もっと楽な服を着ればあんな歩き方にならないのにと思った。少女たちは鏡に映る自分を念入りにチェックし、アメリカの雑誌の表紙に載った、肌が茶色で髪が蜂蜜色の女性を熱心にながめて、自分で出した問題が解けなかった数学教師のこと、夜間授業にむちむちの腿をしてミニスカートをはいてきた女の子のこと、カッコいい男の子のことなどを話していた。「カッコいい？　シャ（勘弁）、感じないな」と一人が強くいった。片方の耳にブラブラ揺れるイアリングを、もう片方にはシャイニーな模造ゴールドのスタッドピアスをしている。

「それぜんぶ自分の髪？」と別の子がきいたけど、アマカが「カンビリ！」というまで、それが自分のことだと気づかなかった。

ぜんぶ自分の髪だと、アタッチメントはつけてないと、その子にいいたかった。でもことばが出てこない。ずっと髪のことを、わたしの髪が長くて濃く見えることを話していたのはわかっていたのに。話に加わりたかった。いっしょに笑いたかった。彼女たちのように、爆笑してその場で跳びあがったり、どさりと座ったりしてみたかった。でも、口元が頑としていうことを聞いてくれないのだ。途中でことばに詰まりたくなかった。咳が出てきて、トイレに駆けこんだ。

その夜、夕食のテーブルを準備していると、アマカが「ねえ、あの子たち、変態じゃないよね、ママ？　友達が来たのに、カンビリったらアトゥル（おバカな羊）みたいだったんだよ」というのが聞こえてきた。アマカの声は高くも低くもなかったけど、キッチンから流れる声ははっきりと聞き取れた。

「アマカ、意見をいうのは自由だけど、自分のいとこには敬意を持って接しなさい。わかってる？」

イフェオマおばさんはそれを英語でくりかえした。きつい声だった。

「ちょっと質問しただけだよ」

「敬意を示すってのはいとこを羊呼ばわりすることではないでしょ」

「だっておかしいんだもん、振る舞いが。ジャジャだって変。あの子たち、なんかまともじゃないよ」

手が震えた。わたしはテーブルの、ひび割れて硬く盛りあがっているところを平らにしようとしていた。近くを生姜色《しょうがいろ》の小さな蟻が一列になって行進している。イフェオマおばさんから、蟻のことは気にしないようにいわれていた。害はないから、すっかり追い払うことはできないの、この建物とおなじくらい古くからいるんだと。

リビングの向こうを見た。テレビの音越しにジャジャにもアマカのいったことが聞こえたかどうか知りたかったのだ。でもジャジャはオビオラの横に寝そべって、テレビ画面に気を取られていた。まるで生まれてからずっとそこに寝そべってテレビを見ていたみたいだ。次の日の朝も、おばさんの庭にいるジャジャはおなじように見えた。ここにやってきたのはほんの数日前なのに、以前からずっと長くそうしてたみたいだった。

イフェオマおばさんから、あなたも庭に来て、これ、いっしょにやらない？　ときかれた。おばさんはクロトンから萎れかかった葉っぱを丁寧に取りのぞいている。

「きれいでしょ？」とおばさん。「あれを見て、緑とピンクと黄色の葉っぱ。神さまが絵筆で遊んでるみたい」

「はい」というとおばさんがわたしを見た。この子の声には庭のことでジャジャが見せる情熱はないなと思ってるのかも。

フラットの上階の子供たちがやってきて、突っ立ったままわたしたちを見ている。総勢五人ほどで、服に食べこぼしの染みをつけ、ものすごい早口でぺちゃくちゃやりながら、おばさんにも話しかけてる。そのうち一人がわたしを見て、エヌグのどこの学校に行ってるのかときいてきた。わたしは返事に詰まって、クロトンのまだ元気な葉っぱを引きむしってしまった。見ると、茎から粘りのある液が滴り落ちてる。おばさんが、入りたければ家のなかに入ってもいいのよ、といった。部屋のテーブルの上に読み終えたばかりの本があるから、きっと気に入ると思う、とも。そこでおばさんの部屋へ行き、フェイドブルーのカバーのかかった『エクイアーノの旅、アフリカ人、グスタフス・ヴァッサの生涯』という本を手に取った。

本を膝にのせてベランダに腰をおろし、前庭で蝶々を追いかけてる子供を見ていた。蝶々は黒い斑点のある黄色い羽をゆっくり動かし、小さな女の子をからかうように上下にひらひら飛んでいる。その子が走るたびに、頭のてっぺんでまるい毛玉みたいにまとめた髪がぽこぽこ揺れた。ベランダにはオビオラも座っていたけど、日陰じゃないので、分厚い眼鏡の奥で目を細めて太陽の光を避けていた。女の子と蝶々を見ながらゆっくりとジャジャの名前を発音していた。アクセントを両方の音節につけてみたり、最初の音節につけてみたり、二つ目の音節につけてみたり。「アジャなら砂とかお告げの意味になるけど、ジャジャ？　どういう名前だ？　ジャジャだなんて？　イボ語じゃないな」と結論を下した。

「ぼくの本当の名前はチュクウカさ。ジャジャってのはちっちゃい子供のころの呼び名でいまも続いてるだけ」ジャジャが膝立ちになってる。着ているのはデニムの短パンだけだ。背中で波打つ筋肉が、草をむしり終わった畝《うね》みたいに滑らかで細長い。

「赤ん坊のころ、ジャジャしかいえなかったからね。それでみんながジャジャって呼ぶようになった」とイフェオマおばさんがいった。おばさんはジャジャのほうを向いて「ぴったりの呼び方だって、あなたのお母さんにわたしはいったの。だってオポボのジャジャにあやかるわけだから」と付け加えた。

「オポボのジャジャ？　あの頑固な王様のこと？」とオビオラ。

「反抗的」とイフェオマおばさん。「反抗的な王様だった」

「ハンコウテキってどういう意味、ママ？　その王様なにしたの？」とチマがきいた。チマもまた膝立ちになって庭でなにかやっていたけど、それはおばさんがしょっちゅう「クウシア（やめなさい）、そんなことしちゃだめ」とか「またやったらゴツンだからね」ということだった。

「オポボ民族の王様で、イギリス人がやってきたとき交易の権利をすべてイギリス人に渡すのを拒否した。ほかの王様たちみたいに、わずかな火薬で魂を売らなかった、だからイギリス人に西インド諸島へ島流しにされた。オポボには二度ともどってこなかった」おばさんは房になって咲いてる小さなバナナ色の花に水を遣《や》りつづけた。手にした金属のジョウロを斜めにしてノズルから水をかけてる。朝のうちにみんなで運んだいちばん大きな容器の水はもうなくなっていた。

「かなしいね。その王様、ハンコウテキじゃなければ良かったねえ」とチマはいって、ジャジャの近くへ寄ってしゃがみこんだ。チマに「島流し」とか「わずかな火薬で魂を売る」ことの意味が理解できるのかな。おばさんはチマが理解するのを期待するような口調だった。

「反抗的なのがいいときだってあるんだよ」とイフェオマおばさん。「反抗はマリファナみたいなもので——正しく使えば悪いものじゃない」

おばさんのいったことが神への冒瀆だってことより、その声の真剣さに、わたしは思わず顔をあげた。話してる相手はチマとオビオラだったけど、目はじっとジャジャに注がれていた。

オビオラはニヤッと笑って眼鏡を押しあげた。「どっちにしてもオポボのジャジャは聖人じゃないよね。自分の民族を奴隷として売っちゃったんだし、最後はイギリス人が勝ったんだし。反抗もそれで終わり」

「イギリス人は戦争に勝ったけど、負けた戦闘も多い」とジャジャがいったので、わたしの目は読みかけたページの上を泳いで何行も飛んだ。なんでジャジャは？　なんであんなに簡単に話せたんだろ？　なんでわたしみたいに、気泡が喉で膨らんでことばが押しもどされて、途切れた声しか出ないってことにならないんだ？　顔をあげてジャジャを見た。黒い肌に玉の汗が浮いて陽の光にキラキラしている。あんなふうにジャジャの腕が動くのは見たことがなかった。おばさんの庭にいるジャジャの目に刺すような光が宿るのも。

「小指、どうしたの？」とチマがきいた。ジャジャまで、節くれだった指に初めて気づいたみたいに視線を下げた。指は枯れ枝みたいに曲がっていた。

「事故にあったの」即座におばさんがいった。「チマ、水を容器ごと持ってきて。ほとんど空っぽだから、あなたでも持てるはず」

わたしはイフェオマおばさんを凝視した。その目がわたしの目と合った。わたしは目をそらせた。おばさんは知ってる。ジャジャの指になにがあったか、おばさんは知ってるんだ。

ジャジャが十歳のときだ。教理問答で答えを二つ間違えて、最初の聖体拝領の授業で一番になれなかった。パパがジャジャを二階へ連れていってドアを閉めた。ジャジャは左手を右手で押さえて、泣きながら出てきた。パパが車でジャジャを聖アグネス病院へ連れていった。パパも泣いていた。赤ん坊を抱くみたいにしてジャジャを車まで連れていったのだ。あとでジャジャが、パパは右手を避けたんだ、字を書く手だから、と話してくれた。

「これ、もうすぐ咲きそうね」イフェオマおばさんがジャジャに向かってイクソラの蕾を指差した。「あと二日もすれば世界に対して開眼するってことかな」

「ぼくはたぶん見られない」とジャジャ。「そのころには帰っちゃうから」

おばさんはにっこり笑った。「幸福な時間はあっというまに過ぎるっていうものね」

電話が鳴って、おばさんがわたしに出てちょうだいといった。玄関のドア近くにわたしがいたからだ。ママだった。なにかまずいことが起きてるとすぐにわかった。電話はいつもパパがかけてきたし、午後にかけてくることはなかったからだ。

「お父さんはいない」とママはいった。鼻にかかった声、これから鼻をかまなきゃならないような声だ。「午前中は用があって出かけてるから」

「パパ、だいじょうぶ？」とわたしはきいた。

「だいじょうぶ」といって間が空いた。ママがシシに話してるのが聞こえた。それからまた電話口にもどってきて、昨日、スタンダードがプレートも出さずに事務所に使っている小さな部屋に兵士たちがやってきたのだという。そこに事務所があるのをどうやって知ったのか、だれにもわからなかった。ものすごく大勢の兵士で、内戦時代のトップページ写真を思いだした、と通りの人たちがパパに伝えたそうだ。兵士たちはそのとき刷ってた新聞を一部残らず持ち去り、家具と印刷機を叩きこわし、事務所に鍵をかけてその鍵を取りあげ、ドアにも窓にも板を打ちつけていった。アデ・コーカーがまた拘留されてしまった。

「お父さんのことが心配で」とママ。わたしはジャジャに受話器を渡した。「お父さんのことが心配で」

イフェオマおばさんも心配したらしく、電話のあと出かけてガーディアンを買ってきた。新聞を買うことはなかったのに。とても高いので、おばさんは時間があるときスタンドで立ち読みしていた。兵士がスタンダードの事務所を閉鎖した記事は内側のページに押しこまれていた。隣はイタリアから輸入した女物の靴の広告だ。

「ユジーンおじさんなら、トップページにしたよね」とアマカがいった。その口調に含まれるのは誇りだろうか。

パパが後で電話してきて、まずイフェオマおばさんと話したいといった。そのあとでジャジャと、それからわたしと話した。だいじょうぶとパパはいった。心配はいらない。おまえたちがいないので淋しいよ、とても愛してるといったけど、スタンダードのことはひと言もいわなかった。編集室でなにが起きたかさえ触れなかった。電話を切ってからおばさんが「あなたがたはもう数日ここにいるほうがいいって」といった。にっこり笑うジャジャの顔にえくぼが浮かんだ。ジャジャにえくぼがあるなんて知らなかった。

朝早く電話が鳴った。だれもまだ顔さえ洗ってなかった。口がカラカラ。きっとパパからだ。パパになにかあったんだ。家に兵士が来て、なにも発行できないようにするためパパを撃ったんだと思った。イフェオマおばさんに呼ばれるのを待った。手をぎゅっと握りしめて、呼ばれなければいい、と思った。おばさんはしばらく電話で話をしてからやってきた。元気がない。その日は、いつものおばさんの弾けるような笑い声が聞こえなかった。チマがそばに寄ると「放っておいて！　ネクワ・アンヤ（いいかな）、おまえはもう赤ん坊じゃないでしょ」といった。下唇の半分が口のなかに消えてしまって、ものを噛むときは顎が震えた。

夕食を食べているとアマディ神父がふらりとやってきた。リビングから椅子を運んできて腰をおろすと、アマカが持ってきたグラスからちょっと水を飲んだ。

「競技場でサッカーをやって、それから少年たちを町に連れていきました。アカラと揚げたヤム芋を食べさせようと思って」とアマカから今日はなにをしたのかときかれて神父はいった。

「今日サッカーするっていってくれればよかったのに、神父さん」とオビオラ。

「ごめんごめん、忘れてた。でも来週はきっと、きみとジャジャにも声をかけるから、いっしょにやろう」音楽のような声がすまなそうに尻すぼみになった。神父の顔から目が離せなかった。その声に惹きつけられた。神父がサッカーをやるなんて知らなかった。ひどく罪深くて、ひどく月並みに思えたのだ。テーブルごしにアマディ神父と目が合ったので、さっと顔をそむけた。

「ひょっとしてカンビリもいっしょにプレーするかな」とアマディ神父。自分の名前があのメロディアスな声で響くのを聞いて、自分の内側でピンと張り詰めるものを感じた。口いっぱいに食べ物をほおばった。食べ物を噛まなきゃならないからものがいえないといわんばかりに。「以前はよくアマカもいっしょにプレーしたよね、ぼくがここにやってきたころは。でもいまじゃアフリカン・ミュージックを聴いたり、非現実的な夢想をするほうがいいみたいだ」

いとこたちは声をあげて笑った。アマカの声がいちばん大きかった。ジャジャもニヤッと笑った。でもイフェオマおばさんは笑わなかった。食べ物をちょっと口に運んでは噛んでいた。心ここにあらずだ。

「イフェオマ、なにかまずいことでもありましたか?」とアマディ神父がきいた。

おばさんは首を振ってため息をついた。自分は独りじゃなかったんだと、いま気づいたみたいに。

「今日、故郷の村から知らせがあって。父が病気だというんです。ここ三日つづけて、ちゃんと起きられなかったと。ここに連れてこようと思うんです、父を」

「エズィ・オクウ(本当ですか)?」アマディ神父の顔が曇った。「そうですか、お父さんをここに連れてくるべきですね」

「パパ・ンクウ、病気なの?」叫ぶようにアマカがいった。「ママ、それいつ知ったの?」

「今朝よ、電話で。隣に住んでるンワンバが知らせてくれた、善い人よ。電話をかけにわざわざウクポまで出かけてくれたんだから」

「いってくれればいいのに!」アマカが叫んだ。

「オ・ギニ(なにいってるの)? いまいったじゃない」イフェオマおばさんはにべもない。

「いつアッバに行ける、ママ?」とオビオラがきいた。落ち着いた声だ。その瞬間、ジャジャよりオビオラのほうがぐんと年上に見えた。ここへ二人してやってきてから、みんなそう思ってると感じてきたように。

「車にガソリンがあまり入ってないの、ナインスマイルまでさえ辿り着けるかどうか、次に燃料がいつくるかわからないし。タクシーを雇う余裕はないし。公共の輸送機関を使うとしても、隣の人の臭い脇の下に顔が押しつけられるほど混んだバスに乗せて、年寄りの病人を連れてくるのは無理でしょ?」といってイフェオマおばさんは首を振った。「疲れたわ。もう疲れちゃった……」

「司祭館に緊急時用の燃料の備蓄があります」アマディ神父が静かにいった。「一ガロンなら調達できると思います。エクウズィナ(もうそんなふうにいわないで)」

イフェオマおばさんはうなずいてアマディ神父にお礼をいった。でも顔は明るくならなかった。そのあとロザリオの祈りのとき歌になってもおばさんの声は冴えなかった。わたしは「喜びの神秘」をなんとか瞑想しようとしたけど、パパ・ンクウが来たらどこで寝るんだろうとそればかり考えた。狭いフラットで選択肢はあまりなかった。リビングは男の子たちでいっぱいだし、食料庫兼図書館のおばさんの部屋はモノだらけで、おばさんとチマの寝室だし。もう一つの寝室ってことになるのかな、アマカの——そしてわたしの。告白のとき、異教徒とおなじ部屋で寝ましたといわなければいけなくなるのかな。そこまで考えて一息ついて、瞑想の最中に、パパ・ンクウがやってきておなじ部屋で寝たことがパパに絶対に知られませんようにと祈った。

五つの周期が終わって、聖なる女王よと唱える前に、イフェオマおばさんはパパ・ンクウのために、神に癒《いや》しの手を差し伸べたまえ、使徒ペテロの義母になさったように、と祈った。おばさんは聖母マリアに、パパ・ンクウのためにお祈りくださいと懇願した。天使たちにはお世話をお願いしますと頼んだ。

わたしの「アーメン」が出遅れたのは、少しびっくりしたからだ。パパがパパ・ンクウのためにお祈りするときは、神がパパ・ンクウを改宗させて地獄の業火から救いだしてくれるよう祈るだけだったから。

次の日の朝早く、アマディ神父がやってきた。これまでにも増して司祭らしくない格好だ。膝よりちょっとだけ長いカーキ色の半ズボンをはいている。よく晴れた朝の陽光を浴びて、無精髭《ぶしょうひげ》が顎に黒いシミのように点々と広がっている。髭も剃ってない。アマディ神父は車をおばさんのステーションワゴンの隣に止めて、燃料の入った缶と四分の一の長さに切った庭用ホースを取りだした。

「吸引はぼくにやらせてください」とオビオラがいった。

「間違って飲みこまないように」とアマディ神父。オビオラがホースの一方の端を缶に突っこみ、もう一方の端を口に含んだ。見ていると、彼のほおが風船みたいに膨らんで、それからしぼんだ。オビオラは口に含んでいたホースを、すばやくステーションワゴンの燃料タンクに差しこんだ。ペッペッと唾を吐いて、咳きこんだ。

「吸いあげすぎたかな?」とオビオラの背中をたたきながらアマディ神父がいった。

「いや」と咳と咳のあいまにいうオビオラは誇らしげだ。

「よくやった。イマナ(ごらんのとおり)、燃料を吸いあげるのは今日日《きょうび》、欠かせない技術だから」

アマディ神父の皮肉っぽい微笑みは、その顔の完璧な、粘土のような滑らかさをちっとも損なっていない。イフェオマおばさんが出てきた。シンプルな黒のブーブーを着ている。シャイニーなリップは塗ってないので唇がひび割れて見える。アマディ神父をハグして「ありがとう、神父さま」といった。

「午後になってから、職務が終わったあとなら、ぼくがアッバまで運転していけるんだけど」

「いえ、神父さま。ありがとうございます。オビオラと行きますので」

イフェオマおばさんが助手席にオビオラを乗せて走り去るとすぐにアマディ神父も帰っていった。チマは上階の住人のフラットへ行ってしまった。アマカは自分の部屋にこもって音楽をかけてる。大きな音がベランダまで聞こえてきた。わたしもいまでは彼女の好きな、文化に意識的なミュージシャンを聞き分けることができた。オニェカ・オンウェヌの澄んだ声、フェラが率いるブラスのパワー、オサデベの心鎮《しず》めるような知恵。ジャジャはおばさんの鋏《はさみ》を手に庭に出ている。わたしはほぼ読み終えた本を持って座り、ジャジャを見ていた。鋏を両手でつかみ、頭より高いところでチョキチョキやっている。

「わたしたちって変だと思う？」ささやくようにわたしはきいた。

「ギニ（えっ）？」

ジャジャがわたしを見てから、前庭のガレージの方に目をやった。「変って、どういう意味で？」と彼はきいた。しなくていい質問だ。答える必要のない質問をしてから、ジャジャはまた木をトリミングする仕事にもどった。

庭をぶんぶん飛びまわる蜜蜂の羽音でこっくりこっくりしはじめたとき、おばさんが帰ってきた。オビオラに助けられてパパ・ンクウが車から降りた。オビオラにもたれながらパパ・ンクウがフラットに入ろうとすると、アマカが飛んできて、パパ・ンクウの脇に軽く身を寄せた。パパ・ンクウは目が垂れて、目蓋に重りがのってるみたいだったけど、それでも微笑んでなにかいってアマカを笑わせた。

「パパ・ンクウ、ンノ（いらっしゃい）」とわたしはいった。

「カンビリか」という声は弱々しかった。

イフェオマおばさんはアマカのベッドに横になるようにいったけど、パパ・ンクウは床のほうがいいという。ベッドはぶかぶかしすぎるというのだ。オビオラとジャジャが予備のマットレスを出してきて床に敷いたので、おばさんに助けられて横になった。あっというまにパパ・ンクウは目を閉じた。ほとんど見えないほうの目蓋が微《かす》かに開いていた。まるで病み疲れた眠りの国から、わたしたちのことを盗み見ているよう。横になるとパパ・ンクウは背が高くなったみたいで、ようやくマットレスに収まっている感じだ。若いころは手を伸ばすだけでイチェクの木から実をもげたといっていたのを思いだした。これまでイチェクを見たのは一度きりで、大枝が一軒のデュープレックスの屋根を擦るほどの巨木だった。それでも、わたしはパパ・ンクウのいったことを信じた。手を伸ばすだけで枝から黒くてまるいイチェクの実をもぎ取れた、というパパ・ンクウのいうことを信じた。

「晩ご飯にンサラを作るよ。パパ・ンクウ、あれが好きだよね」とアマカがいった。

「食べられるといいけど、チンイェルの話じゃ、ここ二日ほど水さえ飲むのに難儀してたっていうから」とイフェオマおばさんがパパ・ンクウをじっと見ながらいった。身をかがめて、足にできた白くて硬いタコをそっと弾いた。足の裏を走る細い線が、壁にできたひび割れのよう。

「今日か、明日の朝にでも、医療センターに連れてく?」とアマカ。

「イマゾリ(もう忘れたの)? 医師たちはクリスマス直前までストライキをしていたの。でも、出かける前にンドゥオマ先生に電話しておいたから、夜には来てくれるはず」

ンドゥオマ先生もマーガレット・カートライト通りに住んでいた。あの「犬に注意」の標識と広い芝生のあるデュープレックスだ。医療センターの責任者だとアマカが教えてくれたのは、数時間後に赤いプジョー504から降りてくるときだった。でも先生は、医師がストライキを始めてから街中で小さなクリニックを開いていた。アマカによれば、クリニックはものすごく狭いそうだ。マラリアになってクロロキンの注射を打ってもらったとき、そこで看護師が煙たい灯油コンロでお湯を沸かしていたとか。アマカはンドゥオマ先生が家に来たのを喜んでいた。だって、あの狭いクリニックじゃ煙だけでパパ・ンクウの息が詰まってしまう。

ンドゥオマ先生は顔に張りついたようにいつも笑みを浮かべている人だった。患者への悪い知らせを微笑むことで和らげようとしているのかな。先生はアマカをハグし、ジャジャやわたしと握手した。アマカはパパ・ンクウを診察する先生のあとについて彼女の寝室に入っていった。

「パパ・ンクウ、すごく痩せちゃったね」とジャジャ。二人でベランダに座っているときだ。陽が沈んで微風が吹いている。ほかのフラットの子供たちが敷地内でサッカーをやっていた。すぐ上階のフラットから大人の声が聞こえた。「ネー・アンヤ（気をつけて）、もしもおまえたちがガレージの壁にボールで汚れなんかつけたら、耳を切り落としてやるからね！」サッカーボールがガレージの壁にぶつかると、子供たちはどっと笑った。埃だらけのボールが壁に茶色い汚点を残した。

「パパにわかると思う？」とわたしはきいた。

「なにが？」

わたしは指を組み合わせた。意味がジャジャに伝わらなかったのかな？「パパ・ンクウがここでわたしたちといっしょだってこと。おなじ家に」

「どうかな」

その口調に、わたしは振り向いてジャジャをじっと見つめた。ジャジャは眉を顰《ひそ》めていなかったけど、きっとわたしは顰めていたんだ。「おばさんに指のこと教えたの？」きかなければよかった。放っておけばよかった。でももうきいてしまった。喉からことばがするする出るのは、ジャジャと二人になったときだけだったのだ。

「きかれたから、教えたよ」ジャジャはベランダの床に足を打ちつけてリズムをとっている。

自分の手をじっと見た。手の爪は、自分で切れるようになるまで、パパがうんと短く切ってくれていた。パパの両脚のあいだに座って、パパのほおがわたしのほおにそっと触れたものだった。だからわたしも、爪をうんと短く切った。ジャジャは忘れたのかな、二人が決して口にしないことを、決して口にしないことがたくさんあることを？　家で指のことを人にきかれたとき、ジャジャはいつも「ちょっと」と答えた。そういえば嘘じゃないし、なにか事故があったのか、重たいドアに挟んだのか、と人は思うから。どうしてイフェオマおばさんに話したのかききたかったけど、そんな必要はなかった、ジャジャにも答えられない質問だったのだ。

「おばさんの車をきれいにしてくる」といってジャジャは立ちあがった。「洗車用の流水があればいいのにな。ものすごい埃だから」

フラットに入っていくジャジャを見ていた。ジャジャがエヌグの家で車を洗うことはなかった。肩幅が広くなったみたいだ。一週間で十代の子の肩幅が広くなるものだろうか。吹いてくる微風は埃っぽく、ジャジャが切った葉っぱの匂いが混じっている。キッチンからアマカがオフェ・ンサラに入れるスパイスの香りが流れてきて、鼻をくすぐった。そのとき、ジャジャが足でリズムを取っていたイボ語の歌は、夕べのロザリオの祈りでおばさんやいとこたちが歌う曲だと気づいた。

そのままベランダに座って本を読んでいたら、ンドゥオマ先生が帰っていった。おばさんが車まで送っていくあいだ、先生は笑いながら、夕食に誘っていただいて、クリニックで待ってる患者なんか放っておいていっしょしたいのはやまやまなんですが、といっている。「このスープの匂いで、アマカがよく手を洗って料理しているのがわかりますね」

おばさんがベランダにもどってきて、先生の車が走り去るのを見送った。

「ありがとう、ンナ・ム」とおばさんはフラットの前で車を洗ってるジャジャに声をかけた。ジャジャのことを「ンナ・ム」と呼ぶのを初めて聞いた。「わたしの父よ」という呼称だ。自分の息子たちをそう呼ぶのはときどき耳にしていたけど。

ジャジャがベランダにやってきた。「どういたしまして、おばさん」立ったまま両肩を持ちあげるジャジャは、身の丈より大きな服を自慢げに着ている人みたい。「お医者さんはなんていったんですか?」

「ちょっと検査をしたいって。明日、あなたがたのお祖父《じい》さんを医療センターへ連れていくわ、検査室が開いている時間に」

午前中にパパ・ンクウを大学の医療センターへ連れていったイフェオマおばさんが、すぐにまた、ふくれっ面をしてもどってきた。検査室のスタッフもストライキ中で、パパ・ンクウは検査を受けられなかったのだ。中空をにらみながらおばさんは、町にある私立の検査室へ連れていかなきゃならないという。それから小声で、私立の検査室は検査料がバカ高くて、たかだか腸チフスの検査だけでその病気の薬以上の料金をふんだくる。だからンドゥオマ先生に、その検査を全部やらなければいけないのかどうかきいてみなければという。医療センターなら、大学の講師をしているかぎり無料ですむはずだった。パパ・ンクウを家で休ませて、おばさんはンドゥオマ先生が処方した薬を買いに出かけた。眉間に皺が寄っていた。

でもその夜は、起きて夕食が食べられるほどパパ・ンクウは気分が良くなっていたので、おばさんの表情がちょっとだけ和らいだ。オビオラが、取り分けておいたオフェ・ンサラとガリを柔らかな粘りが出るまで潰して混ぜた。

「夜にガリを食べるのってあんまりよくないよね」とアマカがいった。でもしかめっ面じゃなかった。不満を口にするときはたいてい顔をしかめるのに、前歯のすきまを思いきり見せてニッコリ笑っている。パパ・ンクウがいるときはいつも笑顔になるのだ。「夜にガリを食べるとお腹にもたれる」

パパ・ンクウがカカカと笑った。「むかし親父たちが夜中になにを食ったか知ってるか、グボ（えぇっ）？　みんなキャッサバを混ぜ物なしで食べたんだぞ。ガリはその現代版さ。混ぜ物なしのキャッサバみたいな匂いもしないし」

「でも、とにかく自分の分は全部食べなくちゃ、ンナ・アンイ（お父さん）」イフェオマおばさんは手を伸ばして、パパ・ンクウのガリからひとつまみちぎった。それに指で穴を開けて白い錠剤を差しこみ、包んで、まるい玉にした。それをパパ・ンクウの皿にのせた。おなじことを四つの錠剤でもやった。「こうしなくちゃ、薬を飲まないんだから」とおばさんは英語でいった。「薬は苦いっていいながら、味わうべきコーラの実なら嬉しそうに噛むんだから、あれ、ムカつく味だよ」

いとこたちが大声で笑った。

「モラルってのは、味覚もそうだけど、相対的なものさ」とオビオラがいった。

「おい？　俺のことをいってるな、グボ（だろ）？」とパパ・ンクウがきいた。

「ンナ・アンイ（お父さん）、それをちゃんと飲みこんで」とおばさん。

パパ・ンクウは律儀にガリの小片をつまんでスープに浸し、飲みこんだ。五つとも消えたとき、おばさんは、水を飲んでね、そうすれば錠剤が溶けて早く効くからといった。パパ・ンクウは水をガブリと飲んで、グラスを置いて、「歳をとると、子供みたいに扱われるな」とつぶやいた。

ちょうどそのときテレビが、紙に乾いた砂がぶつかるようなザーッという音をたてて、電灯が消えた。部屋じゅう闇に包まれた。

「やだ」アマカが唸った。「NEPA（ナイジェリア電力公社）ったら、よりによってこんなときに電気を切らないでほしい。見たいテレビがあるのに」

オビオラが暗闇のなかを移動して、部屋の隅に置いてあった二つの灯油ランプのところまで行き、それを灯した。すぐに灯油の臭いがしてきた。わたしは涙目になり、喉がいがらっぽくなった。

「パパ・ンクウ、むかしの話をしてよ、アッバでしてくれたみたいに」とオビオラがいった。「テレビはないほうがいいや」

「オ・ディ・ムマ（よしよし）。しかしな、おまえたちはまだテレビのなかの奴らがどうやってあそこへ入ったのか、教えてくれてないぞ」

いとこたちが声をあげて笑った。それはパパ・ンクウがみんなを笑わせる定番だった。ことばが終わらないうちにみんなが笑いだしたので、わかった。

「亀がなんであんな割れた甲羅になったかって話をやって！」とチマが甲高い声でいった。

「なんで亀がこんなにしょっちゅうイボの民話に出てくるのか知りたいよ」というオビオラは英語だ。

「亀がなんであんな割れた甲羅になったかって話をやって！」とチマがくり返した。

こほん、とパパ・ンクウは咳払いをした。「むかしな、動物たちが話をしてたころのことだ。トカゲ類はまだたくさんはいなかった。動物の土地を大きな飢饉《ききん》が襲ったんだな。農場は干あがって、土はカチカチ。多くの動物は食いもんがなくて飢えて死んでな、残されたものには葬式のときの葬送ダンスを踊る力さえ残ってなかった。ある日、雄の動物たちが全員集まって、飢饉が村を根こそぎ滅ぼさないうちに、どうしたらいいか決めようと話し合った。

みんな、ガリガリに痩せて弱っていたが、よろめきながら集まってきた。ライオンの咆哮《ほうこう》までがいまじゃ鼠《ねずみ》の鼻声みたいになってた。亀も自分の甲羅を運ぶのが精一杯だ。元気そうなのは犬だけだった。毛並みが健康そうにふさふさと光って、皮の下の骨なんか少しも見えない。肉がたっぷりついてたからな。動物たちは犬に、飢饉だというのに、どうしてそんなに元気にしていられるんだときいた。すると『いつものように糞を食べてるからだよ』と犬は答えたんだ。

ほかの動物たちはこれまで通り犬を笑い飛ばした。というのも、犬とその家族が糞を食うってこのはよく知られていたからな。ほかの動物は自分たちが糞を食うところなんざ想像もできなかった。集会を仕切っていたライオンが『俺たちは犬のように糞なんか食えないから、自分たちの口を満たす方法を考えなくちゃな』といった。

動物たちは長いこと、いっしょうけんめい考えた。すると兎《うさぎ》が、みんな自分の母親を殺して食べることにしたらどうかというんだ。これには賛成しない動物も多かった。まだ母親の母乳のあまさを覚えていたからさ。ところが、最後はみんなそれしかほかに方法はないってことになっちまった。なにか手を打たなければ、みんなただただ死んでしまうだけだったからな」

「ママを食べるなんて、ぜったいにヤダ」とチマがクスクス笑いながらいった。

「あんまりいい考えじゃないよね、皮が硬いもん」とオビオラ。

「母親たちは自分は犠牲になってもかまわないといった」とパパ・シクウは続けた。「というわけで、週ごとに一人の母親が殺されて、動物たちはその肉を分け合った。たちまちみんなまた元気そうになった。それから次は犬の母親が殺される番になった。ところがその数日前に、犬は走りまわりながら自分の母親の死を悲しむ歌を大声で歌って歩いたんだな。母親は病気でもう死んでいたんだ。ほかの動物たちは犬が可哀想になって、母親を埋葬する手伝いをしようといった。病気で死んだ犬の母親を食べることはできなかった。犬は手伝いを全部ことわって、埋葬は自分でやるといったんだな。村のために犠牲になったほかの母親のように名誉ある死に方をしなかったんで、犬は取り乱してしまった。

ほんの数日後のことだ、亀がカラカラに干あがった自分の畑へと出かけた。なにか収穫できる野菜はないか見てこようと思ったんだな。一休みするためブッシュのそばで立ち止まったが、ブッシュもまたすっかり萎れてしまって良い日陰にはならなかった。ブッシュの向こうを見ると犬がいる。上を向いて歌を歌ってるじゃないか。亀は、ひょっとして犬は悲しすぎて頭がおかしくなったんじゃないかと思ったさ。なんで犬が空に向かって歌うんだ？　亀が耳を澄ますと、犬がこう歌ってるのが聞こえた。『ンネ、ンネ、母さん』」

「ンジェマンゼ！」といとこたちが声を合わせた。

「『ンネ、ンネ、やってきました』」

「ンジェマンゼ！」

「『ンネ、ンネ、やってきました、綱をおろしてくださいな』」

「ンジェマンゼ！」

「亀が出ていって犬に向かって、嘘をついたな、といった。犬は、そうさ、自分の母親は本当は死んじゃいない、と認めたんだな。空に昇って、金持ちの仲間と暮らしてるんだと。毎日、空から食べ物をくれるんで犬はこんなに元気に見えたんだ。『なんて忌まわしい！』亀は低い声でいった。『そんなに食べる糞があるなんて！　おまえさんがやったことを村の連中に知らせてくるからな』

もちろん、亀ってのはいつだってずる賢いもんさ。村の連中に告げ口するつもりなんざぜんぜんなかった。犬が亀に、空に連れてってやろうかというのもわかってた。犬がそういったとき、亀はすぐに話に乗らずに、考えてるふりをした。ところが、よだれがな、たらたらとほおを伝いはじめおった。犬がまた歌を歌うと、空から綱が降りてきたんで、二匹はいっしょに昇っていった。

犬の母親は息子が友達を連れてきたのが気に入らなかった。それでもとにかく、ちゃんともてなした。亀は家で行儀を教わらなかった動物みたいに食いまくった。フフもオヌグブスープもなんもかんも全部たいらげて、角盃になみなみとヤシ酒を注いで口いっぱいの食い物といっしょに飲みほした。食事が終わると綱を伝って降りた。亀は犬に、雨が降って飢饉が終わるまで毎日こうして空に連れてってくれるなら、だれにも話さないでいるといった。犬は、いいよ、といった——ほかにどういえばいい？　天上でたくさん食えば食うほど亀はもっとくれというようになった。そうこうするうちにある日、亀は自分で空に昇ってやれと思い立った。自分の分だけじゃなく犬の分も食っちまおうと決めたんだな。萎れたブッシュのそばの例の場所に行って、亀は犬の声色を使って歌いだした。綱がするするするっと降りてきた。そこへ犬が通りかかって、なにが起きているか知っちまった。頭にきた犬はもっと大きな声で『ンネ、ンネ、母さん』と歌った」

「ンジェマンゼ！」といとこたちが声を合わせた。

「『ンネ、ンネ、昇ってくのは息子じゃないんだ』

「ンジェマンゼ！」

「『ンネ、ンネ、綱を切って。昇ってくのは息子じゃなくて、ずるい亀だよ』

「ンジェマンゼ！」

「すぐさま犬の母親は綱を切った。だから亀は空の半分近くまで昇っていたのに、まっさかさまに落っこちた。落ちたところがまた石ころが山と積まれた場所だった、てなわけで亀の甲羅にひびが入っちまったのさ」

　チマが嬉しそうに「亀の甲羅にひびが入っちまったのさ！」といった。

「そもそも、なんで犬の母親だけ空に昇ったのかな？」とオビオラが英語でいった。

「それに、空にいる金持ちの友達ってだれ？」とアマカがいった。

「たぶん、犬の先祖たちだ」とオビオラ。

　いとこたちとジャジャが爆笑した。パパ・ンクウも、英語がわかるみたいにくすくすと笑った。それから後ろにもたれて目を閉じた。みんなを見ながらわたしは――自分もいっしょに声を合わせて「ンジェマンゼ！」といえたらよかったのにと思った。

パパ・ンクウはだれよりも早く起きた。朝食はベランダに座って、朝の光を見ながら食べたいといった。そこでイフェオマおばさんはベランダにゴザを広げるようオビオラにいいつけて、みんなで座っていっしょに朝ご飯を食べながら、パパ・ンクウが村でヤシ酒を作る男たちのことを話すのを聞いた。男たちが夜明け前に出かけてヤシの木に登る、陽が昇ってしまうと木は酸っぱい汁しか出さない。そう語るパパ・ンクウは村を恋しく思ってるんだ、絶対そうだ、男たちがラフィアの紐を自分の腰と木の幹に巻きつけてヤシの木に登るのがここじゃ見えないのが悲しいんだ、わたしにはわかった。

朝食にはパンとオクパとボーンヴィタが出たけど、イフェオマおばさんはパパ・ンクウのためにフフを少し作った。錠剤を埋めこむのだ。パパ・ンクウが柔らかな棺桶みたいなまるい玉を飲みこむのを、おばさんは注意深く見守った。その顔から翳《かげ》りが消えていた。

「これで元気になる」とおばさんは英語でいった。「村へ帰りたい、とすぐに、やいのやいのいい始めるよ」

「しばらくここにいなくちゃ」とアマカがいった。「ねえ、ここでいっしょに住むほうがいいんじゃない、ママ。あのチンイェルとかいう女の人がちゃんと世話をするとは思えないよ」

「イガシクワ（そうだけど）！　ここに住むのを承知しないでしょ」

「いつ検査に連れてくの？」

「明日。ンドゥオマ先生が四つの検査のうち二つは受けられるって。町の私立の検査室はいつも全額支払えっていうので、まず銀行へ行かなきゃ。今日のうちに連れていけるといいけど、銀行じゃ長蛇の列だから」

そのとき一台の車が敷地に入ってきた。アマカが「アマディ神父？」という前に、わたしには彼だとわかった。彼のトヨタの小型ハッチバックはそれまで二度しか見たことがなかったけど、どこだろうとすぐにわかった。手が震えはじめた。

「パパ・ンクウのようすを見に寄るっていってた」とイフェオマおばさん。

アマディ神父は袖の長いゆったりした長衣を着て、腰のまわりにゆるく黒い紐を巻いて、先を垂らしている。司祭服を着ていても、大股で伸びやかに歩く姿に目が引き寄せられて、離れなくなってしまう。わたしはフラットに駆けこんだ。寝室の窓のほうが前庭がよく見えるのだ。ルーバーが一つ二つ取れているし。窓の近くの蚊帳《かや》の小さな破れ目に顔をうんと近づけた。アマカが、夜は電球のまわりを飛ぶ蛾《が》がここからぜんぶ入っちゃうという蚊帳だ。窓のそばにアマディ神父が立っている。すぐ近くなので、頭上で髪がカールしているのが見えた。小川の流れが渦を巻いてるみたいだ。

「すごく早く回復したんですよ、神父さん、チュクウ・アルカ（神の驚嘆すべき行いです）」とイフェオマおばさんはいった。

「われらが神は誠実ですよ、イフェオマ」神父さんはパパ・ンクウが自分の親戚みたいに嬉しそうだ。これからイシエヌへ行って、パプアニューギニアで布教してもどってきた友人を訪ねるのだという。ジャジャとオビオラのほうを見て「夕方迎えにくるからね。神学校の少年たちとスタジアムでサッカーをやろう」といった。

「オーケー、神父さん」というジャジャの声には力がこもっていた。

「カンビリはどこ?」

わたしはうつむいて、呼吸が荒くなった胸を見た。なぜだかわからない。でも神父がわたしの名前を口にしたことが、わたしの名前を覚えてくれたことが、嬉しかった。

「家のなかだと思いますが」とイフェオマおばさん。

「ジャジャ、よかったらいっしょに行こうとカンビリにいっておいて」

夕方になってアマディ神父がまたやってきたとき、わたしは昼寝をしているふりをした。ジャジャとオビオラを乗せた車が走り去る音を聞いてからリビングに行った。いっしょに行きたくなかったのに、車の音が聞こえなくなると急にあとを追いかけたくなった。

リビングではアマカが、パパ・ンクウの頭に少しだけ残った髪にゆっくりとワセリンを塗っていた。それが終わると、タルカムパウダーで顔と胸を撫でつけた。

パパ・ンクウがわたしを見て「カンビリか」といった。「おまえのいとこは絵が上手いぞ。むかしなら、神さまの神殿を飾りつける役に選ばれただろうに」夢見るような口調だ。飲んだ薬のせいでとろんとしてるんだろう。アマカはわたしのほうを見ようともせずに、パパ・ンクウの髪をそっと撫でるように押さえてから、真向かいの床に座った。アマカのすばやい手の動きをわたしは目で追った。ブラシをパレットから紙に移動させて、またもどす。動きがあまり早いので、あれじゃ紙にごちゃごちゃ描いてるだけじゃないかと思っていると、そのうちくっきりと、細く、優雅な姿形が浮かんできた。壁の時計がチクタク音を刻む。壁には杖をついた法王の写真がかかっている。微妙な静けさのなかで、キッチンからイフェオマおばさんが焦げた鍋をこそげる音が大きく響いてくる。鍋に金属のスプーンがカリカリカリとあたる音。ときおりアマカとパパ・ンクウが話をする低い声が絡まりあう。二人は阿吽《あうん》の呼吸で、ほんの少ししかことばを交わさない。二人を見ながら、自分には絶対に手に入らないとわかっているものへの、狂おしいまでの憧れを感じた。立ちあがってその場を離れたかった。でも両脚が自分のものじゃないみたいで、わたしの命じたことをやろうとしない。やっとの思いで身を起こして、キッチンへ向かった。パパ・ンクウもアマカも、わたしが出ていくことさえ気づいていない。

イフェオマおばさんは低い椅子に腰かけて、熱いココヤムから茶色い皮を剝いていた。手を冷たい水で冷やしながら、木を刳《く》った鉢に粘つくまるい芋を投げこんでいる。

「なんでそんなふうに見てるの？　オ・ギニ（どうしたの）？」

「どうって、おばさん、なにが？」

「目に涙が、ほら」

涙が出たのはわかっていた。「ゴミが入っちゃったのかな」

おばさんは疑わしげだ。「このココヤム、手伝ってちょうだい」少ししてからおばさんがいった。おばさんのそばに低い椅子を置いて座った。おばさんがやると皮はあっけなく剝けるのに、わたしが芋の端を押しても皮は残り、熱さで手がヒリヒリした。

「最初に手を水につけなさい」おばさんがどこをどう押せば皮がスルッと剝けるかやって見せた。ココヤムを潰すおばさんをわたしは観察した。ときどき杵をボウルの水に浸して、ココヤムが杵にくっつかないようにしていた。それでも粘つく白い粉が杵にも、刳り鉢にも、おばさんの手にも付着してくる。でもおばさんは嬉しそうだ。それでオヌグブスープにしっかりととろみがつくからだ。

「パパ・ンクウのようすはどう？　元気そうだった？」とおばさんがきいた。「アマカが絵を描いてるあいだも、そこそこ長く起きていられるようになって。奇跡よ。聖母マリアは誠実です」

「どうして聖母マリアは異教徒のための嘆願に耳をかすことができるの、おばさん？」

おばさんはなにもいわずに、レードルでココヤムの濃いペーストをすくってスープの鍋に入れた。それから顔をあげて、パパ・ンクウは異教徒ではなく伝統を守る人なんだといった。異なることにも、馴染《なじ》んだこととおなじように良いことがある、パパ・ンクウは朝「イトゥ・ンズ（地面にチョークで線を引くこと）」をして身の潔白を宣言していて、それはわたしたちがロザリオの祈りを唱えるのとおなじだといった。ほかにもなにかいっていたけど、わたしは耳に入らなかった。アマカがリビングでパパ・ンクウといっしょに笑う声が聞こえて、なんで笑ってるんだろ、わたしが入っていったら笑うのをやめるのかなと思っていたからだ。


イフェオマおばさんに起こされたのは、室内がまだ薄暗いころだった。夜中続いた甲高いコオロギの鳴き声がまばらになってきた。ベッド脇の窓から雄鶏の鳴き声がする。

「ンネ（さあ）」おばさんはわたしの肩を軽くたたいた。「パパ・ンクウがベランダにいる。行って見てきなさい」

意識はすっかり覚めてるのに、わたしは指で目をこじ開けなければいけなかった。前の日におばさんが、パパ・ンクウは伝統を重んじる人で異教徒ではないといったことを思いだしたけれど、なぜベランダに行ってパパ・ンクウを見なさい、とおばさんがいうのかよくわからなかった。

「ンネ、音をたてちゃだめ。見るだけよ」アマカを起こさないようおばさんは小声だ。

ピンクと白の花柄の寝巻きの上からラッパーを巻き、胸のところで止めてそっと部屋を出た。ベランダに通じるドアが半分ほど開いていて、紫がかった曙光《しょこう》が微かにリビングに差しこんでいる。明かりはつけたくなかった。パパ・ンクウが気づくから。ドアのそばに立って壁にもたれた。

パパ・ンクウが低い木の椅子に座っていた。曲がった脚で三角形ができている。ゆるく巻いたラッパーの結び目がほどけて、腰から布が垂れて椅子にかかり、色褪せた青いへりが床を撫でている。すぐ隣に、芯をギリギリまで下げた灯油ランプが置いてあった。チラチラ揺れる光が、狭いベランダをトパーズ色に染めながら、パパ・ンクウの胸の短い灰色の毛や両脚のたるんだ土色の皮膚を照らしだしていた。パパ・ンクウが、握っていたンズで床に一本の線を引いた。なにか話している、うつむいて白いチョークの線に話しかけてるみたいだ。線がいまでは黄色く見えた。神々に、先祖に、話しかけているのだ。おばさんが神々と先祖は交互に入れ替わるといっていたのを思いだした。

「チネケ（創造主の神よ）！　この新しい朝に感謝します！　太陽がまた昇ることに感謝します」

話すたびにパパ・ンクウの下唇が震えた。そのせいでパパ・ンクウのイボ語の語尾がつながって、話が長い一語のように聞こえてしまう。パパ・ンクウが身をかがめてまた一本線を描いた。すばやく、決然とした激しさで。腕の筋肉がブルブル震えた。腕はだらんと垂れた茶色い皮の袋みたいだ。「チネケ！　わたしはだれも殺しませんでした、だれの土地も奪いませんでした、不義密通を犯すこともありませんでした」それからまた身をかがめて三本目の線を引いた。椅子が軋《きし》んだ。「チネケ！　ほかの者たちの健康を祈願しました。もたざる者たちを、この手から分けあたえられる僅かなもので助けました」

雄鶏が鳴いて朝が来たと告げていた。哀調をおびた鳴き声がとても近くで聞こえた。

「チネケ！　わたしに祝福を。この腹を十分に満たすものが授かりますよう。娘のイフェオマに祝福を。その家族のために十分なものをおあたえください」パパ・ンクウはここで椅子に身をあずけた。臍《へそ》が、間違いなく突きだしていたとわかる臍が、いまは皺くちゃの茄子《なす》みたいにだらりと垂れている。

「チネケ！　息子のユジーンに祝福を。あの子の成功に陽が沈むことがありませんよう。あの子にかけられた呪いを解いてください」パパ・ンクウは前かがみになってもう一本線を引いた。パパのためにも祈ったのでわたしはびっくりした。それも、自分やイフェオマおばさんのためとおなじように、熱意をこめて。

「チネケ！　わたしの子供たちの子供たちに祝福を。邪悪なものから遠ざけて、善きものへお導きくださいますように」といいながらパパ・ンクウは微笑んでいた。残り少ない前歯が光のなかで濃い黄色味をおびて、採れたてのトウモロコシの粒のよう。歯茎と歯茎のあいだの大きな隙間が淡い黄褐色の光に染まっている。「チネケ！　ほかの者たちの健康を願う者が健康でありますように、ほかの者たちの病いを願う者には病いを」といってパパ・ンクウは最後の線を引いた。これまでいちばん長い、勢いのある線だ。それで終わりだった。

パパ・ンクウが立ちあがって身を伸ばしたとき、体全体が、エヌグの家の庭にあるグメリナの木のゴツゴツした樹皮のように見えた。たくさんの凹凸が、ランプの炎が発する金色の影に彩られている。ポツポツと手や足に浮かぶ老斑さえも微かに光って見えた。人が裸でいるのを見るのは罪深いことだったけれど、わたしは目をそらさなかった。お腹に寄った皺もいまはそれほどたくさんあるとは思えなかったし、臍は、皺くちゃの皮膚に囲まれてはいたが、さっきより高く盛りあがって見えた。脚と脚のあいだからだらんと垂れた繭《まゆ》は滑らかに見え、蚊帳のように体全体に縦横に走っていた皺とは無縁のよう。パパ・ンクウはラッパーを拾いあげて体に巻き、腰のところで結んだ。乳首が暗色の葡萄《ぶどう》のように、まばらな胸毛の灰色の房のあいまに収まっていた。わたしが静かにそこを去って寝室にもどるときも、パパ・ンクウはずっと微笑んでいた。エヌグの家でわたしはロザリオの祈りを唱えたあと微笑まなかった。だれも微笑まなかったのだ。

朝ご飯がすむとパパ・ンクウはベランダにもどって椅子に腰かけ、その足元にアマカがビニールシートを敷いて腰をおろした。アマカは軽石でパパ・ンクウの片足をそっと擦って、水の入ったプラスチック容器に浸し、それからワセリンをつけてマッサージした。それが終わるともう片方の足に取りかかった。パパ・ンクウはアマカの足の扱いが優しすぎる、それじゃちっぽけな石でさえ足の裏が痛くなってしまうと文句をいった。村じゃサンダルなんか履《は》いたことはなかった、ここじゃイフェオマがサンダルを履け、履けといって聞かないと。でもアマカに、足を洗うのをやめろとはいわなかった。

「このベランダで描くからね、影のなかで。陽の光がパパ・ンクウの肌にあたるところをとらえたい」とアマカがいったときオビオラが出てきた。

青いラッパーとブラウスでパシッと決めたイフェオマおばさんがあらわれた。オビオラと市場へ行くのだ。おばさんの話では、オビオラは売り手の計算機より早くお釣りを計算するのだという。おばさんは「カンビリ、あなたにオラの葉の下ごしらえを頼みたいな。帰ってきたらすぐにスープ作りをはじめられるように」といった。

「オラの葉?」といって、わたしはごくっと唾を飲みこんだ。

「そう。オラの下ごしらえの仕方、知らない?」

わたしは首を振って「知りません」といった。

「それじゃアマカにやってもらおうかな」とイフェオマおばさんはいった。腰に巻いたラッパーをほどいて巻きなおし、それから脇で結び目を作った。

「なんで?」とアマカが切れた。「金持ちは自分の家でオラの葉の下ごしらえなんかしないわけ? オラのスープなんか食べる気がしないってこと?」

イフェオマおばさんの目元がきつくなった——その目はアマカではなく、わたしを見ていた。

「オ・ギニディ(なんでそうなの)、カンビリ、口がないの? 彼女に言い返しなさい!」

わたしは庭で萎れたアフリカンリリーが茎から落ちるのをじっと見ていた。お昼近くに吹く風でクロトンの葉がざわざわと音をたてている。わたしはやっとの思いで「アマカ、叫ばなくていい」といった。「オラの葉、どうやったらいいか知らないから、あなたに教えてもらいたい」そんな冷静なことばがどこから出てきたのか、自分でもわからなかった。アマカを見たくなかった、にらみつけてる顔を見たくなかった、すぐに反論のことばが返ってくるから刺激したくなかった、やりあうなんてできないのは自分でもわかっていた。ククッという笑い声が聞こえたときは空耳かと思ったけど、でもアマカを見ると——思った通り、彼女は笑っていた。

「ちゃんと大きな声が出るじゃない、カンビリ」

オラの葉をどうやって下ごしらえするか、アマカが教えてくれた。つるつるするライトグリーンの葉には筋張った茎があって、熱を加えても柔らかくならない。だから丁寧に取り除かなければいけないのだ。わたしはオラを盛ったトレーを膝にのせて作業を始めた。茎から葉っぱをもいで足元の容器に入れるのだ。それが終わったころイフェオマおばさんの車が帰ってきた。一時間ほど過ぎていた。おばさんは椅子にどさりと座って新聞で自分をあおいだ。汗の筋がパウダーをつけた暗色の肌を流れ落ちて、顔の横で二本の平行線を描いている。ジャジャとオビオラが車から食料を運びこんでいた。おばさんがジャジャにプランテーンの房はベランダの床に置いてといっていた。

「アマカ、カ（あれ）？　いくらだと思う？」とおばさん。

アマカはその房をじっくり見て、これくらいかなと値段をいった。おばさんは首を振って、アマカのいった値段より四十ナイラも高かったといった。

「ええっ！　こんな小さい房で？」とアマカは叫んだ。

「業者が、燃料がないんで食料輸送は難しいんだといって、輸送費を上乗せしたんだ、オ・ディ・エグウ（もうめちゃくちゃ）」とおばさん。

アマカがそのプランテーンをいちいち指ではさんで押してみている。そうすれば、なぜそんなに高いのかわかるみたいに。それを持って家のなかに入ったとき、アマディ神父の車がフラットの正面に止まった。フロントガラスに陽の光があたってきらきらした。神父は長衣を花嫁のウェディングドレスみたいに持ちあげながら、階段を駆けあがってベランダにあらわれた。彼はまずパパ・ンクウにあいさつして、それからイフェオマおばさんをハグし、少年たちと握手した。わたしは握手するため手を伸ばしたけど、下唇がぶるぶると震えはじめた。

「カンビリ」といって神父はわたしの手を握った。少年たちのよりちょっと長く。

「どこかへお出かけですか、神父さん？」とアマカがききながらベランダへやってきた。「その長衣ではオーブンに入ってる感じでしょうね」

「ちょっと友人のところへ持っていくものがあって。パプアニューギニアから帰ってきた聖職者の友人。彼は来週そこにもどるので」

「パプアニューギニアって、どんなところだといってました？」とアマカ。

「川をカヌーで渡った話をしてたな。すぐ下に鰐《わに》のいる川を。鰐の歯がカチカチいう音を聞いたのと、自分のズボンが濡れてしまったのと、どっちが先だったかよくわからないって」

「そんなところへあなたが送りこまれなければいいですが」と笑っていうイフェオマおばさんは、まだグラスの水をちょっと飲んでは自分をあおいでいる。

「神父さんがいなくなるなんて、考えたくない」とアマカがいった。「どこへいつ行くことになるか、まだわからない、オクウィア（でしょ）？」

「そう。ひょっとしたら来年なんてことも」

「だれが決めるんだね？」パパ・ンクウが突然そういったので、そうか、イボ語の会話だったから一語一句耳に入ってたんだと気がついた。

「アマディ神父はある聖職者集団に、宣教師のンディ（集団）に属していて、人を改宗させるためにいろんな国に行くわけ」とアマカがいった。パパ・ンクウに話すときのアマカは、ほかのみんながうっかりやるように、英語を散りばめたりすることはほとんどなかった。

「エズィ・オクウ（そうなのかな）？」パパ・ンクウは顔をあげて、白く濁った目をアマディ神父に向けた。「そうなのかな？　われわれの息子たちがいまじゃ白人の土地へ行って布教するんですかな？」

「われわれは白人の土地へも行きますし、黒人の土地へも行きます、サー」とアマディ神父はいった。「司祭を必要としているどんな土地へでも」

「それはいい、わが息子よ。だがそこの人たちに嘘をついちゃいかんな。自分の父親を軽視するよう教えてはいかん」パパ・ンクウはそういうと目をそらせて首を振った。

「いまの聞きました、神父さん？」とアマカ。「貧しい無知な魂に嘘をつかないでって」

「それはなかなか困難なことでしょうが、心がけます」とアマディ神父は英語でいった。微笑むと彼の目尻に皺が寄った。「ねえ、神父さん、それってオクパを作るのに似てますよね」とオビオラがいう。「ササゲの粉にヤシ油を混ぜて、それから何時間も蒸すでしょ。蒸しているのはササゲの粉か？　それともヤシ油か？」

「どういうこと？」とアマディ神父。

「宗教と抑圧」とオビオラ。

「いいかな、ことわざに、狂っているのは裸で市場に来る者だけではないというのがあるよね？」とアマディ神父がきく。「いっときそんな狂気がもどってきて、またきみの心を乱してるのかな、オクウィア（そうなの）？」

　オビオラが大きな声で笑い、アマカも笑った。そんなふうにアマカを笑わせることができるのはアマディ神父だけのようだ。

「本物の宣教師みたいな口調ですね、神父さん」とアマカがいった。「異論を突きつけられると、相手に狂気のレッテルを貼る」

「ほら、あなたのいとこはおとなしく座って見てますよ?」アマディ神父がいったのはわたしのことだ。「彼女は終わりのない議論に無駄なエネルギーを使ったりしませんが、でも、きっと心のなかではいろんなことを考えてる、わたしにはわかります」

わたしは彼をじっと見た。脇の下に汗でまるい染みが広がり、白い長衣がそこだけ黒っぽくなっている。その目がわたしにじっと注がれている、わたしは目をそらした。目を合わせていると、心が浮き足立ってしまうのだ。そばにだれがいるかも、自分がどこに座ってるかも忘れてしまいそうで、自分のスカートが何色かもわからなくなりそう。「カンビリ、この前はいっしょに出かける気になれなかったんだね」

「わ、わたし、あの、寝てたもんですから」

「じゃあ、今日はいっしょに来るよね。きみだけで」とアマディ神父はいった。「町からの帰りにまた寄るから。サッカーをしにスタジアムへ行こう。プレーしてもいいし見てるだけでもいい」

アマカが笑いだした。「カンビリったら死ぬほど怖がってる」アマカがじっとこっちを見ていた。でもそれはわたしには馴染みのない視線で、なんに対するのかわからないやましさを感じさせた。目がいつもとちがって、柔和だったのだ。

「怖がることなんかぜんぜんないよ、ンネ。スタジアムは楽しいと思う」とおばさんがいったので、わたしもポカンとしたままおばさんを見た。小さなビーズ状の汗がおばさんの鼻の頭にニキビみたいに吹きでている。おばさんはとても嬉しそうで、とても落ち着いている。みんなどうしてあんなふうにしていられるんだろ、わたしの心のなかじゃ液状の炎がこんなにメラメラ燃えているのに、恐怖が希望とないまぜになってくるぶしに絡みついてるのに。

アマディ神父が帰ったあと、イフェオマおばさんがいった。「ほら、行って準備しなきゃ、彼がもどってきたとき待たせたりしないように。半ズボンがいちばん、プレーしないとしても、日が沈まないうちはどんどん暑くなるし、観客席にはほとんど屋根がないから」

「あのスタジアム、完成するのに十年もかけたせいで、資金がだれかのポケットに行っちゃったんだ」とアマカがつぶやいた。

「半ズボンもってないんです、おばさん」とわたしはいった。

イフェオマおばさんが理由をきかなかったのは、ひょっとするともう知っていたからだろうか。アマカに、貸してあげてとおばさんが頼んでくれた。鼻で笑われるかと思ったけど、アマカはわたしが半ズボンをもってなくても別に驚かないよというみたいに、黄色い半ズボンを貸してくれた。時間をかけて半ズボンをはいた。でもアマカみたいに鏡の前に長く立たなかった。ちくちくとやましさに苛まれそうだったから。虚栄は罪だ。ジャジャとわたしが鏡を見るのは、ボタンがちゃんとかかっているかどうか確かめる時間だけだった。

しばらくするとフラットの正面でトヨタが止まる音がした。わたしはアマカのドレッサーの上のリップスティックをつかんで、唇にさっと塗った。変な感じ。アマカみたいに魅力的じゃない。あんなふうにブロンズ色にキラキラしない。だから拭きとった。唇が白っぽい、冴えない茶色になった。もう一度、リップを塗った。手が震えた。

「カンビリ！　アマディ神父が外で警笛を鳴らして待ってるよ」イフェオマおばさんが呼んでる。わたしは手の甲でリップを拭って部屋を出た。

アマディ神父の車は神父の匂いがした。晴れた紺碧《こんぺき》の空を思わせるさわやかな匂いだ。彼の半ズボンは前に見たときより長くなったみたいで、しっかり膝の下まである。でも筋肉質の腿までめくれているため、まばらに生えた黒っぽい毛が見える。車内はひどく狭くて、二人のあいだがひどく近い。これまでは神父のそばに近づくのは告白をする悔悛者《かいしゅんしゃ》としてだった。でもいまは、アマディ神父のオーデコロンを胸深く吸いこんでるいまは、自分を悔悛者だとは思えなかった。なんだかやましく感じた。自分の罪に集中できなかったし、彼がすぐそばにいること以外なにも考えることができなかったから。「祖父とおなじ部屋で寝ています。祖父は異教徒なのに」耐えきれずに、いきなりいってしまった。

神父がちらっとわたしのほうを見て目をそらしたけど、そのあいだにわたしは、あの目の光は面白がってるのかなと思った。「どうしてそんなことをいうの?」

「それは罪ですから」

「どうして罪なの?」

わたしはまじまじと神父を見た。なにか聞きちがえたんじゃないかと思ったのだ。「わかりません」

「あなたのお父さんがそういったのかな」

わたしは窓の外を見た。パパのことを持ちだすつもりはなかった。アマディ神父がそれはちがうというのはわかっていたから。

「ジャジャが先日ちょっと話してくれたんだ、お父さんのこと」

わたしは下唇を噛んだ。ジャジャはなにをいったんだろ? ジャジャはどうしたんだろ? アマディ神父はそれ以上なにもいわなかった。スタジアムに着くなり、トラックを走っている何人かをさっと見まわした。教え子たちはまだ来ていなかったので、サッカーフィールドは無人だ。わたしたちは椅子に座った。屋根のある二つの観客席のうちの一つだった。

「少年たちが来る前にボールでなにかやってみようか?」と神父がいった。

「どうやるのか知らないんです」

「ハンドボールはする？」

「いいえ」

「バレーボールは？」

神父を見て、それから目をそらした。アマカはこの人を絵に描いたことあるのかな。粘土のように滑らかな肌や、わたしを見るとき微かに持ちあげるまっすぐな眉毛をうまく描けたことあるのかな。「バレーボールなら学校の授業でやったことあります」とわたしはいった。「でも途中でやめました。だって……あんまり上手くないし、だれも誘ってくれなかったし」ペンキの塗ってない、みすぼらしい観客スタンドにじっと目を凝らした。長いあいだ放っておかれて、ひび割れたセメントの隙間から、小さな草が緑色の芽を出している。

「イエスを愛していますか？」アマディ神父はそうききながら立ちあがった。

びっくりした。「ええ。はい、イエスを愛しています」

「それじゃ、見せてもらおうかな。ぼくを捕まえて、あなたがイエスを愛していることを見せて」

そういい終わらないうちに彼はいきなり駆けだした。タンクトップの青い閃光が見えた。わたしは立ち止まって考えたりしなかった。さっと立ちあがって彼を追いかけて走った。風が顔にあたり、目にあたり、耳にもあたった。アマディ神父は青い風みたいにひょいひょいと逃げた。サッカーのゴールポスト近くで止まるまで追いつけなかった。「ほら、きみはイエスを愛してない」とからかった。

「速すぎ、走るのが」わたしははあはあ息を切らしながらいった。

「ちょっと休んでいいよ、休んだら、きみが神を愛してることをぼくに示す次のチャンスだ」

それからさらに四回トライした。捕まえられなかった。とうとう二人して芝生の上にばったり倒れると、神父はわたしの手のなかに水の入ったボトルを押しこんだ。「きみはいい脚をしてる、走るにはもってこいだ。もっと練習したらいいのに」

わたしは遠くを見た。そんなこと、いままで聞いたことがなかった。近すぎる。親密すぎる。彼の目がわたしの脚に注がれるなんて。わたしの体のどの部分であれ。

「ニッコリ笑う方法を知ってる？」ときいてきた。

「えっ？」

手が伸びてきて、わたしの唇の端に軽く触れた。「笑って」

笑いたかったけど、できなかった。唇とほおが固まってしまい、鼻の両側を走ってる汗でも解けなかった。見られていることを意識しすぎていた。

「その手についてる赤い汚れはなに？」

自分の手を見ると、汗ばんだ手の甲に急いで拭いたリップの染みが付着していた。たっぷり塗ったことに気づかなかったのだ。「それ……汚れだけど」といってから、バカみたいと思った。

「リップスティック？」

わたしはうなずいた。

「リップスティックをつけるの？　つけたことあるの？」

「いえ」といってから、自分の顔に笑いが広がっていくのを感じた。口元とほおがゆるんで、困惑しながら面白がってる笑みだ。今日初めてリップをつけたのがバレてる。笑うしかないな。だからもう一度、わたしはニッと笑った。

「こんばんは、神父さん！」という声があたりに響いた。いきなり八人の少年があらわれた。全員わたしとおなじくらいの年齢で、穴のあいた半ズボンをはいてる。シャツは何度も洗ったせいで元の色がわからない。どの脚にも似たような、虫刺されの跡みたいなかさぶたができてる。アマディ神父は着ていたタンクトップを脱いでわたしの膝に放り投げてから、サッカーフィールドの少年たちに加わった。上半身裸の肩は広く張りだして角ばっていた。わたしは膝の上のタンクトップまで、片手を、じわじわと、目をそらしたまま、ゆっくりと這わせていった。目はサッカーフィールドを見ていた。アマディ神父の走る脚、飛び交う白と黒のボール、少年たちの数本の脚がまるで一本の脚のように見えた。自分の手がついに膝の上に達して、その上をためらいがちに動いた。それが息をしているかのように、それがアマディ神父の一部であるかのように。そのとき、水飲みの休憩のため神父がホイッスルを鳴らした。彼が車から運んできたのは皮を剝いたオレンジと水だ。水はきっちり円錐形に巻いたビニール袋に入っている。みんなで草の上に座ってオレンジを食べた。わたしはアマディ神父が背後の草に両肘をついて、頭を後ろにのけぞらせ、大声で笑うのを見ていた。少年たちもそれを見て、わたしとおなじように感じてるのかなと思った。神父の目は少年たちしか見ていなかった。

わたしはタンクトップを持ったまま残りの試合を観戦した。冷たい風が吹きはじめ、身体中の汗が冷えてきたとき、アマディ神父が最後のホイッスルを鳴らした。三回のうち最後の一回が長く尾を引いた。すると少年たちは彼の周りに集まって頭を垂れはしたが、神父がまだ祈っているのに、「さよなら、神父さん」といった。あたりにまだ声が響いているうちに神父がわたしに向かって歩いてきた。自信に満ちた足取りだ。近所の雌鳥はすべて自分の手中にあるといった自信だ。

車のなかでテープをかけた。コーラス隊が歌うイボの讃歌。最初の歌は知っていた。ジャジャとわたしが成績表を持ち帰ったときママがときどき歌う歌だ。アマディ神父が声を合わせて歌っている。テープのソロよりもずっと滑らかな声だ。最初の歌が終わると音量を下げて神父がきいた。

「試合、面白かった？」

「ええ」

「顔にキリストが見える、少年たちの顔に」

わたしは思わず彼を見た。聖アグネス教会の、ピカピカに磨かれた十字架に吊るされたブロンドのキリストと、あの少年たちの虫刺されの脚を結びつけることができなかった。

「彼らはウグウ・オバに住んでいる。大部分の子がもう学校へは行ってない。理由は家族にその余裕がないからだ。エクウエメ——赤いシャツの子、覚えてるかな?」

わたしはうなずいたけど、本当は覚えていなかった。シャツはどれも似かよっていて、色の見分けがつかなかったのだ。

「彼の父親はこの大学の運転手だった。だが経費節減のために解雇された、それでエクウエメはスッカ高校をやめなければならなかった。いまはバスの車掌だ。とても勤勉に働いてるよ。あの子たちは、ぼくにいい刺激をくれる」アマディ神父はここで話をやめて歌のコーラスに加わった。「イ・ナ゠アスィ・ム・エソナ・ヤ! イ・ナ゠アスィ・ム・エソナ・ヤ!(ついていってはいけないとおっしゃるのですか!)」

コーラスに合わせてわたしも首でリズムを取った。でも本当は、わたしたちには音楽なんか必要なかった。彼の声そのものがメロディだったから。わたしはとてもリラックスしていた。ずっと前から自分の居場所はここだと思ってきたところにいたからだ。アマディ神父はまだ歌っている。それから声を低くしてまたささやくようにいった。「きみはまだぼくに一つも質問をしてないね」

「質問なんてありません」

「アマカから質問の仕方を教えてもらったらいい。なぜ樹木は枝が上に伸びて根が下に伸びるのか? なぜ空はあそこにあるのか? 人生とはなにか? ただ、なぜって?」

わたしは声をあげて笑っていた。なんだか変な感じ。知らない人の録音した笑い声を何度も聞かされてるみたいだった。自分が声をあげて笑ったことがあったかどうか、それさえよくわからなかった。

「なぜ聖職者になったんですか?」とついきいてしまった。きかなければよかった、ことばが喉元の泡に遮《さえぎ》られるとよかった。もちろん神が呼びかける声を聞いたのだ。学校のシスターたちがいうあの声を、お祈りをするときはいつもその呼びかけに耳を澄ましなさいというあの声を。神がわたしに呼びかけているところをときどき想像した。轟《とどろ》くようなその声にはブリティッシュ・イングリッシュの抑揚がついていた。わたしの名前をちゃんと発音しないベネディクト神父みたいに。神父は第一音節ではなく第二音節を強く発音したのだ。

「最初は医師になりたかった。それから教会へ行ったとき司祭が話すのを聞いて変わった、それで決まり」とアマディ神父がいった。

「おお」

「冗談だよ」といってアマディ神父はわたしを見た。冗談だと気づかなかったわたしに驚いたようだ。「もっと複雑なんだ。大人になるとき疑問に思うことがたくさんあって。その疑問にいちばん答えてくれるのが聖職者だった」

どんな疑問だったんだろう、ベネディクト神父もそういう疑問を抱いたのかな、と思うとわけもなく、めちゃくちゃ悲しくなった。アマディ神父の滑らかな肌が子供に遺伝することはないんだ、天井の扇風機に触りたがるよちよち歩きの息子を肩ぐるまして、この角ばった肩から小さな脚がぶらさがることはないんだ、と思ったのだ。

「エウォ(あれれ)、司祭館の会議に遅れてしまう」と神父は時計を見ながらいった。「きみを送ったらすぐ失礼するからね」

「ごめんなさい」

「なんで? きみといっしょに楽しい午後をすごしたんだけどな。またスタジアムにいっしょに来なきゃね。必要とあらばきみの手と足を縛って運んだっていい」といって彼は笑った。

わたしはダッシュボードをじっと見ていた。青と金色のレジオ・マリエ（自発的な奉仕をするローマカトリックの国際的団体）のステッカーが貼ってある。彼が帰らなければいいと思ってるのがわからないの？　頼まれなくても、スタジアムだろうとどこだろうと、いっしょに出かけるって思ってるのがわからないの？　フラットの前で車を降りるとき、その日の午後のことが脳裏をよぎった。わたしは笑いながら走って、大きな声で笑ったのだ。胸がバスルームの湯気のようなものでいっぱいだった。軽やか。その軽やかさが舌にとてもあまく感じられた。熟しすぎた鮮やかな黄色いカシューの実のあまさだ。

イフェオマおばさんがベランダでパパ・ンクウの後ろに立って、肩を揉《も》んでいた。パパ・ンクウは疲れてるみたいで、目がうつろだ。

「楽しかった？」おばさんはニッコリ笑いながらきいた。

「ええ」

「お父さんから電話があったの、午後に」おばさんは英語だった。

わたしはおばさんをじっと見ながら、唇の上の黒いほくろを観察した。大きな声で笑って、冗談よ、といってくれないかな。パパは午後に電話をかけないのだ。いつも仕事に出かける前に電話してきた。どうして電話したんだろ？　なにかまずいことが起きたんだ。

「村の人が――きっと縁戚親戚の一人だと思うけど――わたしが村へ行ってあなたのおじいさんを連れてったって告げ口したのよ」とイフェオマおばさんはいった。パパ・ンクウにはわからないようまだ英語だ。「あなたのお父さんは、前もっていうべきだったたって、自分にはこのスッカにあなたのおじいさんがいることを知る資格があるって。延々と、自分の子供が異教徒とおなじ家にいることについてしゃべっていた」おばさんは、パパの考えが取るに足りない変なことみたいに首を振ってる。でもそうじゃない。パパは、ジャジャやわたしが電話でそのことを教えなかった、とかんかんに怒っているだろう。頭のなかが一気に血と水と汗でいっぱいになった。そんなふうになにかで頭がいっぱいになると、自分が気を失うのはわかっていた。

「明日、あなたがた二人を連れもどしにいくっていったけど、わたしが落ち着かせた。明後日、わたしがあなたとジャジャを家まで車で送っていくからっていったんで、たぶん納得したと思う。燃料が手に入るといいんだけど」

「わかりました、おばさん」といってわたしはフラットへ入ろうとした。目眩《めまい》がした。

「そうそう、編集者を刑務所から解放させたって」とおばさんはいっていた。でもほとんど耳に入らなかった。

アマカがわたしを揺すっていた。でもその動きで目はもう覚めていた。眠りと覚醒の境界を行ったり来たりしながら、わたしはうとうとしていた。パパが自分でわたしたちを連れにやってくるところを想像していた。真っ赤な目に怒りをたぎらせて、口からイボ語を炸裂《さくれつ》させて。

「水を汲みにいこう。ジャジャとオビオラはもう外に出てるよ」アマカはそういうと、体を伸ばした。いまでは毎朝そういう。いまでは容器を一つわたしにも運ばせてくれるのだ。

「ネクワ(気をつけて)、パパ・ンクウはまだ眠ってるから。薬のせいで寝坊して日の出を見ることができなかったと知ったら狼狽《うろた》えるかもね」アマカは身をかがめてそっとパパ・ンクウを揺すった。

「パパ・ンクウ、パパ・ンクウ、クニエ(起きて)」ゆっくりと寝返りを打たせたけれどパパ・ンクウは動かなかった。ラッパーがほどけて、腰の部分に擦り切れたゴム紐の入った白い下着が見えた。

「ママ、ママ!」アマカが叫んだ。パパ・ンクウの胸に手をあてて、夢中で心臓の動きを探している。「ママ!」

イフェオマおばさんが部屋に駆けこんできた。夜着の上からラッパーも羽織っていない。胸が垂れてるのがはっきりわかったし、薄い布の下で腹部がちょっと出てるのもわかった。おばさんは膝をつくとパパ・ンクウの体をつかんで揺すった。

「ンナ・アンイ！　ンナ・アンイ！（お父さん！　お父さん！）」声はものすごく大きかった。大きな声で呼べばパパ・ンクウに声がとどいて、返事が返ってくると思ってるみたいに「ンナ・アンイ！」といった。声をあげるのをやめたおばさんはパパ・ンクウの手首を握り、自分の頭をパパ・ンクウの胸に当てた。沈黙を破るのは近所の雄鶏の鳴き声だけ。わたしは息を止めた——そうしないと、パパ・ンクウの心臓の鼓動を聞くおばさんの邪魔になるかもしれないと急に思ったのだ。「エウウ（あああ）、眠りについてしまった。眠ってしまった」とついにイフェオマおばさんがいった。パパ・ンクウの肩に顔を埋めて、前に後ろに体を揺すっている。

アマカは母親の体をひっぱった。「だめだめ、ママ。口で人工呼吸をやってみて！　だめだめ！」イフェオマおばさんは体を揺らしつづけ、一瞬、パパ・ンクウの体もまた前後に動いたので、わたしはイフェオマおばさんは勘違いしたんじゃないのか、パパ・ンクウはぐっすり眠っているだけじゃないのかと思った。

「ンナ・ム・オ（ああ、お父さん）！」おばさんが手でパパ・ンクウをしっかりつかんで叫んでいる。それをアマカが力なく引きもどそうとしている。部屋にオビオラとジャジャが駆けこんできた。わたしは百年前の先祖たちが、パパ・ンクウが祈りを捧げていた先祖たちが、いきなり、自分たちの小さな村を守らねばと、長い杖に頭を危なっかしくのせながらもどってくるところを想像した。

「どうしたの、ママ？」とオビオラ。蛇口からの水しぶきでズボンの裾が濡れて脚にへばりついていた。

「パパ・ンクウはまだ生きてるよ」とジャジャが英語でいった。決然とした口調で。そうすればことばが現実になるみたいに。神が「光あれ」といったときに使ったにちがいない口調で。ジャジャはパジャマのズボンしかはいていない。それにも水しぶきがかかっていた。そのとき初めて、ジャジャの胸にまばらに毛が生えてることにわたしは気づいた。

「ンナ・ム・オ（おお、お父さん）！」イフェオマおばさんはまだパパ・ンクウにしがみついている。オビオラの息遣いが荒くなり、はっきり聞こえるようになった。身をかがめると、おばさんを上からしっかり抱えてパパ・ンクウの体からゆっくりと引き離した。「オ・ズゴ（もういいよ）、ママ。みんなのところへ行ったんだ」声に奇妙な響きがあった。オビオラはおばさんを立ちあがらせてベッドに座らせた。おばさんの目がうつろだった。おなじ目をしたアマカがそばに立って、パパ・ンクウの亡骸《なきがら》を見おろしている。

「ンドゥオマ先生に電話してくる」とオビオラ。

ジャジャが身をかがめてパパ・ンクウの亡骸にラッパーをかけた。でも顔にはかけなかった。その長さは十分にあったのに。わたしも前へ行ってパパ・ンクウに触れたかった。アマカがオイルを塗った白髪の房に触れて、皺のよった胸を撫でたかった。でも、そうしなかった。パパが怒り狂うだろう。わたしは目を閉じた。そうすればパパに、おまえは見ていたのか、ジャジャが異教徒の体に手を触れるのを——死んだパパ・ンクウに手を触れるのはもっと罪が深そうだ——ときかれても、本心から、いいえ、といえる、ジャジャがしたことを全部見ていたわけじゃなかったからと。長いあいだ目を閉じていたので、耳まで塞《ふさ》がってたみたいだ。人声は聞こえていたけど、なにをいってるのかわからなかった。ようやく目を開けると、ジャジャが床に座っていた。ぴったりと包まれたパパ・ンクウの遺体のそばだ。オビオラはイフェオマおばさんといっしょにベッドに腰かけている。

「チマを起こしてきて、葬儀場の人たちが来る前に知らせてやれるように」

ジャジャが立ちあがってチマを起こしにいった。出ていくとき手でほおの涙を拭っていた。

「ぼくがオズ（遺体）のまわりをきれいにする、ママ」オビオラが、ときおり声を詰まらせながら、泣きたい声を喉の奥に押しこめるようにしていった。自分は声を出して泣いてはいけない、それを知っているのだ。この家のンウォケ（男）だったから、イフェオマおばさんのそばに付き添うべき男だったから。

「いいえ。わたしがやります」といっておばさんは立ちあがり、オビオラを抱きしめた。二人は長いあいだそうしていた。わたしはバスルームに向かった。「オズ」という語が耳のなかでギンギン鳴っていた。パパ・ンクウがオズに、遺骸になってしまった。

バスルームのドアが開けようとしても開かなかった。本当に鍵がかかっているかどうか確かめるため、強く押してみた。ドアはときどき固まって開かなくなることがあったのだ。するとアマカの啜《すす》り泣《な》きが聞こえてきた。大きな、低いしわがれ声だ。笑うように泣いている。音をたてずに泣く方法が身についていない。これまでその必要がなかったんだ。くるりと背中を向けて立ち去りたかった。そっとしておきたかった。でも下着が濡れはじめていたので、尿をこらえるために体重を片足ずつ交互にかけなければいけなくなった。

「アマカ、お願い、トイレ使わせて」とわたしはささやくようにいった。返事がなかったので、もう一度、声を大きくしてくり返した。ノックはしたくなかった。ノックすればアマカが泣いてるのを邪魔することになるから。やっとアマカが鍵をはずしてドアを開けた。わたしはできるだけ早く排尿をすませた。アマカがドアのすぐ外に立って待っているのが、またトイレに入って鍵をかけてドアの後ろで泣くつもりなのが、わかっていたから。

ンドゥオマ先生といっしょにやってきた二人の男の人がパパ・ンクウの強ばった体を抱えて運んでいった。一人が脇の下を支え、もう一人がくるぶしをつかんだ。医療センターのストレッチャーは使えなかった。そこの職員もストライキ中だった。ンドゥオマ先生が顔に微笑みを浮かべて「ンドゥ」とみんなにあいさつした。オビオラが、安置所まで遺体に付き添っていく、冷蔵庫に遺体を入れるところを見たい、といった。でもイフェオマおばさんがダメ、パパ・ンクウの遺体が冷蔵庫に入れられるのを見とどける必要はないといった。「冷蔵庫」ということばが頭から離れなかった。遺体安置所の冷蔵庫は家庭用とちがうのはわかっていたけど、それでもパパ・ンクウの亡骸が折り畳まれて家庭用の、エヌグの家のキッチンにあるような冷蔵庫に入れられるところを想像してしまった。

オビオラは、わかった、遺体安置所には行かない、といったけど、それでも男の人たちのあとについていって、遺体《オズ》がステーションワゴンの救急車に運びこまれるところを見ていた。車の後ろをのぞきこみ、遺体の下にちゃんと敷物が敷かれているかどうか、埃っぽい床にじかに置かれないかどうか確かめたのだ。

救急車が走り去り、その後ろにンドゥオマ先生の乗った車が続くのを見とどけてから、イフェオマおばさんがパパ・ンクウのマットレスをベランダに出すのを手伝った。おばさんはそれをオモ印の洗剤をつけてゴシゴシ洗い、おなじブラシでアマカがバスタブを洗った。

「パパ・ンクウの死に顔、見た、カンビリ？」おばさんが洗ったマットレスを金属製の手摺に立てかけて干しながらきいた。

わたしは首を振った。顔は見なかったのだ。

「微笑んでいたよ。笑みを浮かべていた」とおばさん。

わたしは自分の顔に涙が伝うのを見られたくなくて、顔をそらした。そうすればおばさんの涙も見なくてすむ。フラットのなかで話すことはあまりなかった。沈黙が重く垂れこめた。朝のうちはチマまで隅でちんまり身をまるめて静かに絵を描いていた。おばさんがヤム芋のスライスを少しだけ茹でたので、刻んだ赤唐辛子の浮かぶヤシ油をつけて食べた。アマカがトイレから出てきたのは、わたしたちが食べ終わって何時間もすぎてからだ。目が腫れあがって、声がかれていた。

「ほら、食べなさい、アマカ。ヤム芋を茹でたから」

「まだ描き終わってなかったのに。今日仕上げようねって言い合ってたのに」

「ほら、食べなさい、イヌゴ（いいから）」おばさんはくり返した。

「医療センターがストライキなんかやらなかったら、いまもまだ生きてたのに」とアマカ。

「寿命」とおばさんはいった。「聞いてる？　寿命だったの」

アマカはおばさんをじっと見て、顔をそらした。わたしはアマカをハグして「エベズィ・ナ（もう泣かないで）」といって、その涙を拭いてあげたかった。わたしも声をあげて泣きたかったのだ、アマカの前で、アマカといっしょに。でもそんなことをしたらアマカが怒るかもしれない。めちゃめちゃ怒ってるんだから。それに、わたしにはアマカといっしょにパパ・ンクウを悼む資格がなかった。わたしのパパ・ンクウであるより彼女のパパ・ンクウだった。アマカが髪にオイルを擦りこんでいるあいだ、わたしは離れて、パパがこれを知ったらなんて思うだろうと考えていただけだったんだから。ジャジャがアマカに腕をまわしてキッチンに連れていこうとしたけど、アマカはそんな助けは要らないといわんばかりに振り払った。でもジャジャのすぐそばを歩いていった。二人をじっと見ながら、わたしがそうすればよかった、ジャジャの代わりに、と思った。

「玄関の前にだれかが車を止めたよ」とオビオラがいった。泣いていたので眼鏡をはずしていたけど、かけなおして、ブリッジを鼻の上に押しあげて立ちあがり、外を見た。

「だれ？」とイフェオマおばさん。疲れてるんだ。おばさんにはそれがだれかなんて、どうでもいいみたいだ。

「ユジーンおじさんだ」

わたしは座ったまま凍りついた。腕の皮膚が溶けて籐椅子のアームと区別がつかなくなったみたいだ。パパ・ンクウの死があらゆるものに影を投じて、パパの顔をぼんやりした場所へ押しやっていたのに、その顔がよみがえってきた。ドアのところでオビオラを見おろしている。あんなに濃い眉毛をしていたっけ。茶色い肌も。オビオラが「ユジーンおじさんだ」といわなければ、ひょっとしたらパパだとわからなかったかもしれない。仕立てのいい白いチュニックを着た、背の高い見知らぬ人、パパだった。

「こんにちは、パパ」と機械的にわたしはいった。

「カンビリ、どうしてる？　ジャジャはどこだ？」

ジャジャがキッチンから出てきて、パパをじっと見ていた。それからやっと「こんにちは、パパ」といった。

「ユジーン、来ないほうがいいといったのに」とイフェオマおばさん。気遣う余裕がないほど疲れている人の声だ。「明日わたしが連れて帰るからって、いったでしょ」

「これ以上子供たちを泊まらせておくわけにはいかない、そういっただろ」とパパはいってリビング、キッチン、それから廊下と見てまわった。異教徒の煙とともにパパ・ンクウが姿をあらわすとでもいうみたいに。

オビオラはチマの手を引いてベランダへ出た。

「ユジーン、わたしたちの父親は永眠した」とイフェオマおばさんがいった。

パパはしばらくおばさんをじっと見ていた。驚いたように細い目を大きく見開いていたけど、すぐにその目が赤い斑点になった。「いつ？」

「今朝。眠ったままで。遺体安置所に運ばれていった、何時間か前に」

パパは腰をおろして、下を向いて、頭をゆっくりと両手で抱えた。泣いているのかな、だとしたら、わたしも泣いていいのかな。でも顔をあげたとき、パパの顔に涙のあとはなかった。「司祭を呼んで終油の秘蹟をほどこしてもらったか?」とパパはきいた。

イフェオマおばさんはそれを無視して、自分の手を見つめつづけ、膝の上で手を組み合わせた。

「イフェオマ、司祭を呼んだのか?」とパパがきいた。

「それしかきけないの? ええっ、ユジーン? それしかいうことはないの、グボ? わたしたちの父親が死んだのよ! 気が動転してる? わたしが父親を埋葬するのを手伝ってもくれないわけ?」

「わたしは異教徒の葬式に参加するわけにはいかないが、われわれが教区の司祭と話し合って、カトリックの葬儀の手配ならできる」

イフェオマおばさんは立ちあがって大声をあげた。その声は震えていた。「わたしたちの父親の葬儀をカトリックでやるっていうなら、わたしはその前に死んだ夫の墓を売りに出す。ユジーン、聞こえた? まず最初にイフェディオラの墓を売りに出すっていったのよ! わたしたちの父親はカトリックだった? ユジーン、あなたにきいてるの、カトリックだった? ウチュ・グバ・ギ(呪われるがいい)!」イフェオマおばさんはパパに向かってパチンと指を鳴らした。パパに呪いのことばを吐いている。ほおを涙が伝っていた。おばさんは喉が詰まったような音をたてながら背を向けると寝室に行ってしまった。

「カンビリ、ジャジャ、来なさい」といってパパは立ちあがった。わたしたちを二人いっぺんにハグした。しっかりと。わたしたちの頭のてっぺんにキスしてから「荷物をまとめなさい」といった。

衣類の大部分はすでに寝室のバッグに詰めてあった。わたしは立ったままルーバーが二つとれた窓と破れた蚊帳を見つめ、あの小さな穴を破って広げて、そこから飛びだしたらどうなるだろうと思った。

「ソネ」おばさんが黙って部屋に入ってきて、わたしのコーンロウを手で撫でた。手渡されたスケジュール表はピシッと四つに折ったままだ。

「アマディ神父に伝えてください、わたしが帰ったこと、わたしたちが帰ったことを、代わりにさよならと伝えてください」といってわたしは背を向けた。おばさんの顔から涙は拭われていた。またいつもの、恐れを知らないイフェオマおばさんにもどっていた。

「伝えるわ」

おばさんに手を握られて正面のドアまで歩いていった。外ではハルマッタンの風が前庭に激しく吹きつけ、まるく縁取られた庭の植物を波立たせ、樹木の意思と枝をくじき、駐車した車に土埃を振りかけていた。オビオラがわたしたちのバッグをメルセデスまで運んでくれた。ケヴィンがトランクの蓋を開けて待っていた。チマが泣きだした。ジャジャに帰ってほしくないんだ、わたしにはわかった。

「チマ、オ・ズゴ（もういい）。ジャジャにはまたすぐ会えるから。また来るから」おばさんはそういってチマを抱きしめた。おばさんがいったことにパパは相槌を打たなかった。それでもチマをなだめるようにパパは「オ・ズゴ（もういい）、十分だ」といってチマをハグし、イフェオマおばさんの手に小さな札束を押しこんだ。チマになにか買ってやれといったのでチマはニコッと笑った。アマカはさよならをいいながらすばやく瞬きをしたので、それが砂だらけの風のせいなのか、あふれそうな涙を堪えているのか、よくわからなかった。土埃がまつ毛について、おしゃれな感じに見えた。ココア色のマスカラみたい。アマカは黒いセロファンに包んだものをわたしの手に押しつけると、急いでフラットにもどっていった。包みの中身が透けて見えた。それは描き終えていないパパ・ンクウの肖像画だった。急いでバッグに隠して、車に乗りこんだ。

家の敷地にわたしたちの乗った車が入っていくと、ママがドアのところにいた。顔がむくんで、右目のまわりに熟れすぎたアヴォカドみたいな黒と紫の混じったあざをつけて微笑んでいた。「ウム・ム（わたしの子供たち）、お帰り。お帰り」ママは二人をいっぺんにハグした。ジャジャの首に顔を埋めて、それからわたしの首に顔を埋めた。「とっても長く感じたわ、十日よりずっとずっと長く」

「イフェオマは異教徒の世話で忙しかったんだ。子供たちを巡礼のためにアオクペに連れていきもしなかった」そういうとパパはシシがテーブルに置いた瓶からグラスに水を注いだ。ジャジャが「パパ・ンクウが死んだんだ」といった。ママの手がスッと胸に置かれた。「チ・ム（そんな）！いつ？」「今朝」とジャジャがいった。「眠ったまま死んだ」ママは両手を自分の体に巻きつけた。「エウウウ（おおお）、そうなの、安らかな眠りについたのね、エウウウ」

「死んで裁きを受けるんだ」というとパパは水の入ったグラスをどんと置いた。「イフェオマは死ぬ前に司祭を呼ぶ常識さえ持ち合わせていなかった。死ぬ前に改宗することもできたのに」

「改宗したくなかったかもしれない」とジャジャはいった。

「安らかに眠らんことを」ママは急いでそういった。

パパはジャジャを見ていた。「なんといった？　それが、異教徒とおなじ家に住んで学んだことか？」

「ちがいます」とジャジャ。

パパはジャジャをにらんでいた。それからわたしを見て、ゆっくりと首を振った。ちょっと顔色が変わったようだ。「行って風呂に入り、それから夕食に降りてこい」

二階へあがるときジャジャが前を歩いていたので、わたしはジャジャの足の跡をそっくりなぞるようにして歩いた。夕食前のパパのお祈りはいつもより長かった。神に自分の子供たちを浄めてほしいと祈った。異教徒とおなじ屋根の下にいたため自分に嘘をつかせたスピリットを取り払ってくださいと祈った。「これは不作為の罪です、神よ」とまるで神が知らなかったみたいにパパはいった。わたしは自分の「アーメン」をいうとき声を張りあげた。夕食は豆とライスにチキンの厚切り。食べながら自分の皿にのってるチキンは、イフェオマおばさんの家なら三等分されてるだろうなと思った。

「パパ、ぼくの部屋の鍵がほしいんですが」フォークを下に置きながらジャジャがきいたのは、夕食が半分ほど終わったときだ。わたしは大きく息を吸いこんで、止めた。わたしたちの部屋の鍵はずっとパパが持っていた。

「なんだと?」とパパ。

「ぼくの部屋の鍵です。自分で持ちたい。マカナ(理由は)、自分のプライバシーを持ちたいから」

パパの瞳が白目のなかでそわそわと動いた。「なんのために? なんのためにプライバシーがほしい? 自分の体に罪を犯すためか? それがしたいのか? マスターベションが?」

「いいえ」といいながら手を動かしたので、ジャジャは水の入ったグラスを倒してしまった。

「わたしの子供たちになにが起きたのでしょうか?」とパパは天井を見あげて問いかけた。「異教徒といっしょにいたことが彼らをどう変えてしまったのでしょう?、邪悪なことを教えられたのでしょうか?」

みんな黙って食事を終えた。それからジャジャはパパの後ろから二階へあがった。わたしはママといっしょにリビングに座って、なぜジャジャが鍵をほしがったか考えていた。もちろんパパはジャジャに鍵を渡さないだろう、ジャジャにはわかっている。パパはわたしたちに自分の部屋のドアをロックさせない、わかっている。パパが正しいのだろうか、としばらく考えた。パパ・ンクウといっしょだったせいで、ジャジャが邪悪になったんだろうか、そのせいでわたしたちが邪悪になったんだろうか。

「家に帰ってくると感じがちがう、オクウィア（でしょ）？」とママがきいた。布のサンプルをあれこれ見て、新しいカーテンのための色合いを選ぶつもりなのだ。カーテンは毎年取り替えることになっていた。ハルマッタンが終わるころまでに。ケヴィンがママのためにサンプルを運んできて、そこからママがいくつか選んでパパに見せた。最終的に決定するのはパパだ。パパはいつもママがいちばん好きだという布を選んだ。去年はダークベージュ、その前の年はサンドベージュだった。

家に帰ってくるとちがう感じだとママにいいたかった。この家のリビングはなにもないスペースがいっぱいあって、使われない大理石の広い床をシシがピカピカに磨きあげても、なにかが置かれるわけではないし。天井はすごく高くて、家具は死んでるみたいだといいたかった。ガラスのテーブルはハルマッタンが吹いても反《そ》り返ったりしないし、革張りのソファの感触はよそよそしくて冷たいし、ペルシャ絨毯は贅沢《ぜいたく》すぎて親しみが湧かないといいたかった。でも「飾り棚を磨いたんだ」とわたしはいった。

「そう」

「いつ？」

「昨日」

わたしはママの目をじっと見た。どうやら開くようになったけど、昨日は腫れあがって完全に塞がっていたはずだ。

「カンビリ！」二階からパパの声がはっきりと聞こえてきた。息を止めてじっと座っていた。「カンビリ！」

「ンネ、行きなさい」とママがいった。

ゆっくりと二階へ行った。パパはバスルームにいた。ドアが大きく開いている。その開いたドアをノックして、そこに立ったまま、なぜバスルームにいるときわたしを呼びつけたんだろうと考えていた。「なかに入って」とパパ。バスタブのそばに立っている。「バスタブのなかに入りなさい」

わたしはパパを凝視した。なぜバスタブのなかに入れなんていうんだろう？　浴室の床を見まわした。鞭はどこにもなかった。たぶんわたしを浴室に閉じこめて階下へ行き、キッチンを抜けて庭に出て、そこに生えてる木から枝を折ってくるんだろう。ジャジャとわたしが小さかったころ、小学二年から五年くらいまで、パパは鞭を自分で取ってこさせた。わたしたちはいつも木麻黄にした。枝が柔らかかったから。グメリナやアヴォカドの固い木の枝ほど痛くなかったから。ジャジャは折り取った枝を冷たい水に浸した。そうすれば体に当たったときあまり痛くないとジャジャはいった。でも大きくなるにつれてわたしたちが細い枝を選ぶようになったので、ついにパパが自分で外へ出て枝を取ってくるようになった。

「バスタブのなかに入りなさい」とパパがまたいった。

わたしはバスタブのなかに入って立ち、パパを見つめた。パパが枝を取りにいく気配はない。怖かった。刺すような生々しい恐怖を感じて、膀胱と耳がいっぱいになった。いったいなにをするつもりだろう。枝を目にするほうが楽だ。手のひらを擦り合わせ、ふくらはぎの筋肉を緊張させて、身構えることができたから。バスタブのなかに立てといわれたのは初めてだ。そのとき床のやかんに気がついた。パパの足のすぐそばにある。シシがお茶とガリのためのお湯を沸かすときに使う緑色のやかん、お湯が沸きはじめると笛が鳴るやかん。パパがそれを持ちあげた。「おまえは祖父がスッカに来ることを知っていた、そうだな？」とパパはイボ語できいた。

「はい、パパ」

「電話をかけてそのことをわたしに知らせたか、グボ？」

「いいえ」

「おまえは異教徒とおなじ家のなかで寝ることになるのを知っていたな？」

「はい、パパ」

「つまり罪をはっきり知っていながら、そのなかに歩み入った」

わたしはうなずいた。「はい、パパ」

「カンビリ、おまえは大事な子だ」パパの声がいまでは震えていた。お葬式のときにあいさつする人みたいに感情をたかぶらせ、声をつまらせている。「おまえは完璧を求めて努力しなければいけない。罪を知っていながらそこへ歩み入ったりすべきではない」パパはやかんをバスタブのなかで低く構えて、わたしの足に向かって傾けた。パパは熱湯をわたしの足にかけた。ゆっくりと、まるで実験でもするみたいに、なにが起きるか知りたいと思ってるみたいに。パパが泣いてる、顔に涙が流れ落ちてる。湯気がまず目に入り、それからお湯が見えた。お湯がやかんから出て、ほとんどスローモーションのように弧を描きながら、わたしの足にかかった。お湯が触れた痛みは混じり気がなく、激烈で、一瞬なにも感じなかった。それからわたしは叫んだ。

「罪のなかに歩み入ると、こういうことになる。おまえは自分の足を焼く」とパパ。

わたしは「はい、パパ」といいたかった。パパのいうことは正しかったから。でも足が焼かれる感覚が這いあがってきて、ものすごい痛さが一気に、頭へ、唇へ、耳へ達した。パパは大きな片手でわたしを捕まえ、もう一方の手で慎重にお湯をかけている。「ごめんなさい！　ごめんなさい！」とすすり泣く声が自分の声とは思えなかった。お湯が止まったときようやく、自分の口が動いて、まだそういってることに気づいた。パパはやかんを下に置き、目を拭いていた。わたしは熱いバスタブのなかに突っ立っていた。動くのさえ恐ろしかった——バスタブから出ようとすると足の皮が剝けそうだ。

パパがわたしを外へ出すため両手を脇の下に入れたとき、「わたしにやらせて、お願い」というママの声がした。浴室にママがいることに気づかなかった。ママの顔を涙が伝っていた。鼻からも汁が垂れて、それが口に入る前に、それを味わわなければいけないことになる前に、ママは拭うのかな。ママは塩に冷水を混ぜて、ざらざらするペーストをそっとわたしの足に塗った。バスタブの外へ出るのをママが助けてくれて、部屋までわたしをおぶっていこうとしたけど、わたしは首を振った。ママは小さすぎた。二人して倒れてしまいそうだ。ママはわたしの部屋に入るまで無言だった。「パナドールを飲まなきゃね」とママ。

こくりとうなずいて錠剤をもらいはしたが、この足に薬なんか効きそうもない、それはわかっていた。ずきんずきんと絶え間なく拍動する痛みになっている。「ジャジャの部屋に行った？」ときくと、ママはうなずいた。ジャジャのことは教えてくれなかったので、わたしもきかなかった。

「この足の皮膚、明日は水ぶくれだね」

「学校が始まるまでには治りますよ」とママがいった。

ママが出ていったあと、閉まったドアの、つるりとした表面をにらみながら、スッカのドアと剝げかかったペンキのことを考えた。アマディ神父のメロディアスな声、アマカが笑うと前歯のあいだに見える大きな隙間、灯油コンロにかかったシチュー鍋をかきまわすイフェオマおばさん。眼鏡を鼻の上に押しあげるオビオラの癖、チマがソファにまるまってぐっすり眠る姿。わたしは起きあがって、バッグのところまで足を引きずっていき、パパ・ンクウの絵を取りだした。まだ黒い包みに入ったままだ。目立たないようバッグのサイドポケットに入れてあったとはいえ、包みから取りだすのがものすごく怖かった。なんとなくパパにバレてしまいそうで。パパが家のなかにその絵があることを嗅ぎつけてしまいそうで。セロファンの包みの上から、微かに隆起した絵具を指でなぞった。その隆起が痩せたパパ・ンクウの姿を、力を抜いて組んだ腕を、前に投げだした両脚を描き出していた。

足を引きずってベッドまでもどったとき、パパがドアを開けて入ってきた。バレてしまった。わたしはベッドの上でもぞもぞと寝返りを打った。そうすればたったいまやったことを隠せるとでもいうように。パパがなにを知っているのか、どうやって知ったのか、その目を探ってみたかった。でもやらなかった、できなかった。恐怖。恐怖には馴染んでいたけど、怖くなるたびに以前とおなじ恐怖ではなく、それまでとはちがう匂いと色がついていた。

「わたしがすることはすべてはおまえのためだ、おまえに良かれと思ってのことだ」とパパはいった。「それがわかっているか?」

「はい、パパ」絵のことがパパにバレてるかどうかは、わからなかった。

パパはベッドに腰かけてわたしの手を握った。「わたしは一度、自分の体に罪を犯したことがある」とパパ。「すると善き父がやってきてわたしを見つけた、聖グレゴリオ校の生徒だったころいっしょに住んでいた神父だ。神父からお茶を淹《い》れるお湯を沸かすようにいわれた。彼はボウルにお湯を注ぐと、そこにわたしの手を入れた」パパがわたしの目をじっと見ている。パパがどんな罪を犯したか、罪を犯したことになるのか、わたしにはわからなかった。「わたしは二度と自分の体に対する罪を犯さなかった。善き父はわたしのために良かれと思ってそうしたんだ」

パパが出ていったあと、お茶を淹れるために沸かしたお湯に浸されたパパの手のことは考えなかった。皮が剝けたか、苦痛に歪《ゆが》むパパの顔に深い線が刻まれたかなんて考えなかった。もっぱらバッグのなかのパパ・ンクウの絵のことを考えていたのだ。

絵のことをジャジャにいう機会は次の日までなかった。土曜日に、ジャジャが勉強の時間にわたしの部屋へやってきた。分厚いソックスを履いて、片足ずつ慎重に動かしながら歩いている。わたしとおなじだ。でもパッドで保護された自分たちの足のことは話さなかった。指であの絵をなぞったあと、ジャジャはわたしに見せるものがあるといった。二人で階下に降りて、キッチンへ行った。

それもまた黒いセロファンに包まれて、冷蔵庫のファンタの下にしまってあった。わたしがなんのことかわからないという顔をしてると、これはただの枝じゃない、紫色のハイビスカスの茎なんだ、とジャジャがいった。庭師に託すつもりなのだ。まだハルマッタンが吹いてるから地中の水分が少ないけど、イフェオマおばさんの話じゃ、定期的に水を遣れば茎から根が出て大きく生長するらしい。ハイビスカスは水を遣りすぎるのもいけないけど、乾燥しすぎるのもいけないって。

ジャジャは目をキラキラさせながらハイビスカスのことを話し、包みを取りだしたので、冷たく湿った枝に触れることができた。パパにも話してあるといいながら、パパの足音が聞こえるとジャジャはあわててそれを冷蔵庫にしまった。


お昼ご飯はヤム芋のポリッジだった。ダイニングテーブルのところへ行く前から匂いは家中にふわりと漂っていた。とてもいい匂い、干し魚の切り身が黄色いソースのなかに浮かんで、グリーンサラダと四角く切ったヤム芋が添えられている。お祈りのあとで、ママが食べ物を取り分けているときパパがいった。「異教徒の葬式はやたら金がかかる。物神崇拝をする集団が雌牛を一頭奉納してもらおうというと、呪術師が石の神なんぞのために山羊を一頭出せという、するとまた別の集団が小集落のために雌牛をといい、また別の集団がウムアダ（父系の親戚縁戚集団）のためにもという。だれもなぜですか、いわゆる神々は動物を食べませんがとはきかずに、もっぱら欲の深い男たちが肉を身内で分け合う。一人の人間が死ぬことは異教徒たちにとっては祭りの口実にすぎない」

どうしてパパはそんなことをいうんだろうと思った。なにを企んでるんだろう。パパ以外はみんな黙っている。そのうちママが料理を皿に分け終わった。

「葬儀のための金をイフェオマに送った。必要だという金はすべて送った」とパパ。ちょっと間を置いてから「ンナ・アンイ（われわれの父）の葬儀のためだ」と付け加えた。

「ありがたいことです」とママがいって、ジャジャとわたしがそれをくり返した。

食事が終わる前にシシがやってきて、アデ・コーカーがだれかと門のところで待ってるそうだとパパに告げた。アダムーが門のところで待つようにいったのだ。週末の食事時間にやってきた客にはいつもそうしていた。パパが食事が終わるまで中庭で待たせておくようにいうだろうと思っていたら、パパはシシに、正面玄関のドアを開けて客をなかに入れるようアダムーに伝えろといった。まだわたしたちの皿に食べ物がのっているのに、パパは食後のお祈りを唱えると、すぐにもどってくる、そのまま食事を続けなさい、といった。

客が入ってきてリビングに腰をおろした。ダイニングテーブルからは見えなかったけれど、彼らがなにをいっているのか、食べながら必死で聞き耳を立てた。ジャジャも耳を澄ましているのがわかった。頭をちょっと斜めに傾け、目の前のなにもない空間を凝視している。客たちは小声で話しているが、すぐにンワンキティ・オゲチという名前が聞き取れた。アデ・コーカーがその名前を口にするときはとりわけはっきり聞こえた。パパやもう一人の人物ほど声を抑えなかったからだ。

あのビッグ・オガの手先が——アデ・コーカーは国家元首のことを自分の記事のなかでも「ビッグ・オガ」と呼んでいた——電話してきて、あのビッグ・オガが独占インタビューに喜んで応じるといってると。「しかし彼らが望んでいるのは、ンワンキティ・オゲチの話は間違いだったということなんです。あの馬鹿者がわたしにこういえば記事にするだろうとたくらんだだけで、あんな話はでっちあげだと……」

話を遮るパパの低い声が聞こえた。それから別の人がアブジャにいる偉い人のことでなにかいった。イギリス連邦諸国が会議をしているときに、そんな記事が出ることをお偉いさんは望んでいないんだと。

「それがどういうことか、わかりますか？　わたしの情報源は確かです。彼らは本当にンワンキティ・オゲチを消したんです」とアデ・コーカーはいった。「オゲチについて以前わたしが記事を書いたときは放っておいて、なんでいまごろになってまた？」

アデのいってる記事のことはわたしにもわかった。六週間前にスタンダード紙に載ったものだ。ンワンキティ・オゲチが突然あとかたもなく姿を消した直後だった。「ンワンキティはどこに？」というキャプションに巨大な黒い疑問符がついていたのを覚えている。その記事には、心配する家族や仲間の声がたくさん載っていた。最初にスタンダード紙で読んだ「われらが聖人」という見出しの記事とはぜんぜんちがった。最初のはオゲチの活動精神に焦点をあてたもので、満員のスルレーレのスタジアムで開かれたデモクラシーを擁護する集会のことを書いた記事だった。

「少し待つべきだってアデにいってるところなんですが」と、もう一人の客がいった。「アデにビッグ・オガのインタビューやってもらいましょうよ。ンワンキティ・オゲチの記事はその後でも出せますから」

「ありえない！」とアデは怒鳴るようにいった。アデの微かに甲高い声のことを知らなかったら、わたしでさえ、あのまるい、いつも笑ってるアデがそんな怒声を発するなんて想像できなかったかもしれない。「彼らはンワンキティ・オゲチのことがいま問題になってほしくないんですよ。単純な話だ！　それがどういうことかわかってるでしょ、つまり彼らは奴を消したんです！　ビッグ・オガに、賄賂を使って俺にインタビューさせるよう入れ知恵してるのはどいつだ？　ええっ？　だれなんだ？」

そのときパパが話に割って入ったけど、なんといったかまでは聞き取れなかった。なだめるような小声だったからだ。アデ・コーカーを落ち着かせようとしているみたいだ。それからパパが「書斎へ行こう。子供たちが食事中だから」というのが聞こえた。

三人はわたしたちのそばを通って二階へ行った。会釈するときアデはニコッと笑ったけど、その笑みはなんだか無理してる感じだった。「代わりに平らげてあげようか?」とわたしをからかいながら、皿上の食べ物を手ですくいあげる動作をした。

お昼ご飯の後、自分の部屋で机に向かいながら、必死で、パパとアデ・コーカーが書斎でなにを話しているか聞き取ろうとした。でもできなかった。ジャジャが何度か書斎の前を通ったけど、わたしが見てもジャジャは首を振った——閉め切ったドア越しではジャジャにもなにも聞こえなかったのだ。

その日の夕方、食事の前だった、政府の手配師たちがやってきたのは。帰りしなにハイビスカスを引きちぎっていった黒服の男たち、トラックいっぱいに積んだドル札でパパを買収しようとしたとジャジャがいってた男たち、家から出ていくようパパがいった男たちだ。

スタンダード紙の次号一面にンワンキティ・オゲチのことが載るのはわかっていた。記事は詳細で、怒りに満ちていて、「情報源」と呼ばれる人のことばがたくさん引用されていた。ミンナのブッシュのなかで兵士たちがンワンキティ・オゲチを撃った。それから死体に酸をかけて肉を溶かし骨から剝がれるようにした。もう死んでいるのにまた殺したんだと。

家族の時間にパパとわたしがチェスをやって、パパが勝っているとき、ラジオからナイジェリアがイギリス連邦のメンバーであることを停止する処分を受けたというニュースが流れた。理由は殺人、それに抗議してカナダとオランダが大使を帰国させるという。ニュースキャスターがカナダ政府のプレスリリースからほんの一部を読みあげたが、それによればンワンキティ・オゲチは「信義の人」ということだった。

パパはチェスボードから顔をあげて「こうなると思った。こうなるのはわかっていた」といった。夕食後すぐに客がやってきた。シシがパパに民主連合の人たちだそうですといっているのが聞こえた。パパと中庭で話している。必死で聞き取ろうとしたけどだめだった。次の日は夕食中にもっと大勢の客が来た。その次の日はさらに増えた。みんなパパに、気をつけてと伝えていた。公用車で仕事に行くのはやめたほうがいい、公共の場に姿を見せないほうがいい、市民権運動に関わった弁護士が旅行に出かけるとき空港で爆弾で吹き飛ばされたことを思いだして、民主制を擁護する集会の開催中にスタジアムで起きたことを思いだして、ドアには鍵を、自分の寝室で黒いマスクをした男たちに撃ち殺された男のことを思いだして、といった。

ママがわたしとジャジャに教えてくれたのだ。そう話すママが怯えてるみたいだったので、ママの肩をポンポンと叩いて、パパはだいじょうぶだよといってあげたかった。パパとアデ・コーカーが真実のために仕事をしているのはわかっていたし、パパがだいじょうぶなのもわかっていた。「無神論者たちに分別があると思うか?」パパは毎晩夕食のときにそういった。たいてい長い沈黙のあとだ。夕食のときに水をやけにたくさん飲むようになって、それを見ながらパパの手は本当に震えてるのかな、それともわたしの妄想だろうかと考えた。

家にやってきた大勢の人たちのことをジャジャと話すことはなかった。わたしは話したかった。目で暗にそのことを伝えると、ジャジャは目をそらした。わたしが口にすると、ジャジャは話題を変えた。それについてジャジャがなにかいったのを耳にしたのは、イフェオマおばさんが電話してきて、パパがどうしてるかきいたときだけだ。スタンダード紙の記事が引き起こした大騒ぎのことはおばさんの耳にも入っていた。パパは家にいなかったので、おばさんはママと話した。それからママが受話器をジャジャに渡した。

「パパには手を出さないよ、おばさん」とジャジャがいうのが聞こえた。「パパには外国にたくさん知り合いがいるのを彼らは知ってるから」

ジャジャはおばさんと話しつづけて、庭師がハイビスカスの茎を植えつけてくれたけど、ちゃんと根づくかどうかはまだわからない、といっているのが聞こえた。ジャジャったらなんでパパのことをわたしに教えてくれなかったんだろう。

電話に出ると、イフェオマおばさんの声がすぐそばではっきりと聞こえた。あいさつをしてから深呼吸をして、「アマディ神父によろしく」とわたしはいった。

「あなたとジャジャのことをいつもきいてくるのよ、彼は」とおばさん。「切らないでね、ンネ、アマカに代わるから」

「カンビリ、ケ・クワヌ（元気）？」アマカの声が電話になるとちがって聞こえた。軽いのだ。議論をふっかける調子がほとんどない。嘲るような感じもない——わたしが嘲りを聞き取ろうとしないだけだろうか。

「元気よ。ありがとう。絵もありがとう」

「あの絵、そばに置いときたいんじゃないかと思ったんだ」というアマカの声が、パパ・ンクウのことを話すときしわがれ声になった。

「ありがとう」わたしはささやくような声になった。アマカがわたしのことを考えてくれてたなんて知らなかった。わたしの欲しいものを知ってたなんて、なにかを欲しがってるのを知ってたなんて。

「パパ・ンクウのアクワム・オズが来週だって知ってる？」

「ええ」

「わたしたちは白い服を着る。黒はめっちゃ気が滅入るから。とくに喪中の人たちが着る黒って木を燃やしたような色だからさ。わたし、孫のダンスでリーダーやるよ」とアマカは誇らしげだ。

「パパ・ンクウが安らかな眠りにつけますように」とわたしはいった。アマカは、わたしも白い服を着て孫のダンスに参加したいと思ってるの、わかってるかな。

「そうね」といってから「ユジーンおじさんにありがとうと伝えて」とアマカ。

どういえばいいのかわからない。子供がタルカムパウダーを撒《ま》き散《ち》らした床を、滑って転ばないよう注意して歩かなくちゃみたいな感じだ。

「パパ・ンクウは本当は心配してたんだよね、ちゃんとしたお葬式ができるかって」アマカがいった。「いまはわかる、穏やかに眠れる。ユジーンおじさんが十分なお金をくれたから、ママはお葬式のために七頭の雌牛を買うんだよ」

「よかった」わたしは口のなかでボソボソといった。

「あなたとジャジャに、復活祭に来てほしいな。例の出現はまだ続いてるから、たぶん今度こそアオクペの巡礼に行けると思う。ユジーンおじさんがいいっていえばだけど。復活祭の日曜に、わたし、堅信の秘蹟を受けるから、あなたとジャジャにもいてほしい」

「わたしも行きたい」といいながらわたしは笑っていた。自分の口から出たことばが、アマカとのやりとり全部が、夢のようだったからだ。去年、聖アグネス教会で自分が受けた堅信の秘蹟のことを考えていた。パパが白いレースのドレスと柔らかな何層にも重なるベールを買ってくれて、ミサが終わったあと、ママのお祈りグループの女の人たちがそれに触れようとしてまわりに押し寄せたんだった。司教はわたしの額に十字架のしるしを刻むため顔からベールをうまく持ちあげられなかった。「ルース、聖なるスピリットの贈り物で封印されよ」と彼はいった。ルースとは、パパが堅信の秘蹟のために選んだわたしの名前だった。

「堅信のための名前は決まった?」

「まだ。ングワヌ（っていうか）、ママがベアトリスおばさんに頼んで、考えてもらってる」とアマカ。

「チマとオビオラによろしく」といってわたしは受話器をママに渡した。

部屋に帰って、教科書をじっと見ながら考えた。アマディ神父は本当にわたしたちのことをきいたんだろうか、それともイフェオマおばさんはお義理で、わたしたちが神父のことを覚えてるように神父もわたしたちのことを覚えてるって匂わせたんだろうか。でもおばさんはそんな人じゃない。もしも神父がきかなかったら、あんなふうにはいわない。神父はジャジャとわたしのことをまとめてきいたのかな、二人セットで。トウモロコシとウベ。ライスとシチュー。ヤム芋とオイルみたいに。それとも、別々に、わたしのことをきいて、それからジャジャのことをきいたのかな。パパが仕事から帰ってきた音がしたので、背筋を伸ばして本に目をやった。それまで紙に棒線画を描きなぐって「アマディ神父」とくり返し書いていたのだ。その紙を破りすてた。

それから何週間も、もっと紙を破りすてることになった。全部「アマディ神父」とくり返し書かれていた。音符を使ってあの声をとらえようとした。ローマ数字を使ってあの名前の文字を描いたりもした。そんなふうに名前を書かなくても姿は浮かんできた。しっかりと大股で駆けていくあの歩き方は、庭師の足取りのなかにチラリとあったから。細身ながら筋骨のついたあの体格はケヴィンのなかに見つかった。学校が始まると、マザー・ルーシーのなかにあの微笑みがあるのもわかった。学校が始まった二日目に、わたしはバレーボールのグループに加わった。「裏庭のスノッブ」というささやきも、ばかにする笑い声も耳に入らなかった。彼女たちが面白がってつねりあってることさえ気づかなかった。両手を握りしめて立っていると、自分が選ばれたのだ。アマディ神父の黄褐色の顔しか見えなかった。「きみはいい脚をしてる、走るにはもってこいだ」という声だけが聞こえていた。

アデ・コーカーが死んだ日は土砂降りだった。ものみな干あがるハルマッタンのさなかに凄まじく降る奇妙な雨だった。アデ・コーカーが家族といっしょに朝ご飯を食べていたとき、宅配業者が小包を配達した。娘は小学校の制服を着てテーブルの向かい側の席に座っていた。赤ん坊はそばのハイチェアのなかだ。妻がスプーンで赤ん坊の口にシリアルを運んでいた。アデ・コーカーが吹き飛ばされたのは小包を開けたときだ。開ける前に「国家元首の印章がある」とアデ・コーカーはいった、という妻イェワンデの証言がなかったとしても、だれもが国家元首からだと察した小包を。

学校から帰ったジャジャとわたしは車から玄関まで歩くだけでずぶ濡れになった。ハイビスカスの茂みのそばに小さな水溜りができるほど雨は激しかった。革のサンダルが濡れて足がかゆかった。パパはリビングのソファで身をまるめてすすり泣いていた。なんだかすごく小さく見えた。ドアをくぐるとき頭を下げるほど背の高いパパが、専属の仕立て屋がズボンを縫うとき布を足さなければいけないほど背の高いパパが、いまは小さくなって、くしゃくしゃの布地をまるめたみたいに見える。

「あの記事を書くのを止めるべきだった」とパパはいった。「アデ・コーカーを守ってやるべきだった。あの記事は出すなというべきだった」

　ママがパパを引き寄せて胸にパパの顔を抱いていた。「ほら、オ・ズゴ（もう十分）。もういいでしょ」

　ジャジャとわたしは突っ立って見ていた。わたしはアデ・コーカーの眼鏡のことを想像した。青っぽい分厚いレンズが木っ端微塵になるところを、白いフレームが溶けてどろりと塊になるところを。あとからママが、なにが起きたか、どんなふうにそれが起きたか教えてくれたとき、ジャジャが「それが神の意志なんだよ、パパ」といった。するとパパはジャジャに笑いかけてその肩を軽く叩いた。

　パパがアデ・コーカーの葬儀を取り仕切った。イェワンデ・コーカーと子供たちのためのトラストを設立して、新しい家を買いあたえた。スタンダード紙のスタッフにたっぷりボーナスを出して、全員に長い休暇を取るようにいった。何週間かのあいだに、パパの目の下には大きな隈ができた。まるで目のまわりの繊細な肉が吸い取られ、パパの眼球がそこへすっぽり落ちこんでしまったみたいだ。

　わたしが悪夢を見るようになったのはそのころだ。アデ・コーカーの焼け焦げた体の一部がダイニングテーブルの上に飛び散り、娘の学校の制服に、赤ん坊のシリアルの容器に、彼が食べていた卵料理の皿に飛び散った。悪夢のなかでわたしはその娘になり、焼け焦げた死体の一部がパパの体の一部になった。

　アデ・コーカーが死んでから数週間がすぎても、パパの目の下の隈は消えなかった。パパの動きが鈍くなった。まるで脚が重すぎてすっと持ちあげられないみたいだ。手を大きく振ることもなくなった。話しかけられ返事をするときも、ものを噛むときも、聖書から読みあげる一節を見つけるときも、ひどく時間がかかるようになった。でもパパのお祈りは頻度を増して、夜中にわたしが起きてトイレに行くと、バルコニーから前庭に向かって叫んでいるのが聞こえたりした。便座に座って耳を澄ましても、なにをいっているかは聞き取れなかった。そういうとジャジャは肩をすくめて、パパはきっと神がかりになってるんだという。でも、パパが神がかりを認めていないのは二人とも知っていた。それは茸のように増えるペンテコステ派教会で牧師もどきがやってることだったから。

ママはジャジャとわたしに、パパをしっかり抱きしめてあげて、わたしたちがここにいることを思いださせてあげて、パパにはものすごいプレッシャーがかかってるから、と何度もいった。兵士たちがパパの工場に鼠の死骸を詰めた箱を持ちこんでおいて、鼠が発見された、ウエハースとビスケットが病気を広める、といって工場を閉鎖させたのだ。パパはそれまでほど頻繁に工場に出かけなくなった。ジャジャとわたしが学校へ行く前にベネディクト神父がやってきて、帰宅したときもまだパパの書斎にいる日もあった。ママがいうには、特別のノヴェナをしているそうだ。そんな日は、ジャジャとわたしがスケジュール通りやってるかどうかパパが見にくることはなかったので、ジャジャがわたしの部屋へ話をしにやってきた。わたしが勉強しているあいだずっとベッドに腰かけていて、そのまま自分の部屋にもどることもあった。

そんなある日。ジャジャが部屋に来て、ドアを閉めてから「パパ・ンクウの絵をみせてくれないかな?」といった。

わたしはドアが気になって仕方がなかった。パパが家にいるときはパパ・ンクウの絵を見たことはなかったのだ。

「パパはベネディクト神父といっしょだから」とジャジャ。「ここには来ないよ」

バッグから絵を取りだして、包みを解いた。ジャジャが絵をじっと見ながら曲がった指でなぞっている。ほとんど感覚がなくなった指で。

「ぼくにはパパ・ンクウの腕がある」とジャジャ。「わかる？　ぼくにはあの腕がある」まるでトランス状態の話し方だ。自分がどこにいるか、自分がだれか、忘れてしまったみたい。自分の指の感覚がほとんどないのを忘れてしまったみたいなのだ。

わたしはジャジャに、やめてとはいわなかった。傷めたほうの指で絵をなぞってるよともいわなかった。絵をすぐにしまわず、ジャジャのそばに寄って、二人して、とても長いあいだ黙って絵を見つめていた。ベネディクト神父が帰ってしまってもおかしくないほど長い時間だった。パパがおやすみといって額にキスしにくるのはわかっていた。ワインレッドのパジャマの色がその目に微かに赤く映えることもわかっていた。そうなればジャジャが絵をバッグにしまう時間がなくなるのもわかっていた。パパはちらっと絵を見て、目を細め、まだ熟していないウダラの実のようにほおを膨らませて、口から猛烈な勢いでイボ語を吐きだすことになるのはわかりきっていた。

そして実際にそうなった。ひょっとしたら、ジャジャとわたしは、そうなってほしいと思っていたのかもしれない。無意識に。ひょっとしたらわたしたちがスッカへ行ったあと、なにもかも変わってしまったのかもしれない。パパさえも。いろんなことがそれまでとおなじではなくなり、それまで通りにいかなくなる運命だったのかもしれない。

「それはなんだ？　おまえたちまで異教徒になってしまったのか？　その絵をいったいどうするつもりだ？　どこで手に入れた？」とパパはきいた。

「オ・ンケム（ぼくのです）」といってジャジャは両腕でその絵を胸に抱きしめるようにした。

「それ、わたしのです」

パパは微かに体を揺らした。右に左に、カリスマ牧師から按手《あんしゅ》（神の祝福をもたらすために人の頭上に手を置くこと）を受けて、その足元に倒れそうになる人のように。そんなふうにパパが身を揺らすことは滅多になかった。パパが体を揺すっている、コカ・コーラの瓶をシェイクするみたいに、栓を開けると一気に泡が吹きだす瓶のように。

「その絵を家に持ちこんだのはだれだ？」

「わたしです」とわたし。

「ぼくです」とジャジャ。

ジャジャったらこっち見ればいいのに、そうすればそんなに自分を責めちゃダメっていえるのに。

パパがジャジャから絵をひったくった。両手の動きは速かった。絵は奪われてしまった。すでに失われたものを描いていたのに。決してわたしのものにならなかったもの、これからもならないものを。それを思いだすためのものさえ消えて、パパの足元に、黄土色の細かな紙片となって積もった。とても細かく、確実に破られていた。突然、パパ・ンクウの死体が細かく切り刻まれて冷蔵庫に入れられる場面が浮かんできた。狂ってる。

「だめ！」とわたしは悲鳴をあげた。床に散らばった紙片に駆け寄った。救いだそうとするみたいに、それを救いだすことがパパ・ンクウを救うことになるかのように。床にへたりこんで、紙片の上に横たわった。

「なにがそうさせるんだ？」とパパがきいた。「いったいどうした？」

わたしは床に横たわったまま、『中学生の総合理科』の写真で見た、子宮のなかの胎児のようにしっかりと身をまるめた。

「立て！　その絵から離れろ！」

わたしは横になったまま、動かなかった。

「立て！」パパがまたいった。それでも立たなかった。パパがわたしを蹴りだした。室内履きについている金属のバックルが巨大な蚊のように刺さってきた。パパが止めどなく、制御できずに、イボ語と英語を混ぜて、柔らかい肉に棘のある骨を混ぜるようにしゃべっている。不信心者。異教崇拝。地獄の業火。蹴りつける速さが増していく、アマカの聴いていた音楽のことを思った。彼女のいう、文化に意識的な音楽、穏やかなサクソフォンで始まり強壮な歌になる音楽。わたしは引きちぎられた絵のまわりでしっかり身をまるめた。紙片は柔らかくて羽のよう。まだアマカのパレットから出る金属臭がした。つんとくる異臭がいまは生々しくて噛みついてくるのは、金属がじかに素肌に当たっているからだ。脇腹に、背中に、両脚に。蹴りつけて、蹴りつけて、蹴りつける。ひょっとしたらベルトになったのか、金属のバックルはヘビーすぎると思ったのか、空を切るシュッという音が聞こえた。「お願い、ビコ、お願い」という小さな声もする。さらなる刺撃。さらなる殴打。塩辛い水分が口にぬるく感じられた。目を閉じて、沈黙のなかに滑りこんだ。

目を開けると自分のベッドではないとすぐに気づいた。マットレスが自分のより硬かった。やっと起きあがったけど、ガラス細工の小箱となった全身に激痛が走った。すぐに崩れ落ちた。

「ソネ、カンビリ。神に感謝を！」といってママが立ちあがり、手をわたしの額に当ててから顔を近づけてきた。「ありがたい。意識がもどったのね、神さまに感謝します」

ママの顔は涙で濡れて冷たかった。ママの手が軽く触れただけなのに、頭から全身に針を刺し通すような痛みが走った。パパが足にかけた熱湯みたいだったけど、いまは全身が燃えるように痛む。動くたびに激痛が走る、ただ考えるのもだめ。

「まるごと焼かれてるみたい」

「しいいっ」とママ。「休んで。神さまに感謝します、意識がもどってよかった」

意識なんかもどらなければよかった。息をしても脇腹が痛いなんて感じたくなかった。頭のなかでハンマーがどんどんと打ち下ろされる音なんて聞きたくなかった。息をするのも苦しいんだから。部屋にはベッドの足元に白衣の医師がいた。あの声には聞き覚えがある。教会で講義をした人だ。

最初か二度目の講義のときのように、ゆっくりことばを選んで話していたけど、全部は聞き取れなかった。肋骨が骨折。治癒は順調。内出血。そばにきてわたしのシャツの袖をゆっくりめくりあげた。注射はずっと怖かった。マラリアに罹《かか》るといつも、クロロキンの注射じゃなくてノヴァルギンの錠剤ですむよう祈ったものだ。でもいまは注射針が刺さってもどうってことはない。全身の痛みにくらべたら注射は毎日受けたって平気だ。パパの顔がそばにある。鼻がわたしの鼻にくっつきそうだけど、眼差しは柔らかい、それはわかった。パパは泣きながら話していた。「わたしの大切な娘。もうなにも起きはしない。わたしの大切な娘」これは夢なのか、どうもはっきりしない。わたしは目を閉じた。

また目を開けるとベネディクト神父が見下ろすように立っていた。オイルでわたしの足に十字を切ってる。オイルは玉ねぎの匂いがした。神父が軽く触れるだけで痛みが走る。そばにパパがいた。パパも祈りのことばを唱えていた。その手がわたしの脇に添えられている。わたしは目を閉じた。

「深刻じゃないって意味だわ。重症の人には特別の聖油が塗られるもの」とママがささやいたのは、パパとベネディクト神父が出ていったときだ。

ママの唇の動きをじっと見ていた。重症じゃない。ママにはわかっていたんだ。なぜ、重症なんていうんだろ？　なぜわたしは聖アグネス病院にいるんだろ？

「ママ、イフェオマおばさんに電話して」とわたしはいった。

ママは目をそらした。「ンネ、おまえは休養しなくちゃ」

「おばさんに電話して。お願い」

ママの手が伸びてきてわたしの手を握った。泣いたために顔がむくんでいる。唇はカサカサにひび割れて、色のない剝がれた皮膚が浮いてる。わたしは起きあがってママをハグしたかった。でも同時にママを向こうへ押しやりたかった。椅子に転げこむほど思い切り強く押したかった。

　目を開けるとアマディ神父の顔がわたしを見下ろしていた。夢を見てるんだ、想像だと思った。微笑んでも痛くないといいな、そうできたらいいな。

「最初は脈がなくて、すごく不安でした」ママの声だ。現実だ、すぐ隣で聞こえる。夢じゃないんだ。

「カンビリ。カンビリ。目が覚めた？」アマディ神父の声は深く、夢のなかほどメロディアスではなかった。

「ンネ、カンビリ、ンネ」イフェオマおばさんの声だ。おばさんの顔がアマディ神父の隣にある。ブレーズにした髪をアップにして、大きな玉にしている。頭の上にラフィア編みの籠をのせてるみたい。わたしはにっこり笑おうとした。疼くような痛みを感じた。なにかがわたしからスルッと抜けていく、抜けていって、わたしの力と活力を奪っていく、なのに自分ではどうすることもできなかった。

「薬のせいで意識がはっきりしないんです」とママがいってる。

「ンネ、あなたのいとこたちがよろしくって。いっしょにお見舞いにきたがってたけど、学校があるから。アマディ神父がいっしょ。ンネ……」イフェオマおばさんが手をつかんだので、わたしは顔を歪めた。手を引っこめようとするのさえ痛かったのだ。目を開けていたかった、アマディ神父を見ていたかった、コロンの匂いを嗅ぎたかった、彼の声を聞いていたかったのに、目蓋が滑るように閉じた。

「こんなこと続けるわけにいかないわ、ンウンイェ・ム」とイフェオマおばさんはいった。「家が燃えてるときは、頭に屋根が崩れ落ちる前に家から出るもんでしょ」

「こんなことこれまではなかったんです。こんなふうに罰をあたえることはなかったんです」とママ。

「退院したらカンビリをスッカによこして」

「ユジーンが許さないかも」

「わたしからいう。父親はもう死んでるんだから、わたしの家には異教徒的なものはなにもない。カンビリとジャジャをうちへよこして、せめて復活祭まで。あなたも荷物を詰めてスッカへ来たらいい。あなたにとってもここにいるよりずっと楽よ」

「こんなこと、これまではなかったのに」

「わたしのいったこと、聞こえてないの？　グボ？」おばさんは声を荒らげた。

「聞いてます」

声が遠ざかっていった。ママとおばさんが船に乗ってあっというまに海に出て、波が声を飲みこんでしまったみたいだ。声が聞こえなくなる寸前に、アマディ神父はもういないのかなと思った。目を開けたのは数時間後だった。暗くなって、電灯も消えていた。ドアの下から廊下の明かりが漏れてくる薄闇のなかで、壁に十字形ができているのがわかった。ベッドの足元に置かれた椅子にママの姿がぼんやり見えた。

「ケドゥ？　夜中ずっとここにいるから。眠りなさい。休んで」そういうとママは立ちあがって、わたしのベッドに腰かけた。枕を優しく撫でた。触れるとわたしが痛がるのを安じてのことだ。

「この三日間、お父さんが毎晩ベッドのそばについていたのよ。一睡もしないで」

首をまわすのは辛かったけど、首をまわして目をそらせた。

次の週、家庭教師がやってきた。ママがいうにはパパが十人の人を面接して選んだ人だという。若い修道女で、修道誓願はまだだった。空色の修道服の腰に巻いたロザリオのビーズが、動くたびに擦れて音をたてた。スカーフの下から小さな房になったブロンドの髪がチラリとのぞいている。わたしの手を取って「ケエ・キイメ（具合はどう）？」といった。息を呑んだ。白人がイボ語を話すのを聞いたことがなかったのだ。それもこんなに上手に。授業では英語を使った。柔らかな話し方だ。授業じゃないときは、それほど頻繁じゃなかったけどイボ語も使った。その人は独特の沈黙をかもしだし、指導したことをわたしが理解したかどうか聞きながら黙ってロザリオをまさぐった。でも多くのことを知っていたのだ。それはハシバミ色の瞳のなかに秘められていた。例えば、わたしが医師に伝えるよりずっとたくさん体を動かせることを知っていた、でも、なにもいわなかった。ヒリヒリする脇の痛みがそれほどでもなくなり、頭のなかのズキズキも軽くなっていた。でも医師にはそれまでとおなじくらい痛いといって、医師が脇腹に触れようとするとわたしは金切声をあげた。病院を出たくなかった。家に帰りたくなかったのだ。

試験は病院のベッドで受けた。マザー・ルーシーが試験の用紙を持参して、ママの隣の椅子で待っていてくれた。どの試験にも時間を余分に加えてくれたけど、時間になる前にわたしは答えを書き終えていた。数日後にマザー・ルーシーが成績表を持ってきた。一番だった。ママは「神に感謝します」といっただけで、イボ語の讃歌を歌わなかった。

その日の午後は級友たちがお見舞いに来てくれた。すごいという畏怖にあふれる目をして。わたしが事故から生還したと聞かされていたのだ。ギプスを持ってもどってきてほしい、そこにみんなで寄せ書きするからという。チンウェ・ジデゼは大きなカードを持ってきた。そこには「早くよくなってね、特別な人へ」と書かれていた。ベッドのそばに座って、こっそり、まるでわたしたちがずっと友達だったみたいに、ささやいた。自分の成績表まで見せてくれた。二番だった。帰る前にエズィンネが「これで放課後、逃げるみたいに帰るのは終わり、だよね？」ときいた。

ママがその夜、二日後に退院だといった。でも家には帰らないで、一週間スッカへ行くといった。

ジャジャもいっしょだという。イフェオマおばさんがどうやってパパを説得したか、ママはいわなかったけど、わたしの回復にはスッカの空気がいいと認めたのだという。

ベランダの床で雨が飛沫をあげている。太陽が照りつけているのに、イフェオマおばさんのリビングのドアから外を見るには、目を細めなければならなかった。ママがよく、神はなにを送ったらいいのか、雨か陽の光か決めかねているのね、とジャジャとわたしにいったものだ。それぞれの部屋で座ったまま、雨滴が太陽の光でキラキラするのを見て、神が決めるのを待ったものだ。

「カンビリ、マンゴー食べる?」背後からオビオラがきいていた。

到着したのは午後の早い時間で、オビオラはフラットへ入るわたしを助けたがった。チマはわたしのバッグを持つといって聞かなかった。病気がどこかにぐずついてるのを心配してるみたいに、わたしが頑張ろうとすると飛んできそうな気配だった。病気はとても重く危うく死にかけたのだと、イフェオマおばさんに教えられていたのだ。

「あとで食べる」振り向きながらわたしはいった。

オビオラが黄色いマンゴーをリビングの壁にぶつけている。いつもそうするのだ。内部が柔らかくドロドロになるまで。それから果実の片端を噛んで小さな穴を開け、そこから中身を吸っているうちに、ぶかぶかの服を着た人みたいに種が皮の内側で泳ぐようになる。アマカとイフェオマおばさんもマンゴーを食べていたけど、二人はナイフを使って、硬いオレンジ色の皮を剥いて種を取りだしている。

わたしはベランダへ出て濡れた金属の手摺《てすり》のそばに立ち、雨足が弱まって雨がやむのを見ていた。神は陽の光を送ると決めたのだ。あたりに雨あがりの新鮮な匂いが立ちのぼり、焼けた土に恵みの雨が降り、食べ物を産む気配が生まれていた。自分が庭に出ていくところを想像した。ジャジャが膝をついて、わたしの指を使って土くれを掘りだし、その土を食べているところを。

「アク・ナ＝エフェ（羽蟻が飛んでる）！」上階のフラットから子供の声がした。

あたりいっぱいに羽ばたく水色の羽。子供たちが折りたたんだ新聞紙とボーンヴィタの空き缶を手にフラットから走りでてきた。新聞紙で空中の羽蟻をはたきおとし、身をかがめ、つまんで空き缶に入れている。走りまわって羽蟻を強打しているだけの子。羽が取れて地面を這う虫をしゃがんで観察してる子。何匹か繋がって黒い糸みたいに動くのを追いかける子。宙を舞うネックレス。

「人がアク（羽蟻）を食べるなんて面白いよね。でも羽のない白蟻を食べてみるかいっていうと、それはまた別の話だっていう。羽のない蟻は生物学的にいえばアクからほんの一、二相ちがうだけなのに」とオビオラがいった。

イフェオマおばさんは笑った。「いうじゃない、オビオラ。ほんの数年前までは真っ先に追いかけまわしてたのに」

「それにさ、子供のことをそんなふうに馬鹿にしちゃいけないよ」とアマカはからかった。「なんのことはない、あの子たちだってあんたと同類なんだからさ」

「ぼくは子供じゃなかった」といってオビオラはドアへ向かった。

「どこ行くの？　羽蟻捕り？」とアマカ。

「羽のある白蟻なんか追いかけるもんか、ちょっと見てくるだけ」とオビオラ。「観察さ」

アマカは声をあげて笑い、おばさんもつられて笑った。

「ぼくも行っていい、ママ?」とチマがきいた。もうドアに向かっている。

「ええ。でも油炒めにはしないからね」

「捕まえたらウゴチュクウにあげるんだ。家でアクを炒めるんだって」とチマ。

「気をつけて、耳に飛びこませちゃだめよ、イヌゴ(わかった)? さもないと耳が聞こえなくなっちゃうよ!」おばさんがそう叫んでるあいだにチマは屋外へ飛びだしていった。

おばさんはスリッパを履いて、上階の人と話をしに階段を上がっていった。残されたアマカとわたしは手摺のそばにならんで立っていた。アマカが身を乗りだして手摺にもたれかかったとき、肩がわたしの肩に擦れた。以前感じた違和感がなかった。

「あんた、アマディ神父のスイートハートになっちゃったね」とアマカがいった。オビオラと話すときの軽い口調だ。わたしの心がどれだけ動揺したか、アマカはわかっていないみたいだ。「病気だったとき、本気で心配してたもん。あんたのことばっかりいってた。それで、アマム(わかったんだ)、あれは神父としての心配だけじゃないって」

「なんていってたの?」

アマカがわたしの顔をしげしげと見つめた。「あんた、彼に夢中《クラッシュ》でしょ、ちがう?」

「夢中《クラッシュ》」なんかじゃ軽すぎる。そんな言い方はわたしが感じてるのとはぜんぜんちがうけど、わたしは「ええ」といった。

「キャンパス中の女の子はみんなそう」

わたしは手摺を握っている手に力をこめた。こっちから質問しないかぎり、アマカはそれ以上いわないのはわかっていた。要するに、わたしにもっと話をさせたいんだ。「どういう意味?」とわたしはきいた。

「あ、教会にくる女の子はみんな彼に夢中だってこと。結婚してる人まで。人はみんな神父に夢中になるもんだからさ。神をライバルとして扱わなきゃならないのってワクワクものだよねえ」アマカは手摺を手でなぞって雨のしずくを擦りつけた。「あんたは特別。だれかのことをあんなふうに話すの、聞いたことないもん。あんたが笑わないっていってた。ずいぶんシャイだよね、あんたは、でも頭のなかじゃいろんなこと考えてるのが彼にはわかってる。ママを車でエヌグまで連れていくって聞かなかったんだから、あんたに会うために。わたし、いっちゃったよ、神父さんってお連れ合いが病気になった人みたいな話ぶりですねって」

「病院に来てくれたの、嬉しかった」とわたしはいった。するするとことばが出てきた。舌の上でことばを転がせばよかった。アマカの目はまだわたしに注がれていた。

「あんなことしたの、ユジーンおじさん？　オクウィア（そうなの）？」

わたしは手摺を放した。急にトイレに行きたくなったのだ。それまでだれもきいたことがなかったのだ。病院の医師も、ベネディクト神父も。パパがどういったのか知らない。パパがどう説明したかも知らない。「おばさんがそういったの？」

「ううん、でも、そんな気がしたんだ」

「そう。パパがやったの」そういってから急いでトイレに向かった。振り向かなかったのでアマカの顔は見えなかった。

その夜、停電になったのは日が沈む直前だった。冷蔵庫がブルブルッと震えたあと音を立てなくなった。ブーンとノンストップで、どれほど耳障りな音を立てていたか、止まるまで気づかなかった。オビオラがベランダに灯油ランプを運んで、それを囲んで座った。黄色い灯りに引き寄せられてガラスの火舎《ほや》にぶつかる小さな虫をはたいた。その夜はアマディ神父がやってきた。古新聞に包んだ焼きトウモロコシとウベを持って。

「神父さん、サイコー！　トウモロコシとウベって、わたしが考えてたものにドンピシャリ！」とアマカがいった。

「これを持参すれば今日はきみが議論をふっかけないかなと思って」とアマディ神父。「カンビリがどうしてるか知りたいと思っただけだから」

アマカは声をあげて笑いながら包みを受け取り、皿を探しにいった。

「きみが回復してよかった」といってアマディ神父はわたしのほうをちらりと見た。そこにいるのを確認するみたいに。わたしは笑った。彼が身振りで、きみをハグするから立ってと合図した。触れてくる体は張り詰めていて甘美だった。わたしは身を引いた。チマもジャジャもオビオラもイフェオマおばさんもアマカも、ちょっとのあいだ消えてしまうといいのに、二人だけでいられたらいいのにと思った。来てくれてどれほど心温まったか伝えられたらいいのに、いま自分がいちばん好きな色は焼いた粘土の色、彼の肌の色だと伝えられたらいいのに、そう思った。

近所の人がドアをノックして入ってきた。アクとアナラの葉っぱと赤唐辛子の入ったプラスチック容器を手にしている。イフェオマおばさんはわたしに、無理に食べなくていい、お腹の具合が悪くなるかもしれないから、といった。見ているとオビオラがアナラの葉っぱを手のひらで叩いてたいらにした。そこにカリカリに揚げてよじれたアクをパラパラッと散らし、赤唐辛子をまぶして葉っぱでくるくる巻いた。口に詰めこむときアクがいくつかこぼれ落ちた。

「ぼくの故郷じゃ、アクが飛んだらそのあとは蛙《かえる》にまかせろっていうんだよ」とアマディ神父は容器に手を入れて何匹か口に放りこんだ。「子供のころ、アクを追いかけるの大好きだったなあ。遊びだったけど、だって本気で捕まえたければ夜になるのを待たなきゃならない、夜になれば羽がもげてアクは落ちてくる」どこかノスタルジックな話しぶりだ。

わたしは目を閉じて、その声の心地よさに身をゆだねた。子供のころの彼を思い描いた。肩がまだ張りだしていない幼い少年が、家の外で、雨あがりの柔らかい地面を走って、アクを追いかけている。

ちゃんと回復したってわかるまでは水を運ぶ手伝いをしなくていい、とイフェオマおばさんはいった。だからみんなより遅く起きだすころには、朝の光が室内にしっかり流れこみ鏡面をキラキラと照らしていた。リビングに入っていくとアマカが窓のところに立っている。近くへ行ってそばに立った。アマカが見ていたのはベランダだ。おばさんが椅子に腰かけて話をしている。おばさんの隣に腰をおろしてる女の人は、学者特有の射抜くような目をしている。ユーモアのかけらもない口元、そしてノーメイク。

「傍観を決めこんで黙認してはいられないでしょ、ムバ（だめ）。大学を単独の理事が仕切るなんて聞いたことある？」とおばさんはいって、椅子から身を乗りだすようにした。口をぎゅっと閉じるとブロンズ色のリップに細くひびが入った。「大学評議会が承認の投票をして副学長が決まる。この大学ができたときからそうだった、そんなふうにして運営されることになってるのに、オブリア（ちがった）？」

女の人は遠くに目をやったまましきりにうなずいている。人が適切なことばを探すときにやる仕草だ。ついに、おもむろに口を開いたとき、それはまるで強情な子供をさとすような調子だった。

「リストが回覧されてるって話だよ、イフェオマ、大学のいうことを聞かない講師たちのリスト。解雇されるかもしれないって。リストにあなたの名前が載ってるって」

「いうことを聞くために給料をもらってるわけじゃないわ。わたしが真実をいうと、いうことを聞かないってことになるだけよ」

「イフェオマ、真実を知ってるのは自分一人だと思う？　わたしたちみんなが真実を知らないとでも？　グワケネム（教えてよ）、真実があんたの子供たちを食べさせてくれる？　真実が子供たちの学費を払ったり、あの子たちに服を買ってくれる？」

「じゃあ、いつになったら正々堂々とものがいえるの？　兵隊が講師に指名されて、学生が頭に銃を突きつけられて講義を受けるとき？　いったい、いつになったら正々堂々とものがいえるのよ？」

イフェオマおばさんの声が大きくなった。でも目のなかで燃える炎は女の人に向けられてはいなかった。怒りは目の前の女の人よりもっと大きなものに向けられていた。

　その人は立ちあがってスカートについた皺を伸ばした。黄色と青のアバダ（ワックスプリントの布）のスカートで、履いている茶色いスリッパがほとんど見えなかった。「行かなくちゃ。講義は何時から？」

「二時」

「ガソリンある？」

「エベクワヌ（どこの話）？　ノーよ」

「寄ってあげる。わたしは少しだけあるから」

　おばさんとその人がゆっくりとドアへ向かう姿には、自分たちがいったことと、いわなかったことの重みがずっしりとのしかかっていた。アマカは、おばさんがドアを閉めて出ていくのを待って、窓から離れて椅子に座った。

「痛み止めを飲むのを忘れちゃダメだってママがいってたでしょ、カンビリ」

「おばさん、お友達となんの話してたの？」とわたしはきいた。以前ならきかなかったことだ。あれこれ考えはしても、自分からきいたりすることはなかった。

「単独の理事」というのが返事だった。そういえばすぐに二人の話は理解できるよねといわんばかり。アマカの手が籐椅子をなぞりつづけた、何度も、何度も。

「大学のトップは国でいえば元首みたいなものだから」オビオラの声だ。「大学がこの国のマイクロコスムになってる」オビオラがいるのに気づかなかった。リビングの床に座って本を読んでいたのだ。「マイクロコスム」なんて初めて耳にしたことばだった。

「ママに口をつぐめっていってる」とアマカ。「職を失いたくなければ口をつぐめって。さもないとフィアム（スパッ）、クビだって、そんな感じ」とパチンと指を鳴らしておばさんが首になる速さを示した。

「首にしたけりゃすればいいさ、そうしたらアメリカに行ける」とオビオラ。

「メチエ・オヌ（黙りなさい）！」とアマカ。

「アメリカ？」わたしはアマカからオビオラに視線を移した。

「フィリパおばさんがママに来いっていってるんだ。とにかくあそこじゃ、払われることになってるなら、給料は払われるって」というアマカの言い方にはどこか、だれかを非難するような棘があった。

「それにアメリカならママは自分の仕事が認められる、変な政治抜きで」といいながらオビオラはしきりとうなずいている。だれも賛意を示してくれないなら自分で示すしかないというように。

「どんだけママの経歴を抑えこんできたか、知ってる？」とオビオラ。「何年も前にとっくに上級講師になってていいはずなのに」

「おばさんがそういったの？」とわたしはきいた。馬鹿みたい。自分がなにをいってるかわかってなかった。ほかにどういったらいいのか思い浮かばなかった。おばさんの家族のいない暮らしなど、スッカのない暮らしなど想像もできなかった。

　オビオラからもアマカからも返事はなかった。二人は黙ってにらみあっている。本当はわたしに話していたわけじゃなかったんだ。家の外へ出てベランダの手摺のそばに立った。夜通し雨が降ったあとだった。ジャジャが庭に膝をついて、草をむしっていた。水を遣る必要はない。空がやってくれたから。庭では新しい蟻塚が柔らかな赤土を盛りあげている。小さなお城みたい。大きく息を吸って、息を止めて、雨に洗われた緑の葉っぱの匂いを堪能した。愛煙家が一本の煙草の最後の一服を楽しむのってこんな感じかもと思いながら。庭を縁取るアラマンダの茂みがラッパ形の黄色い花をたくさんつけている。チマがその花を押さえて指を次々と花のなかに突っこんでいる。一つひとつ花を試して、自分の小指がぴったりはまる小さな花を探している、それをわたしはじっと見ていた。

その夜、アマディ神父がスタジアムへ行く途中に立ち寄った。みんないっしょに連れていきたいという。ウグウ・アギディ出身の少年たちに、地方政府主催の大会のために走り高跳びの指導をしていたのだ。オビオラがビデオゲームを上階のフラットから借りてきたばかりで、男の子たちがリビングにあるテレビの前に寄り集まっていた。スタジアムには行きたくないという。ゲームはすぐに返さなければいけなかったのだ。

アマディ神父に誘われたアマカは声をあげて笑い、「そんなに親切ぶらなくていいですよ、神父さん、自分のスイートハートと二人きりがいいのはわかってるんでしょ」といった。アマディ神父はにっこり笑ってなにもいわなかった。

わたしだけがいっしょに出かけた。スタジアムまで走る車のなかで、恥ずかしさで口元が強張っていた。アマカのいったことに彼がなにかいわなかったのが嬉しかった。あまい匂いのする雨のことを話して、カセットプレイヤーから流れる力強いイボ語のコーラスに合わせて歌うだけ、それが嬉しかった。スタジアムに着くと、ウグウ・アギディ出身の少年たちはもう来ていた。みんな背が高くて、前回見た少年たちの兄貴分みたいな感じだ。穴のあいた半ズボンはおなじようにはき古されたもので、色褪せたシャツもおなじように綻びていた。アマディ神父が大声をあげて——そうすると声の音楽的な感じがほとんど失われたけど——激励し、少年たちの欠点を指摘した。少年たちがよそ見しているあいだに、バーの目盛りをあげて「もう一度、さあ、行け！」と大声でいう。すると少年たちが跳ぶ。一人、また一人。さらに少しずつバーをあげていって、ついに少年たちがバーにぶつかって「ああ！　ああ！　神父《ファダ》さん！」と音をあげる。神父は笑って、きみたちは自分ができると思っていた以上に高く跳べたじゃないか、ぼくが正しかったことを証明したんだ、といった。

　これってイフェオマおばさんがいとこたちにやってることだ、とそのとき気づいた。どんどん棒を高くしていくのとおなじように、おばさんはいとこたちに話しかけ、期待した。おばさんは子供たちは自分で目標を高く定めていくようになる、といつも信じていた。そして実際そうなった。ジャジャとわたしはちがった。棒を高くしたのは自分たちができると思ったからではなく、できなかったら恐ろしいことになるので棒をあげていたのだ。

「なんでそんな浮かない顔してるの？」といってアマディ神父がそばに腰をおろした。肩がわたしの肩に触れた。新しい汗の匂いと古いコロンの匂いが鼻孔を満たした。

「べつに」

「じゃあ、そのべつに、のことを話してよ」

「あの少年たちのこと信じてますよね」とわたしはつい口を滑らした。

「そう」といって神父はじっとわたしを見た。「ぼくが彼らを信じてることは、彼らにとってべつに必要なことじゃないけど、ぼくにとっては必要なことなんだ」

「なぜ？」

「だって、疑問を抱かずに信じられるなにかがぼくには必要だから」といって水筒をつかんで思い切り水を飲んだ。水が流れ落ちていくたびに上下する喉元をわたしはじっと見ていた。水になりたかった。水になって彼のなかに入っていって、彼といっしょに、一つになってしまいたかった。こんなに水を羨ましいと思ったことはなかった。目が合ったので、わたしは目をそらせた。目のなかの願望がわかったかな。

「きみの髪、編んだほうがいいな」

「わたしの髪？」

「そう。市場でおばさんの髪を編む女の人のところに連れてってあげる」

彼は手を伸ばしてわたしの髪に触れた。ママが病院で編んでくれたけど、ひどい頭痛のせいでブレーズをきつく編まなかったので、根元がゆるんできていた。アマディ神父はそのゆるみかけたブレーズの上から手を当てて、そっと撫でるように動かした。まっすぐわたしの目を見ていた。とても近くだ。とても軽く触れていたので、わたしは頭をもっと彼の手に近づけて、その感触をしっかり感じたかった。いっそ彼のほうに倒れこんでしまいたかった。手がわたしの頭に、わたしのお腹に強く押し当てられるといいのに。そうすれば全身を走るこの温《ぬく》もりが、彼に伝わるはずだから。

彼が髪から手を離した。立ちあがってフィールドの少年たちのところへもどっていくのを、わたしはじっと見ていた。

次の日、ずいぶん朝早くアマカに揺り起こされた。室内にはまだラベンダー色の曙光さえ差していない。屋外の防犯灯がぼんやり照らすなかで、彼女がラッパーを胸に巻くのが見えた。まずいことが起きてる。トイレに行くときの巻き方ではない。

「アマカ、オ・ギニ（どうしたの）？」

「ほら聞いて」

ベランダからイフェオマおばさんの声が聞こえた。こんなに朝早くなにしてるんだろう。すると歌声が聞こえてきた。窓から、大勢の人たちが声を合わせて歌っているのが聞こえる。

「学生たちが騒いでる」とアマカがいう。

起きあがって彼女のあとからリビングに入っていった。学生が騒ぐって、どういう意味？　わたしたちは危険なの？　ジャジャとオビオラがおばさんといっしょにベランダに出ている。空気が冷たく素肌の腕にひどく重たい。空気が落下しようとしない雨のしずくにしがみついてるみたいだ。

「防犯灯を消して」とおばさん。「通りがけに灯りが点いているのを見たら石を投げるかもしれない」

アマカが灯りを消した。歌声がはっきり聞こえるようになった。声は大きく、あたりに響き渡っている。少なくとも五百人はいそうだ。「単独理事は去れ！　やつはパンツもはいてない、おお！　国家元首は去れ！　やつはパンツもはいてない、おお！　水道はどこだ？　電気はどこだ？　ガソリンはどこだ？」

「声があんまり大きいので家のすぐ前かと思った」とおばさん。

「ここに来る？」とわたし。

おばさんが腕をまわしてわたしをそばに引き寄せた。タルカムパウダーの匂いがした。「来ないよ、ンネ、だいじょうぶ。心配なのは副学長の家のそばに住んでる人たちかな。前のときは学生たちが主任教授の車を燃やしたし」

歌声は大きくなったけれど近づいてこない。もくもくと立ちのぼる濃い煙が満天の星空に溶けていく。歌声のあいまに散発的にガラスの割れる音がした。

「単独理事は去れ、要求はそれだけだ！　理事は去れ、要求はそれだけだ！　ちがうか？　そうだ！」

叫びと応答のあとに歌声が聞こえた。一人が叫ぶと、群衆がいっせいに応答する。冷たい夜風になにかが焼ける臭いが混じり、遠くの通りからピジン英語を話す響き渡る声が、断片的に、はっきりと聞こえていた。

「偉大な雄ライオンと雌ライオン！　われわれはクリーンな下着のやつが欲しい、だろ？　国家元首が並の下着をつけたって、クリーンな下着じゃぜんぜんない？　そう！」

「見て」オビオラが小声でいう。小走りに通りすぎる四十人ほどの学生集団に聞こえちゃまずいみたいに。集団は手にした松明《たいまつ》や燃える棒に照らされて、暗い早瀬のように見えた。

「たぶんあっちのキャンパスに集まってる人たちと合流するんだ」とアマカが、学生たちが通りすぎてからいった。

しばらく家の外で聞き耳を立てていた。それからおばさんが、もうなかに入って寝なさいといった。


その日の午後、イフェオマおばさんが暴動のニュースを持ち帰った。数年前から暴動は日常茶飯事になってるけど、今回のは最悪だという。学生が単独理事の家に火を点けて、家の後ろのゲストハウスまで焼け落ちた。大学所有の車が六台も燃やされた。「単独理事とその妻は古いプジョー404のトランクに潜ってたそうよ、オ・ディ・エグウ（なんと、まあ）」とおばさんは回覧書を振りながらいった。それを読んだとき胸がぎゅっと苦しくなった。油っぽいアカラを食べたあとの胸焼けみたいだ。回覧書は教務課が出したものだった。大学の資産が被害を受けて、情勢不穏のために追って報告があるまで大学は閉鎖されるとあった。どういう意味だろう。おばさんがここを離れることになるのだろうか、わたしたちはもうスッカに来れなくなるのだろうか。

途切れ途切れの昼寝のあいだに夢を見た。単独理事がバスタブのなかにいるおばさんの足に熱湯をかけていた、場所はエヌグの家だ。おばさんがバスタブから飛びでて、夢によくあるように、アメリカまで飛んでいってしまった。行かないで、とわたしが叫んでいるのに、おばさんは振り向きもしなかった。

夜になってもまだ夢のことを考えていた。リビングにみんなで座ってテレビを見ていると、車の音がしてフラットの正面に止まった。わたしは震える手をきっちり組んだ。アマディ神父だと思ったのだ。でもどんどんとドアをたたくなんて彼らしくない。大きくて、荒っぽくて、遠慮がなかった。

おばさんが急に椅子から立ちあがった。「オニイェズィ（いったいだれ）？　わたしの家のドアを壊そうってのは？」

ほんの少しドアを開けただけなのに、大きな二つの手が差しこまれてドアをガッと大きく開けた。四人の男がドアフレームに頭をかすめるようにしてフラットになだれこんできた。突然、フラットが縮んだように狭く感じられた。青い制服と青っぽい帽子の男たち、いっしょに流れこんできた煙草と汗のむかつく臭い、袖の下でパンパンに張り詰めている生々しい筋肉。

「なんですか、これ？　だれですか、あなた方は？」とイフェオマおばさん。

「家宅捜索だ。大学の一部を破壊工作する計画を立てた書類を探している。あんたが暴動を起こした過激な学生集団と共謀していたという情報を得ている……」声はひどく機械的だった。書いたものを読みあげる声だ。男のほおには民族マークが縦横に刻まれていた。線が刻まれていない皮膚はどこにもないくらい。男が話しているうちにほかの三人が荒っぽくフラットに押し入ってきた。一人がサイドボードの引き出しを開けまくり、そのまま放置した。二人は寝室に入っていった。

「だれの命令？」とイフェオマおばさん。

「ポートハーコートの特殊保安部隊だ」

「命令書がありますか？　見せてください。書類なしでわたしの家に入ることはできません」

「なんだこのイェイェ（いかれ）女が！　特殊保安部隊の者だっていったろが！」男が顔をしかめておばさんを押しのけるとき、男の顔に刻まれたマークの溝がいっそう深くなった。

「どおしてこんなふうに入ってこれる？　どおいうことだ？」オビオラが立ちあがっていった。怖いもの知らずのピジン英語で男っぽく見せていても、目に浮かんだ恐怖までは隠せなかった。

「オビオラ、ノディ・アニ（座りなさい）」とおばさんが静かにいうと、オビオラはすぐに腰をおろした。そういわれてホッとしているようだ。おばさんはわたしたち全員に、そのまま座っていなさい、しゃべっちゃだめと小声でいって、男たちのあとを追った。乱暴にひっぱりだした引き出しの中身を彼らは調べようとしなかった。衣服を放りだしただけで、中身がなんであれ構わず床に投げだした。おばさんの部屋にあった箱とスーツケースを残らずひっくり返したけれど、中身をひっかきまわすことはしなかった。散らかすだけで探さなかったのだ。立ち去るとき、民族マークの男がイフェオマおばさんの顔の真ん前で太い指を振り、「気をつけろよ、しっかり気をつけろ」といった。


立ち去る車の音が消えるまで、わたしたちはひと言もしゃべらなかった。

「警察にとどけなきゃ」とオビオラがいった。

おばさんはニッと笑ったけど、その唇の動きが顔を明るくすることはなかった。「そこから来たんだ。みんなグル」

「暴動を煽《あお》ったって、どうしてそんなことというんだろ？」とジャジャがきいた。

「ぜんぶデタラメ。わたしを脅したいだけ。学生が、いつ騒ぎを起こすかいってくれる人物を必要とするようになってからかな？」

「あんなふうに家に押し入って、めっちゃくちゃにひっくり返していくなんて、信じられない」とアマカ。「信じられない」

「チマが寝ててよかった」とおばさんがいった。

「ここから出てかなきゃ」とオビオラ。「ママ、ここから出なきゃ。あれからフィリパおばさんと話した？」

イフェオマおばさんは首を振った。サイドボードの引き出しから出た書籍やテーブルマットをもとにもどしていた。ジャジャがそれを手伝った。

「出ていくってどういう意味？　なんで自分の国から逃げださなきゃならないの？　なんで自分たちでなんとかできないの？」とアマカがきいた。

「なんとかするって、なにをさ？」オビオラの顔にわざと冷笑するような表情が浮かんでいる。

「だから逃げださなきゃならないって？　逃亡が答えなわけ？」ときくアマカの声はきつかった。

「逃亡じゃない、現実的になるってことだ。ぼくたちが大学に入るころには、良心的な大学教授はこんな馬鹿馬鹿しいことにうんざりして海外へ出ちゃってるよ」

「黙りなさい、二人とも、家のなかを片付けなさい！」おばさんがピシャリといった。いとこたちの議論を誇らしげに楽しもうとしないおばさんを見るのは初めてだった。

朝になって浴室に行くとバスタブにミミズが這っていた。排水口の近くだ。紫がかった茶色が白いバスタブにくっきり。排水管が古いので、雨季になるといつもミミズがバスタブにのぼってくるとアマカがいっていた。イフェオマおばさんが大学の管理課に掛けあっても、当然のように、だれかがなにかするまでに何年もかかるのだ。オビオラは虫の研究は楽しいといった。塩をふりかけなきゃ死なないってわかったし、まっぷたつに切っても、切れた部分がそれぞれもと通りのミミズになってしまうという。

箒から細い小枝を折ってきてバスタブに入り、ロープみたいなミミズを引っかけてトイレに放りこんだ。水は流せなかった。流す水がなかった、水の無駄遣いにもなったから。男の子たちは便器にぷかぷか浮かんだミミズを見ながらおしっこをすることになりそう。

浴室から出ると、おばさんがグラスにミルクを注いでいた。わたしの分のオクパもスライスされていた。黄色いスライスから唐辛子の赤い塊がのぞいている。「気分はどう、ンネ？」

「いいです、おばさん」二度と目を開けたくないと思ったことも、あの炎がこの体のなかに居座っていたことも、すっかり忘れていた。グラスを手に取り、つぶつぶが混じった奇妙なベージュ色のミルクをにらんだ。

「ハンドメイドの豆乳」とおばさんはいった。「栄養価がすごく高いの。農学をやってる講師仲間が売ってる」

「チョーク入りの水みたい」とアマカ。

「なんで？　チョーク入りの水を飲んだことあるの？」とおばさん。声をあげて笑ってはいたけど、口元に蜘蛛《くも》の脚みたいな細い線が刻まれ、目はどこか遠くを見ている。「もうミルクを買う余裕がないだけ」おばさんは疲れたように言い足した。「粉ミルクの値段が日に日に高くなっていく、まるでだれかが買い占めてるみたいに」

ドアベルが鳴った。あの音を聞くと決まって胃のあたりがぎゅっと緊張する。アマディ神父ならいつも静かにノックするのを知っていたから。

やってきたのはイフェオマおばさんが教えている学生だった。ぴっちりしたジーンズをはいてる。顔は白っぽかったけど、それは美白クリームのせいだ――手はダークブラウン、ミルクを入れないボーンヴィタの色だ。大きな灰色の鶏を抱えている。結婚することになったとおばさんに正式に知らせるシンボルだ。大学がまた閉鎖されると知ったフィアンセが、もう卒業するまで待てない、いつ大学が再開するかわからないし、といってきたという。結婚式は来月。彼女は結婚相手のことを名前ではなく、賞でももらったような誇らしげな口調で、赤っぽい金色に染めたブレーズを振り払いながら「ディム」と呼んだ。「わたしの夫」

「大学が再開されても、もどってこれるかどうかわかりません。すぐに赤ちゃんがほしいし。結婚したのに家が空っぽだってディムに思われたくないので」といって甲高い、女の子っぽい笑い声をあげた。帰る前に、招待状を送るためにおばさんの住所を書き留めていた。

おばさんは立ったままじっとドアを見ていた。「特別できのいい学生ってわけじゃないから、悲しくはないけど」と遠まわしの言い方をすると、アマカが「ママったら！」といって笑った。

鶏がギャアギャアと喚いた。脚がきつく縛ってあるので横向きになってころがっている。

「オビオラ、鶏を殺して冷凍庫に入れて、肉が落ちてしまわないうちに、やれる餌なんてないんだから」

「ここ一週間、しょっちゅう停電したよね。鶏は今日のうちに食べちゃうほうがいいよ」とオビオラ。

「半分だけ食べて、残りを冷凍庫に入れて、腐らないようNEPAが電気を復活させるのを祈るってのはどう」とアマカ。

「オーケー」とおばさんがいった。

「ぼくが殺す」とジャジャがいった。みんないっせいに振り向いて、まじまじと見た。

「ンナ・ム（わたしの父よ）、鶏を殺したことなんかないでしょ？」とおばさん。

「ありません、でもできます」

「オーケー」とおばさんがいったので、びっくりしておばさんをにらんだ。どうしてそんなに簡単にいえるんだろう？　学生のことで頭がいっぱいで、心ここにあらずなんだろうか？　ジャジャが鶏を殺せるって本気で思ってるのかな？

　裏庭に出ていくジャジャについていって、鶏の羽を足で押さえるのを見ていた。ジャジャが鶏の頭部をぐいと後ろに曲げた。陽の光を受けてナイフがギラッと光った。鶏は鳴き喚くのをやめていた。運命を受け入れると決めたのかもしれない。毛の生えた首にジャジャが刃を入れるとき、わたしは目をそむけたけど、鶏が狂ったように死の舞踏をやるのは見ていた。赤い泥のなかで灰色の羽をバタつかせて、身を捩《よじ》るようにもがいた。ついに、汚れた羽にまみれて動かなくなった。ジャジャがそれを持ちあげて、アマカが持ってきた洗面器のお湯に突っこんだ。ジャジャの動きは正確で、冷酷かつ冷静なひたむきさがあった。すばやく羽をむしりはじめた。鶏が白黄色の皮に包まれたスリムな姿になるまで無言だった。鶏の首がこんなに長いなんて、羽がむしられるまで知らなかった。

「イフェオマおばさんがここから出ていくなら、ぼくもいっしょに出ていきたい」とジャジャがいった。

　わたしはなにもいわなかった。いいたいことは山のようにあったけど、いいたくないことも山のようにあった。頭上を旋回していた二羽のハゲワシが地面に降りてきた。すぐそばだ。わたしがパッと飛びかかれば捕まえられそうなくらい近い。毛のない首が早朝の陽の光でギラッと光った。

「ハゲワシがこんなに近くまで来てる、ほら」とオビオラ。アマカと裏庭に続くドアのところに立っていたのだ。「やつらの腹は減るばかりだよ。このところだれも鶏を殺さないから、あいつらが食べるおこぼれの内臓も減るばかりだ」オビオラは石を拾ってハゲワシに投げつけた。ハゲワシは飛びたって、少し離れたマンゴーの木の枝に止まった。

「パパ・ンクウがいってたよ、ハゲワシは威信をなくしたって」とアマカ。「むかしは生贄《いけにえ》に捧げた動物の内臓を食べにハゲワシが降りてくるのをみんな喜んだものだって、ハゲワシが降りてくるのは神々が満足したってことだからって」

「時代が変わり、ハゲワシは鶏が殺されてから降りたつようになった、分別をつけたってことか」とオビオラ。

ジャジャが鶏を切り分けて、アマカがその半分を冷凍庫にしまうためにビニール袋に入れたときアマディ神父がやってきた。わたしの髪を結いに連れていくというと、イフェオマおばさんがニッコリ笑った。「わたしの仕事を代わってくれるのね、神父さん、ありがとう。ママ・ジョーによろしく。復活祭までにはわたしも髪を結ってもらいにいくって伝えて」


オギゲ市場のママ・ジョーの店は、ママが座ってる高い椅子とその前に置かれた小さな椅子だけで一杯だ。わたしは小さいほうの椅子に座った。外に立ってるアマディ神父のそばを、手押し車や豚や人や鶏が行き交っている。店には肩幅の広い神父の入るスペースがなかったのだ。ママ・ジョーはブラウスの脇の下に黄色い汗じみを作りながら毛糸の帽子をかぶっていた。隣の店では女と子供たちが働いている。髪をねじり、糸で留めたり、編みこんだり。店の前の壊れた椅子にふぞろいの文字で書かれたボードが立てかけてある。いちばん近くのボードはこんな感じだ。「ママ・チネドゥはスペシャル・ヘア・スタイリスト」「ママ・ボムボーイ・インターナショナル・ヘア」。女も子供もこぞって、通りかかった女性に手当たりしだいに声をかけていた。「髪編みませんか!」「美人になるお手伝いします!」「当店の髪結いの腕は抜群です!」たいていの女たちは客引きの手を振りはらって行ってしまう。

ママ・ジョーはわたしの髪をずっと編んできたみたいに歓迎してくれた。イフェオマおばさんの姪というだけで特別扱いだ。おばさんは元気かときかれた。「あの善良な女《ひと》の顔をもうひと月も見てないわ。あんたのおばさんのためなら、すぱだかになたて構やしない。古い服を譲てくれるんだ。そんな、たくさんもてないのはあたしだて知てるのにさ。子供たちをちゃんと育てよとホント苦労してる。クパウ（ってか）！　強い女《ひと》だよ」というママ・ジョーのなまりの強いイボ語はなんだか変な感じだ。ことばが抜け落ちて理解できない。一時間ほどで仕上がる、とアマディ神父に向かっていった。神父は買ってきたコークをわたしが座る椅子の足元に置いて出ていった。

「あれ、お兄さん？」アマディ神父の背中を見送りながらママ・ジョーがきいた。

「いいえ。神父さん」声でわたしの夢を指図する人ともいいたかった。

「ファダ（神父）だて？」

「ええ」

「本物の、カトリクの、ファダ（神父）なの？」

「そう」といいながら、本物じゃないカトリックの神父がいるのかなと思った。

「あの男ぶりはぜんぶ無駄てことか」といいながらママ・ジョーはわたしの濃い髪にそっと櫛を入れた。櫛で髪を解いて、毛先のもつれを指でほぐしていく。奇妙な感じだ。いつも髪を編んでくれたのはママだったから。「あの人があんたを見る目、わかてる？　気があるよ、絶対に」

「おお」といったのは、ママ・ジョーがわたしにどんな返事を期待してるかわからなかったからだ。でもママ・ジョーはもう、通路をはさんだ真向かいのママ・ボムボーイに向かってなにか叫んでいた。髪をきっちりしたコーンロウに編みながら、声は聞こえても姿は見えないママ・ボムボーイとママ・カロ相手にひっきりなしにしゃべっている。数軒離れたところに店があるのだ。ママ・ジョーの店の入り口に置いてある、被いをかけた籠が動いた。籠の下から茶色い螺旋状《らせんじょう》の貝殻が這いでてきた。わたしは飛びあがりそうになった——籠が生きたカタツムリでいっぱいだなんて知らなかった。そこで売られていたなんて。ママ・ジョーが立ちあがってカタツムリを摘んで籠にもどした。

「神は悪魔パワー使てるね」とぶつぶつ。最後のコーンロウに取り掛かったとき、女の人が店のほうに歩いてきて、カタツムリを見たいといった。ママ・ジョーは籠の被いを取った。

「大きいよ。今朝早く妹の子供たちがアダダ湖の近くで採たんだ」

　女の人は籠を持ちあげて揺すり、大きなやつの下に小さいのが隠れてないか調べた。ようやく口を開いたかと思うと、そんなに大きくないねといって立ち去った。ママ・ジョーが後ろ姿に向かって叫んだ。「腹黒い者は腹黒い意志をよそに広げちゃいけないね！　市場中探したてこんなに大きなカタツムリ見つからないよ！」

　ママ・ジョーは籠から這いだそうとしている、やる気満々のカタツムリを摘んだ。籠にそれを投げこんで「神が悪魔パワー使てる」とぶつぶつ。籠から這いだして、もどされて、また這いだしてきたのは、おなじカタツムリだったのかな。固い決意をもって。わたしは籠ごと買いあげて、あのカタツムリを放してやりたかった。

　ママ・ジョーはアマディ神父がもどってくる前に髪を結い終えた。渡されたのはパッキリと半分に割れた赤い鏡。そこに断片となった新しいヘアスタイルが映っていた。

「ありがとう。すてき」

　ママ・ジョーは手を伸ばしてコーンロウをまっすぐにした。まっすぐにする必要なんかなかったのに。「男が若い娘を髪結いに連れてくるのは、その娘に惚れてるからだ。絶対そう。それ以外ない」とママ・ジョーがいうので、わたしはこっくりとうなずいた。またしてもなんていったらいいのかわからなかったのだ。

「それ以外ない」とまたママ・ジョーはいった。まるでそうじゃないとわたしがいったみたいに。ゴキブリが一匹、椅子の裏側から走りでてきた。ママ・ジョーは裸足でそれを踏み潰した。「神が悪魔パワー使てる」

　手のひらにペッと唾を吐きかけ、擦り合わせて、籠を引き寄せるとカタツムリをきれいに並べはじめた。わたしの髪を結いはじめる前にも唾を吐きかけたのかな。アマディ神父がもどってくる前に、青いラッパーを巻いて脇の下にバッグをはさんだ女の人が籠ごとカタツムリを買っていった。ママ・ジョーはその人に「ンワンイ・オマ（美人さん）」といった。ぜんぜん美人じゃなかったけど。油で揚げたカタツムリがクリッと反った屍となって、女の人のスープ鍋に浮かぶところが目に浮かんだ。

「ありがとう」わたしは車まで歩きながらアマディ神父にいった。たっぷり代金を払ったので、ママ・ジョーは、イフェオマおばさんの姪の髪を結っただけでそんなにたくさんもらえないと抗議した。でも口調はそれほど強くはなかった。

アマディ神父はわたしのありがとうを、義務を果たした者の清々しさでサラリとかわした。「オ・マカ（とてもきれい）、顔が引き立つ」といってわたしを見た。「あのね、劇で聖母マリアをやる人がまだ決まってないんだ。きみがやってみたらいい。イエズス会の高等学院にいたころ、女子修道院付属の学校でいちばんきれいな女の子が聖母マリアをやってたな」

大きく深呼吸をしてことばに詰まらないようにした。「演技なんて、やったことありません」「やってみるってのはできるさ」といってアマディ神父はイグニッションキーをまわした。車はブルブルッと音を立てて発進した。混雑した市場の道路に入る前に、彼はわたしを見て「自分のやりたいことはなんだってできるんだよ、カンビリ」といった。

走る車のなかではイボ語の讃美歌を歌った。わたしは自分の声に力をこめた。彼の声のように滑らかでメロディアスになるように。

教会の外に出ている緑色の標識が白いライトで照らされていた。芳香の焚きしめられた教会へアマカと入っていくとき、「ナイジェリア大学、聖ペテロ・カトリック司祭館」という語がキラキラ光って見えた。腿と腿を寄せ合って最前列に座った。二人だけで来たのだ。イフェオマおばさんは男の子たちと朝の礼拝に出ていた。

聖ペテロ教会には、聖アグネス教会みたいに大きなキャンドルや凝った装飾を施した大理石の祭壇はなかった。女の人たちは髪を出さないようスカーフを頭にきっちり巻いてなんかいなかった。献金のため前に出てくる人たちを見ていると、髪にシースルーの黒いベールを垂らしてる人やズボンをはいてる人がいた。ジーパンの人だっていた。パパならとんでもないといいそうだ。神の館では女性の髪は被われていなければならない、女性は男性の服を着てはならない、神の館なんだからと。

アマディ神父が聖別のために聖体拝領のパンを高くかかげるあいだ、わたしは、祭壇の上の方でシンプルな木の十字架が前後に揺れるところを想像した。神父の目は閉じられていた。だからもう白い綿布のかかった祭壇の向こうにはいないないな、彼と神だけが知っているどこかほかの場所にいるんだと思った。聖体を授けるとき神父の指がわたしの舌をかすめた。足元にひれ伏したかった。でも、どっと湧き起こる聖歌隊のコーラスでわれに返って立ちあがり、席にもどった。

主の祈りを唱えたあと、アマディ神父は「たがいに平和のしるしを見せ合いましょう」とはいわずに、いきなりイボ語の歌を歌いはじめた。

「エネケ・ネケ・ウドゥ——エズィグボ・ンワンネ・ム・ンイェ・ム・アカ・ギ（平和の集会——親愛なる姉妹、親愛なる兄弟、手を貸してください）」

みんなで拍手してハグしあった。アマカがわたしをハグして、それから後ろに座っていた一家と短いハグをした。アマディ神父は微笑みながら祭壇からまっすぐわたしを見ていた。口元が動いている。なんといってるのかよくわからなかったけど、自分はこのときのことを何度もくりかえし考えるようになるなと思った。ミサが終わり、アマディ神父がアマカとわたしを車で家まで送ってくれるあいだも、さっきなんていってたんだろうとそればかり考えていた。

堅信の名前をまだ聞いてないよね、とアマディ神父がアマカにいった。全員の名前を聞いて、チャプレンに明日の土曜日に見せなければいけないことになっているのだ。アマカが英語の名前を選ばなければいけないのは嫌だというと、アマディ神父は笑って、好きな名前を選ぶのを助けてあげようか、きみがよければ、とアマカにいった。車が走っているあいだ、わたしは窓の外を見ていた。電気が一つも点いてないキャンパスは巨大なブルーブラックの毛布に被われているみたいだ。通りを走っているときは両側の生垣のせいで真っ暗なトンネルを抜けてるようだった。家々のベランダや窓の奥で、灯油ランプの黄金色の光がチラチラ揺れて、何百という野生の猫の目のよう。

イフェオマおばさんはベランダの椅子に腰掛けていた。向かい側におばさんの友達がいた。オビオラが広げたゴザの上に灯された二つのランプのあいだに陣取っている。ランプは二つとも芯を低くしてあるのでベランダはほの暗い。アマカとわたしがおばさんの友達にあいさつした。鮮やかな絞り染めのブーブーを着て、髪はナチュラル。その人がにっこり笑って「ケドゥ（元気）？」といった。

「アマディ神父がママによろしくって。司祭館にお客さんが来ることになってるので寄っていけないけどって」とアマカはいって身をかがめ、灯油ランプの一つを持ちあげようとした。

「ランプ、そのままにしておいて。ジャジャとチマはなかでロウソクを点けてる。虫が入らないようにドアを閉めてね」とおばさん。

わたしはスカーフをひっぱって取り、おばさんの隣に座ってランプのまわりに集まってくる虫を見ていた。背中からなにかを突きだしてる小さな甲虫がたくさんいた。羽をきちんとしまうのを忘れたみたいだ。黄色い小蝿のように、ランプから離れて目元まで飛んでくる元気はない。おばさんが保安部隊が家にやってきたときのことを話していた。ほの暗い光のなかでおばさんの姿がぼんやりしていた。話は途切れがちで、ことばを継ぐとき劇的な切迫感があった。友達が「ギニ・メズィア（それでどうなったの）？」といいつづけ、おばさんは「チェル・ヌ（待って）」といって間を置くのだ。

おばさんが話し終わると友達は長いあいだ黙っていた。あとの会話はコオロギが引き受けたみたいに、響きのいい鳴き声がぐんと迫って聞こえた。はるか遠くで鳴いているかもしれないのに。

「オカフォー教授の息子になにが起きたか聞いた？」と友達が沈黙を破った。英語よりイボ語が多くなっていた。それでも英語で語られることばは最後まで、すべて英国風なアクセントだ。パパとはちがう。パパは白人といっしょのときだけ英国風になり、ときどきことばが抜けたりするので、半分がナイジェリア風でもう半分が英国風に聞こえるのだ。

「オカフォーってどの？」とイフェオマおばさん。

「フルトン通りに住んでるオカフォー。息子の名前はチディフ」

「オビオラの友達の？」

「そう、その子。父親の試験用紙を盗んで、父親が教えてる学生に売ったんだ」

「エクウズィナ（そんな）！　あの小さな少年が？」

「そう。いまじゃ大学は閉鎖されてるから、学生たちが家に押しかけてその子に金を返せっていった。もちろんもう使っちゃってたけど。昨日オカフォーが息子を殴ったんで前歯が折れたの。でもそのおなじオカフォーがこの大学内で起きてる間違ったことについてはダンマリを決めこんでる。アブジャのビッグマンに気に入られることならなんでもやるつもりなんだ。いうことを聞かない講師のリストを作ったのはあいつだよ。わたしとあなたの名前をそこに入れたって話だもん」

「わたしも聞いてる。マナ（でも）、それがチディフとどんな関係があるの？」

「ガンは腫れてるところを治療する？　それともガンそのもの？　子供たちにお小遣いをやる余裕さえない、それがわたしたちよ。肉を食べる余裕もないし、パンも買えない。そこで自分の子供が盗みをしたら驚いてその子を見るわけ？　ガンを治療しなければいけないのは腫瘍が再発しつづけるからでしょ」

「ムバ（ちがう）、チアク。盗みを正当化することはできない」

「正当化なんかしてないよ。わたしがいってるのは、オカフォーは驚いたりするべきじゃないってこと、哀れな息子の体を棒で殴ったりすることにエネルギーを使うべきじゃないってこと。ふんぞり返って暴政に対してなにもしないでいるとそうなるってことですよ。自分の子供が理解できないものになる」

　イフェオマおばさんは大きなため息をついてオビオラを見た。ひょっとしたら彼もまたおばさんが理解できないものになっていくのかもしれない。「このあいだフィリパと話をしたの」

「あら？　どうだった？　オインボ（白人）の国でどんな扱いを受けてるって？」

「元気そうだった」

「でもアメリカじゃ二級市民扱いでしょ？」

「チアク、あなたの皮肉は下品だよ」

「でも本当のことだよ。ケンブリッジにいるあいだずっと、わたしは思考能力を発達させた猿だった」

「いまはそれほどひどくない」

「彼らはそういうよね。日々、ここのドクターたちが彼の地へ行くと、オインボのために皿を洗って終わる、オインボはわれわれが医学をちゃんと学べるなんて思ってないよ。ここの弁護士たちが赴くとタクシーを運転する。オインボはわたしたちの弁護士研修の方法を信用してないもん」

おばさんが友達の話に割りこんでピシャリといった。「フィリパに履歴書を送った」

友達はブーブーの端を摘んで、広げた脚のあいだにたくしこんだ。夜陰にじっと目をやっている。目を細めて考えにひたっているのかな、いや、コオロギが鳴いているのは正確にどれくらい遠くか考えているのかも。そしてついに「そうか、イフェオマ、あんたもなんだ」といった。

「自分のためじゃないんだよ、チアク」といってからイフェオマおばさんはちょっと黙った。「大学でだれがアマカやオビオラを教えることになると思う？」

「教育のある者や、誤りを正せる人たちは出ていく。弱い者を置き去りにして。圧政者が支配しつづけるのは、弱者には抵抗できないからですよ。悪循環になってるのがわからない？　だれがこの悪循環を断ち切るの？」

「そんなの、非現実的で、ナンセンスな寝言ですよ、チアクおばさん」とオビオラがいった。

緊張感が一気に高まってその場をすっぽり包むのがわかった。上階で泣く子供の声がときおり沈黙を破った。

「わたしの部屋に行って待ってなさい、オビオラ」

オビオラは立ちあがって出ていった。自分のしたことの重大さにようやく気づいたみたいな、深刻な顔をして。イフェオマおばさんが友達に謝っていた。でも、あとのまつり。子供からの——それも十四歳の子供からの——侮辱があいだに立ちはだかって、二人の口を重くし、会話が苦役になっている。それからすぐに友達は帰ったので、おばさんは怒り狂ったように家に入ってきた。ランプを倒しそうになりながら。ピシャリとやる音に続いておばさんが大声をあげるのが聞こえてきた。

「おまえがわたしの友達の意見に賛成できないことに文句いってるんじゃなくて、反対するその態度にわたしは怒ってるの。この家で無礼な子供を育ててるつもりはないよ、わかった？　学校で飛び級した子はおまえだけじゃないの。こんなくだらないことをするなんて、我慢ならない！　イ・ナ・アヌ（わかった）？」それからおばさんは声を落とした。おばさんの寝室のドアがカチッと閉まる音がした。

「わたしの場合、鞭はいっつも手のひらにくらったな」ベランダに出てきたアマカがいった。「オビオラはお尻。ママったら、わたしのお尻に鞭を当てると、効き目がありすぎて胸とか大きくならないかもって思ったのかな、よくわかんないけど。でも平手より枝のほうが良かったよ。だって、ママの手は金属製だからさ、エズィ・オクウム（まじで）」といってアマカは笑った。「終わったあとで何時間も話したものよ。あれ、大っ嫌いだった。お仕置きをしてさっぱりと終わりのほうが良かった。でもそうはいかなくて、なんで鞭打ちを受けたか、二度と鞭なんか受けないようわたしにどうなってほしいか、ママは延々と説明した。オビオラにもそれをやってるよ、いま」

わたしは目をそらした。アマカがわたしの手を取った。温かかった。マラリアから回復したばかりの人の手みたい。アマカは黙っていたけど、二人はおなじことを考えているような気がした——でも、ジャジャとわたしの場合とはすごくちがう。

わたしは咳払いをしてから「オビオラは本気でナイジェリアから出ていきたいんだね」といった。

「馬鹿だよ」とアマカはいって、ぎゅっとわたしの手を握って、それから放した。

イフェオマおばさんが冷凍庫を掃除していた。ひっきりなしに起きる停電のせいで悪臭を放ちはじめていたのだ。漏れだして床に溜まった赤黒い腐った水を拭いて、肉の入った袋を外へ出してボウルに入れた。牛肉の細切りがところどころ茶色く変色している。ジャジャが殺した鶏は黄ばんでずず黒くなってる。

「すごくたくさん肉が無駄になって」とわたしはいった。

おばさんは笑った。「無駄になった？　クワ（まさか）？　スパイスでしっかり茹でて、ダメな部分は取り除く」

「ねえママ、カンビリってビッグマンの娘みたいに話してるね」とアマカはいったけど、鼻でせせら笑ったりしなかった。母親の大きな笑い声との掛け合いみたいに聞こえた。それが嬉しかった。

わたしたちはベランダで米のなかから石つぶを拾っていた。陽の当たる床に広げたゴザに座っていたので、雨あがりの朝の柔らかな光がじかに感じられた。目の前の琺瑯引きのトレーには、異物の混じった米ときれいになった米の二つの山が注意深く作られていて、石つぶはゴザの上に出した。アマカが米の山をさらに小さく分けている。あとでもみがらを吹き飛ばすのだ。

「こういう安い米の問題点は加熱するとグチャッとなることだね。水をうんと少なめにしてもそうなる。食べながら、これってガリかも、ホントにライスなのかって思うもんね」アマカがぶつぶついってると、おばさんがその場を離れた。わたしはニヤッとなった。これまでアマカの隣に座っていて仲間といっしょにいると感じたことはなかった。バッテリーを入れた小さなラジカセでフェラ・クティやオニェカのカセットを聞きながら、こんなにくつろいだ沈黙をシェアしていると感じたことはなかった。二人でお米から注意深く、異物を取り除いた。生育しきっていない米粒はガラスっぽい石みたいに見えるのだ。空気まで動きを止めて、ゆっくり目覚めていくような雨あがり。雲がくっきりと浮かんで、綿毛と綿毛がたがいに離れたくないみたいに、ふわふわと流れていく。

車が近づいてくる音で静けさが破られた。朝だからアマディ神父はまだ司祭館にいる時間だ。それでも彼だったらいいなと想像した——ベランダまで歩いてくる、短い階段を駆けあがることができるよう片手で長衣の裾を持ちあげて、微笑みながら。

アマカが振り向いた。「ベアトリスおばさん！」

びっくりしてわたしも振り向いて、見た。ママが、黄色い、いまにも壊れそうなタクシーから降りるところだった。ここでなにしてるの？　なにが起きたの？　なんでゴムのサンダル履いてるの？　ずっとエヌグからあの格好で？　ゆっくりと歩いてくる、ラッパーを押さえながら、ひどくゆるんだラッパーがいまにも腰からずり落ちそう。ブラウスにはアイロンがかかっていないみたい。

「ママ、オ・ギニ（どうしたの）？　なにかあったの？」ときいてから、短いハグをしてその表情を読み取ろうとした。ママの手が冷たかった。

アマカがハグして、ハンドバッグを受け取った。「ベアトリスおばさん、ンノ（いらっしゃい）」

イフェオマおばさんが、ショートパンツの前で手を拭きながら、あわててベランダに出てきた。ママをハグしてリビングルームに招き入れた。まるで体の不自由な人に手を貸すみたいに、ママを支えながら。

「ジャジャはどこ？」とママはきいた。

「オビオラといっしょに出かけてます」とおばさん。「腰をおろして、ンウンイェ・ム（お義姉さん）。アマカ、わたしの財布からお金を出して、おばさんのために飲み物を買ってきて」

「おかまいなく、お水をいただくから」とママ。

「電気もつかないし、水も冷たくないんですよ」

「かまわない。お水をいただきます」

ママは慎重に籐の椅子の端に腰をおろした。あたりを見まわすママの目はぼんやりして、ひびの入った額の写真も、東洋風の花瓶に生けたアフリカンリリーも見えてないようだ。

「頭がはっきりしてるかどうか、自分でもわからないけど」といってママは手の甲で額をぬぐった。熱があるか調べるみたいに。「今日、病院からもどったところで。お医者さんは休みなさいといったけど、ユジーンのお金を持って、ケヴィンに公園まで連れてってと頼んだ。そこでタクシーを雇ってここまで来た」

「病院にいたって？　なにがあったの？」ときくおばさんは落ち着いている。

ママは部屋を見まわした。壁にかかった、秒針の壊れた時計をしばらくにらんでから、わたしのほうを向いた。「ほら、家族の聖書を置いてる小さなテーブルね？　お父さんがあれをお腹の上に投げつけた」と話すようすは、だれか他の人のことを話しているみたいだったし、そのテーブルが堅い木でできてるわけじゃないみたいな話ぶりだ。「血がね、床にまで流れて、聖アグネス病院に連れられていく前に。お医者さんは、救《たす》けるために自分にできることはないと」ママはゆっくりと首を振った。細い涙の線がママのほおを伝い落ちた。涙はやっとの思いで目から出てきたみたいだった。

「救けるためにって？」おばさんはささやくようにいった。「どういう意味？」

「妊娠六週だった」

「エクウズィナ（そんな）！　それ以上いわないで！」おばさんの目が急に大きくなった。

「本当です。ユジーンは知らなかった。まだいってなかったから。でも本当なの」ママはずるずると床に滑り落ちた。両足を前に出して座っている。威厳もなにもあったものじゃない。わたしも身をかがめて隣に座った。ママの肩がわたしの肩に触れた。

ママは長いあいだ泣いていた。泣いて、泣いて、ママの手に握り締められたわたしの手が強ばるまで、泣いた。イフェオマおばさんが怪しくなった肉を料理してスパイシーなシチューにしあげるまで泣いた。椅子の背に頭をもたせかけて眠りに落ちるまで、ママは泣いた。ジャジャがリビングの床に広げたマットレスにママを寝かせた。

その夜、パパが電話をかけてきた。わたしたちがベランダで灯油ランプを囲んで座っているときだ。電話に出たおばさんがベランダにもどってきて、電話がだれだったかママに教えた。「切ったわ。お義姉さんは電話に出ないっていってやった」

ママが椅子から飛びあがった。「なぜ？　なぜ？」

「ンウンイェ・ム（お義姉さん）、座って、ほら！」イフェオマおばさんはピシャリといった。

でもママは座らなかった。おばさんの部屋へ行って、パパに電話をかけた。すぐに電話が鳴って、パパのほうからかけなおしたのがわかった。ママは十五分ほどで部屋から出てきた。

「わたしたち、帰ります。子供たちとわたしだけど」まっすぐ前をにらむようにしてママはいった。みんなの目線より高いところを見ている。

「帰るって、どこへ？」とおばさんがきいた。

「エヌグへ。家に帰ります」

「頭のタガが外れちゃったの、グボ（ええっ）？　どこにも行かなくていいのに」

「ユジーンが自分で迎えにくるって」

「いいですか、よく聞いて」おばさんは声を和らげた。強ばった声じゃママの顔に浮かんだ頑なな笑みを崩せないと思ったんだ。ママの目はまだぼんやりしていたけど、今朝タクシーから降りてきた人とは別人に見えた。別の悪魔に取り憑《とつ》かれたような顔だ。「せめてもう数日、ンウンイェ・ム

（お義姉さん）、そんなにすぐに帰らなくても」

ママは首を振った。きつく結んだ口元以外は完全に無表情だ。「ユジーンはこのところ具合が良くないから。偏頭痛に熱まで出て。どんな人よりたくさんのものを背負ってるでしょ。アデが死んだことでユジーンがどうなったか、知ってる？　一人の人間には重すぎます」

「ギニディ（なんのこと）？　どういうことなの？」イフェオマおばさんは耳元に飛んできた虫を、いらいらしながら強く払った。「イフェディオラが生きていたとき大学が何カ月も給料を払わなかったことがあったのね、ンウンイェ・ム（お義姉さん）、わたしたちはすっからかん、そう、でもイフェディオラは、絶対にわたしに手をあげなかった」

「ユジーンが親戚縁戚の百人分の学費を払ってるの、知ってる？　あなたのお兄さんのおかげで何人もの人が暮らしていけるの、知ってる？」

「そういうことじゃないでしょ、わかってるじゃないですか」

「ユジーンの家を出て、どこへ行けばいいの？　教えて、どこへ行けばいいの？」おばさんが答えるのを待たずにママはいいつのった。「何人の母親たちが自分の娘を彼に押しつけようとしたか、知ってるの？　自分の娘を妊娠させてくれって、何人の人が彼に頼んだか、婚資さえ払わないでいいといって、あなた知ってるの？」

「だからなんなの？　あえてきくけど、それでなんなの？」おばさんはいまでは叫んでいた。

ママは床にしゃがみこんだ。オビオラがゴザを広げてスペースを作ったけど、ママは剝きだしのセメントの上に座り、手摺に頭をもたせかけた。「イフェオマ、また大学で話すような口調になって」ママは穏やかにいって、それから目をそらした。会話はこれで終わりということだった。

こんなママは見たことがなかった。ママの目のなかのあんな表情も見たことはなかったし、一度にこんなにたくさんしゃべるのも聞いたことがなかった。

ママとイフェオマおばさんが寝てから、長いあいだ、アマカとオビオラといっしょにベランダに座ってウォットをして遊んだ——オビオラがそのカードゲームを教えてくれたのだ。

「ラスト・カード！」とアマカがドヤ顔でいって、カードを出した。

「ベアトリスおばさん、よく眠れるといいね」とオビオラはいってカードを拾った。「マットレスを使ったらよかったのに。ゴザは硬いからな」

「だいじょうぶ」とアマカ。わたしを見てもう一度「だいじょうぶ」といった。

オビオラが手を伸ばしてわたしの肩をぽんぽんとたたいた。どうしていいかわからなかったので、「わたしの番？」とわざときいた。

「ユジーンおじさんは悪い人じゃない、本当は」とアマカ。「だれだって問題を抱えてるし、だれだって間違いをするんだから」

「むむ」といってオビオラは眼鏡を押しあげた。

「わたしがいってるのは、ストレスをうまく処理できない人がいるってこと」といってアマカはオビオラを見た。オビオラがなにかいうのを待ってるみたいだ。でもオビオラはなにもいわずに、顔のところまで持ちあげたカードをしげしげとながめていた。

アマカがエクストラのカードを拾った。「パパ・ンクウのお葬式のお金を出してくれたのおじさんだよ」アマカはまだオビオラを見ている。でもオビオラは反応しない。代わりにカードを下に置いて「チェック・アップ」といった。またオビオラの勝ちだ。

ベッドに横になってもわたしはエヌグに帰ることは考えなかった。カードゲームで何回負けたかを考えていたのだ。

パパがメルセデスに乗ってやってきたとき、ママはわたしたちのバッグを自分で荷詰めして車に運んだ。パパがママをハグして近くに引き寄せると、ママはパパの胸に頭を預けた。パパは体重が減っていた。いつもなら、ママの小さな手はパパの胴体にまわりきらないのに、いまはその手がパパの背中のくぼみで重なっている。ハグのために近くに寄るまで、わたしはその顔の吹き出物にも気づかなかった。小さなニキビみたいだ。先端が白っぽい膿《うみ》になって、顔全体が吹き出物だらけで、目蓋にまで広がっている。顔はむくんで、脂ぎって、変な色だ。パパをハグして、自分の額にキスしてもらおうと思っていたけど、わたしは突っ立ったままパパの顔をじっと見ていた。

「ちょっとアレルギーが。大したことはない」とパパ。

パパがわたしを腕に抱いて額にキスするときは目を閉じた。

「またすぐ会おうね」さよならのハグをする前にアマカが小さな声でいった。アマカはわたしを「シワンネ・ム・シワンイ（わたしの妹）」と呼んだ。フラットの外に立って手を振っていた。後部座席の窓から見えなくなるまで、ずっと。

車が敷地の外へ出てパパがロザリオの祈りを始めると、声がいつもとちがって聞こえた。疲れている。パパの首の後ろをじっと見た。吹き出物はできていなかったけど、やっぱり、いままでより小さく見えた。皮膚にうっすら皺が寄っていた。

ジャジャのほうを見た。目を合わせて伝えたかったのだ。どれほど復活祭をスッカで過ごしたかったか、どれほどアマカの堅信式とアマディ神父の復活祭《パスカル》ミサに出席したかったか、どれほど大きな声で歌おうと思っていたか。でもジャジャは視線を窓から離そうとせずに、お祈りを唱えるほかは、エヌグに着くまでひと言もしゃべらなかった。

アダムーが敷地に通じる門を開けると、鼻孔に果物の匂いが流れこんだ。まるで高い壁が熟れたカシューやマンゴーやアヴォカドの匂いを封じこめていたみたいに。それがむかついた。

「ほら、パープル・ハイビスカスの花が咲きそう」車から降りながらジャジャがいった。わざわざ指差している。そんな必要はないのに。前庭に、眠たげな卵形の蕾がいくつも夜風に揺れているのが見えた。

次の日は聖枝祭だった。その日ジャジャは聖体拝領を受けなかった。パパが部屋の隅から重たい祈禱書を投げて、飾り棚の立像を壊した。

神々のかけら　聖枝祭のあと

聖枝祭のあとはなにもかも崩れていくばかりだった。風が吠《ほ》えるように吹いて、雨は猛り狂うように降って、前庭のフランジパニが何本も根こそぎ倒れた。幹が芝生に横倒しになり、ピンクと白の花が芝草をかすめて、根が土塊《つちくれ》をつけたまま風に揺れていた。ガレージの屋根からはテレビのアンテナがガラガラと倒れ落ち、車寄せに謎《なぞ》の宇宙船みたいにのさばっている。わたしの洋服ダンスのドアまで外れて、シシはママの陶磁器一式を壊してしまった。

そして突然、家中がしんと静まりかえった。それまでの静けさが粉々になり、わたしたちはギザギザに尖った破片のなかに取り残されたようだった。ママがシシに、リビングルームの床から破片を片付けるよう命じていた。立像のかけらが残らないようしっかり拭いて、危ないから、というママは声を低めたりしなかった。細い線を描きながら微かに笑う口元を隠そうともしなかった。ジャジャの食べ物に布をかけ、洗濯物を運ぶふりをしながら、部屋までこっそり運ぶこともなかった。白いトレーによくマッチした皿に食べ物を盛りつけて運んでいた。

家族全員の上になにかが重たくのしかかっていた。祈禱書が飾り棚にぶつかったのも、立像が粉々になったのも、ピリピリした空気も、ぜんぶ夢だったらいいのに、とふと思った。こんなこと初めて、経験したことがないので、どうすればいいのか、どんなふうにしていればいいのか、わからなかった。バスルームへ行くのも、キッチンやダイニングルームへ行くのも忍び足だ。夕食のとき、わたしは祖父の写真をひたすらにらんでいた。聖ムルンバ騎士団のケープとフードを羽織った、ずんぐりしたスーパーヒーロー。やっとお祈りの時間になったので目を閉じた。ジャジャは部屋から出てこない。パパが頼んでもダメだった。パパがジャジャに頼むなんて初めてなのに。聖枝祭の翌日、パパはジャジャの部屋のドアを開けられなくなった。ジャジャがドアを机で塞いだからだ。「ジャジャ、ジャジャ」とパパはいってドアを押した。「今夜はいっしょに食べなさい、聞こえてるのか?」

でも、ジャジャは部屋から出てこなかった。食事中、パパはなにもいわなかった。ほんの少しか食べず、水ばかり飲んでる。それからママに「あの娘に」もっと水のボトルを持ってこさせなさいと命じた。顔の吹き出物がさらに大きく平たくなって、輪郭もぼやけて、顔全体が前よりぶくぶくに見えた。

夕食中にイェワンデ・コーカーが小さな娘を連れてやってきた。わたしはあいさつをして握手しながらその顔と体を観察した。アデ・コーカーが死んで生活が激変したことを示すしるしを探したのだ。でも、黒いラッパーに黒いブラウス、髪をすっぽり包んで額にかかる黒いスカーフ、といった服装をのぞけば変わっていないみたい。娘が緊張した顔でソファに腰掛け、ブレーズをポニーテールにまとめた赤いリボンをひっぱっている。ママにファンタを飲むかときかれて首を横に振ったときも、リボンをひっぱっていた。

「やっとしゃべるようになりました、サー」と娘のほうを見やりながらイェワンデがいった。「今朝『マミー』っていったんです。ようやくしゃべるようになったことをお知らせしたくて、それで来ました」

「神を讃えよ！」とパパがいった。あんまり大きな声だったので、わたしは飛びあがった。

「神さまのおかげですね」とママ。

イェワンデは立ちあがってパパの前に跪いた。「ありがとうございます、サー。なにもかも、ありがとうございます。海外の病院に行けなかったら、娘はどうなっていたか、そう思うと」

「立ちなさい、イェワンデ」とパパはいった。「神のおぼしめしだ。すべては神のなさることだ」


その夜、パパが書斎でお祈りをしているとき――詩篇を読んでいる声がした――わたしはジャジャの部屋の前へ行って、ドアを押した。押さえている机が床を擦る音がして、ドアが開いた。イェワンデが来たことを教えるとジャジャはうなずいて、ママから聞いたよといった。父親が死んでから娘が口をきかなくなったため、パパがお金を出して、ナイジェリアと海外の良い医者やセラピストに診てもらえるようにしたのだ。

「父親が死んでから娘がしゃべらなくなってたなんて知らなかった。四カ月も」とわたしはいった。

「良かったよね」

ジャジャはしばらく黙ってわたしを見ていた。それを見て、アマカがわたしに向かってよく見せた表情を思いだした。自分はよくわかってないかもと悲しくなった表情だ。

「あの子がすっかり治癒することはないよ」とジャジャはいった。「しゃべるようになったとしても、完治することはない」

ジャジャの部屋を出るとき、机を脇へ少しだけ動かした。そのとき、なんでパパはあのときジャジャの部屋のドアを開けられなかったんだろうと不思議に思った。机はそんなに重くなかったのだ。

復活祭の日曜日のことをぼんやり考えた。ジャジャがこれからも聖体拝領を受けなかったら、どうなるんだろう。ジャジャは行かない、きっと。あの長い沈黙と、への字に結んだ口と、見えないなにかをじっと凝視するジャジャの目でそれはわかった。

聖金曜日にイフェオマおばさんが電話をかけてきた。パパの最初の計画通り午前中のミサに出かけていたら、おばさんとは話せなかったかもしれない。でも朝食のときに、パパの手がぶるぶる震えたのだ。お茶をこぼすくらいひどく震えて、お茶がガラスのテーブルをツーッと動くのが見えた。それからパパがいった——休んだほうがよさそうだ、キリストの受難に思いを馳せるミサは夕方行こう。十字架にキスする前にベネディクト神父がいつもやるミサのことだ。去年は聖金曜日の儀式は夕方行った。午前中はパパがスタンダード紙のことで時間が取れなかったからだ。ジャジャとわたしは並んで祭壇まで歩いていって十字架にキスした。まずジャジャが木の十字架に唇を触れ、ミサ係の人がそれを拭いてから、わたしに渡してくれた。唇に触れる十字架は冷たかった。体中がゾクッとして両腕に鳥肌が立った。席についてからわたしは泣いた。声をあげずに泣いた。涙がほおを伝った。まわりでもたくさんの人が泣いていた。十字架の道行きのときに「おお、神よ、わたしになにをなさったのか」とか「凡人であるわたしのためにお亡くなりになった」といって嘆き、涙を流すように。パパはわたしの涙を見て喜んだ。パパがわたしのほうに身をかがめて、ほおを撫でたときのことはいまでもはっきり覚えている。でも自分がなぜ泣いたのか、席の前に跪いている人たちとおなじ理由で泣いているのか、そこまではわからなかった、でもパパがほおを撫でてくれたことは誇らしかった。

イフェオマおばさんから電話がかかってきたとき、わたしはそんなことを考えていた。電話がいつまでも鳴っている。パパは眠っていたのでママが出るだろうと思った。でもママは出なかった。だからわたしが書斎へ行って電話を取った。

おばさんの声はいつもより低くて途切れがちだった。わたしが「お元気ですか？」という間もなく、おばさんは「解約通知を出された」といった。「違法と彼らが呼ぶ行為のせいで。一カ月しかないの。アメリカ大使館にヴィザの申請をした。それにアマディ神父に通知が来たの。ドイツで伝道活動をするため今月末に出発するって」

ダブルパンチだ。足元がふらついた。ふくらはぎに干し豆の袋をくくりつけられたみたい。イフェオマおばさんがジャジャと話したいというので、つまずいて床に倒れそうになりながらジャジャを呼びにいった。おばさんと話したあとジャジャは受話器を置いて「今日のうちにスッカへ行こう。復活祭はスッカでやる」といった。

どうするつもり、なんてきかなかった。どうやってパパを説得するつもり、とも。ジャジャがパパの部屋のドアをノックして入っていくのをじっと見ていた。

「カンビリとぼくはスッカへ行きます」というジャジャの声が聞こえた。

パパの声は聞こえなかった。ジャジャが「ぼくたち、スッカへ行きます。今日中に、明日じゃなくて。ケヴィンが連れていってくれなくても、行きます。歩いて行かなければならないなら、歩いて行きます」

階段の正面にわたしはじっと立っていた。手がぶるぶる震えた。でも目を閉じようとは思わなかった。二十まで数えるなんてことも考えなかった。自分の部屋に行って窓のそばに座り、カシューの木を見ていた。ジャジャがやってきて、ケヴィンがわたしたちを連れていくことをパパが承知したといった。大急ぎで詰めたバッグを持っていたけど、まだジッパーさえ閉まっていない。ジャジャはわたしがバッグに物を放りこむのを見ていた。無言で。苛々《いらいら》と、片足からもう一方の足に体重を移しながら。

「パパはまだ寝てるの?」ときいてもジャジャは答えない。それから背を向けて階下へ行ってしまった。

パパの部屋のドアをノックして開けた。パパは起きてベッドに座っている。赤い絹のパジャマがヨレヨレだ。ママがパパのためにグラスに水を注いでいる。

「じゃあ、パパ」とわたしはいった。

パパが立ちあがってわたしをハグしにきた。午前中より顔色が良くなって、吹き出物も少しきれいになったようだ。

「またすぐに会えるな」といってパパはわたしの額にキスした。

部屋を出る前にママをハグした。階段が急に奇妙な感じになり、いまにも崩れ落ちて大きな穴があらわれ、出発を邪魔しそうな気がした。階段を降り切るまでゆっくりと歩いた。ジャジャが階段の下で待っていて、手を伸ばしてわたしのバッグをつかんだ。

外に出るとケヴィンが車のそばに立っていた。「だれがお父さんを教会に送ることになるんでしょうね?」といって、怪訝そうにわたしたちを見た。「ご自分で車を運転するほど回復してらっしゃらないのに」

ジャジャは黙ったままだ。ケヴィンに返事しないつもりなんだ。だからわたしが「わたしたちをスッカに連れていくようにいったのはパパだから」といった。

ケヴィンは肩をすくめて「スッカまでは明日にできないんですか?」といってから車を発車させた。ドライブのあいだケヴィンはひと言もしゃべらなかったけど、その目がちらっちらっと、わたしたちに、とくにジャジャに注がれるのがバックミラーでわかった。

汗の膜が透明な二枚目の皮膚のようにわたしの体全体を被っていた。首筋や、額や、胸の下側を汗粒になって滴り落ちていく。イフェオマおばさんの台所の裏庭に続くドアは開けっぱなしだ。蝿が入ってくるのに。残ったスープ鍋の上を蝿がブンブン飛びまわっている。蝿か、もっと暑いか、選択の問題だよね、とアマカはいって蠅をはたいている。

オビオラはカーキ色の短パンをはいているだけ。灯油コンロの上に屈みこむようにして、火をコンロの芯全体にまわそうとしている。煙で目が真っ赤だ。

「芯が減って、火力が出ない」というころ、ようやく火が全体にまわった。「もう煮炊きをするときはガスコンロを使ったほうがいいよ、とにかく。ガスを節約したってしょうがないもん。そんなに長くガスを使うこともないだろうし」といって伸びをした。肋骨のあたりに汗がくっついている。古新聞を取って自分をちょっとあおいでから蠅をバシリとたたいた。

「ネクワ（気をつけて）！　たたいた蠅をお鍋に入れないでっ！」とアマカはいって、鮮やかな赤いヤシ油を鍋に注ぎ入れた。

「もうこれ以上、ヤシ油を白くすることはないな。これから数週間は野菜のオイルを思いっきり使っちゃおう」とオビオラはいいながら、まだ蠅をはたいている。

「ママにもうヴィザが出たみたいな口ぶりじゃん」とアマカは手厳しい。アマカが鍋を灯油コンロにかけた。鍋の横から這いあがる炎はまだ強いオレンジ色で、もくもくと煙も吐いている。安定した青い炎にはなっていない。

「ヴィザは出るさ。前向きにならなきゃ」

「アメリカ大使館の人たちがナイジェリア人を扱うときのこと、聞いてないの？　めっちゃ無礼で、嘘つき呼ばわりして、ヴィザを出さないってよ」とアマカがいった。

「ママはヴィザをもらえる。大学の支援があるもん」とオビオラ。

「へえ？　大学の支援を受けてるのに、まだヴィザが出ない人たくさんいるけどね」

わたしは咳が出てきた。白っぽくなるヤシ油から煙が台所に立ちこめていた。煙と熱と蠅が混じりあって息が苦しく、気が遠くなりそうだ。

「カンビリ」とアマカがいった。「煙が抜けるまでベランダに出てなよ」

「だいじょうぶ、大したことない」

「出てなって、ビコ」

咳きこみながらベランダへ出た。わたしがヤシ油を白くするのに慣れていないのは一目瞭然だった。使い慣れているのは野菜のオイルで、それなら白くする必要はなかった。でもアマカの目には恨みがましさや冷笑はなかったし、口をへの字にすることもなかった。あとで呼びもどされて、スープに入れるウグの葉っぱを切るの手伝って、といわれたときは嬉しかった。わたしはウグの葉っぱを切っただけじゃなくてガリも作った。アマカに見ててもらわなくても、お湯を入れすぎないようにして、しっかりとした滑らかなガリを作った。平皿にしゃもじでガリをすくって盛りつけて脇のほうに寄せ、その隣にスープを入れた。スープが広がってガリの下に染みこんだ。そういうやり方は初めてだった。ジャジャとわたしは、家ではいつも、ガリとスープを別皿に盛って食べていたから。

食べるときはベランダに出たけど、台所とおなじくらい暑かった。手摺が煮えたぎる金属鍋の取手みたいだ。

「パパ・ンクウがいってたよね、雨季に太陽がこんなに怒り狂うのは、すぐに雨が降るしるしだって。照りつける太陽は雨になる警告だって」と、みんなが食べ物を持ってゴザの上に座るときアマカがいった。

暑いので急いで食べた。スープさえあまく感じられたほどだ。食べおわるとみんなで最上階に住んでる人のフラットへ行って、ベランダに立てばそよ風が感じられるか調べた。アマカとわたしは手摺のそばに立って下を見下ろした。オビオラとチマはしゃがんで子供たちがフロアで遊んでいるのを見ていた。みんなでプラスチックのルードボードのまわりにより集まってサイコロを転がしている。だれかがバケツで水を運んできてベランダに撒くと、男の子たちが濡れた床に背中をつけて寝転がった。

下のマーガレット・カートライト通りを見ていると、真っ赤なフォルクスワーゲンが通っていく。大きな音でエンジンを吹かしてスピードバンプを乗り越えている。ところどころ錆びたオレンジ色になってるのがベランダからも見えた。フォルクスワーゲンが通りの向こうに消えるまでじっと見ていると、わけもなくノスタルジックな気分になった。たぶんイフェオマおばさんの車がときどきあんなふうにエンジンを吹かすからかもしれない。もうすぐそのおばさんにも会えなくなるし、おばさんの車を見ることもなくなるんだと思ったからかもしれない。おばさんは陳述書を作るために警察へ出かけていた。アメリカ大使館で面接を受けるときに提出する、犯罪歴がないことを証明するための書類だ。ジャジャがついていった。

「アメリカじゃドアを金属で保護しなくてもいいんだよね」とアマカがいった。なんだかわたしが考えていることを見抜いてるみたいだ。折りたたんだ新聞紙でパタパタと自分をあおいでいた。

「えっ？」

「ママの学生がむかし研究室に押し入って、試験問題を盗んだことがあって。ママは研究室のドアと窓に鉄格子をつけて欲しいって管理課にいったんだけど、お金がないっていわれて。それでどうしたと思う？」

アマカは振り向いてわたしを見た。口の端に微かに笑みが浮かんでいる。わたしは首を振った。

「ママったら建築現場に直行よ。そこで金属棒をタダでもらってきて、オビオラとわたしに取り付けるのを手伝えって。それでドリルで穴をあけて棒を差しこみ、セメントで固めた。窓もドアも」

「すごい」といいながら、わたしは手を伸ばしてアマカに触れたかった。

「それからママったら研究室のドアに『試験問題は銀行にあります』という標識を出したんだ」ア

マカはニヤッと笑って、新聞紙を何度も折りたたみはじめた。「わたし、アメリカは嬉しくないな。いままで通りにはいかないもん」

「瓶からミルクが飲めるよ。もうちっぽけなコンデンスミルク缶はなし、ホームメイドの豆乳もなし」とわたし。

アマカは大声で笑った。思いっきり笑ったので、前歯の隙間が見えた。「あんたって、可笑《おか》しい」そんなのこれまで聞いたことがなかった。そのときのことはずっとあとまで大事にしまっておいて、何度も何度も思い返した。わたしがアマカを笑わせた、アマカを笑わせることができたのだ。

雨が降ってきたのはそのときだ。土砂降りの、幕のような雨で、庭の向こうのガレージさえ見えなくなった。空と雨と地面が溶けて、銀色の一枚のフィルムみたいになって、それがずっと続きそうだ。わたしたちは大急ぎで階下にもどって、雨水を集めるためにベランダいっぱいにバケツを並べた。バケツはみるみるいっぱいになった。子供という子供がショートパンツ姿で庭に走りでて、くるくるまわりながら踊っている。埃を運んでくる雨ではなく、きれいな雨だったから、服に茶色のシミがつくこともなかった。雨は降りだしたときとおなじように、突然やんで、太陽がまた顔を出した。まるで昼寝から起きてあくびをするみたいに、のどかに。バケツがいっぱいになってる。浮かんでいる葉っぱや小枝を取り除いて、バケツを家に入れた。

ベランダにもどったとき、アマディ神父の車が敷地に入ってくるのが見えた。オビオラもそれを見て笑いながら「ぼくのことかな、いや、神父さんがしょっちゅう訪ねてくるのってカンビリが来てるときか?」といった。

アマディ神父が階段をひょいひょい跳んでやってきたときも、オビオラとアマカはまだ笑っていた。アマディ神父は「アマカがわたしのことでまたなにかいってたな、わかるぞ」といってチマを抱きあげた。夕日を背中にして立っている。夕日は赤く、恥ずかしそうに顔を赤らめるようにして、その肌を明るく照らしていた。

　チマが神父に絡みついてるのを、じっと見ていた。アマカもオビオラも、彼を見る目がとてもキラキラしている。アマカがドイツでの布教活動についてたずねていたけど、なにをいっているのか耳に入らなかった。聞いていなかったのだ。自分の内部でものすごくたくさんのことが掻き立てられて、あふれる感情が胃のあたりで渦を巻いていた。

「カンビリはこんなふうにぼくを悩ませるって思う？」とアマカにききながら、アマディ神父はわたしを見ている。わたしを話に引き入れようとしている。わたしの注意を引こうとしているんだ。

「白人の宣教師たちは彼らの神をここへ運んできた」とアマカ。「彼らとおなじ色で、彼らの言語で讃美され、彼らが作った箱に詰められてた。いまはその神を白人に返すんだから、せめてパッケージだけでも替えなきゃいけないんじゃない？」

　アマディ神父はニヤニヤ笑いながら「われわれがヨーロッパとアメリカに行くことが多いのは、そこじゃ聖職者の数が減ってるからさ。平定しなければいけない先住民文化なんて本当はないんだ、おあいにくさまだな」

「神父さんたら、まじめにやってよ！」とアマカは大きな声で笑った。

「もっとカンビリみたいになってぼくを悩まさないってなら話は別さ」

　電話が鳴りはじめたので、アマカはアマディ神父に向かって顔をしかめて、家のなかに入った。

　アマディ神父がわたしの隣に座った。「心配そうだね」と彼。なんていおうかと考えているうちに、彼が手を伸ばしてわたしの足の下のほうをポンとはたいた。開いた手のひらに、血を吸って潰された蚊がいる。手をカップみたいにまるめて、はたいても痛くないようにしながら蚊を仕留めたのだ。「きみの血を吸って、ハッピーなやつだな」といって彼はわたしを見た。

「ありがとう」

彼の手が伸びてきて蚊が止まったところを指で拭った。指は温かい血の通った感触がした。いとこたちがいなくなっているのに気づかなかった。ベランダはとても静かで、葉っぱに雨のしずくが当たる音が聞こえた。

「じゃあ、きみが考えていることを教えて」

「たいしたことじゃないから」

「きみが考えてることは、ぼくにはいつだってたいしたことだよ、カンビリ」

わたしは立ちあがって庭まで歩いた。黄色いアラマンダの花をむしった。チマがやっていたように濡れた花をいくつか指の上にスライドさせた。香りのいい手袋をはめたみたいだ。「父のことを考えてました。家に帰ったらどうなるんだろうって」

「お父さん、電話してきたの？」

「ええ。ジャジャが出ないっていうんで、わたしも出なかった」

「出たかった？」優しいきき方だった。でもそんなことをきかれるなんて思わなかった。

「ええ」ささやき声になったのはジャジャに聞かれたくなかったからだ。近くにいないのに。パパと話をしたかったし声も聞きたかった。なにを食べたか、どんなお祈りをしたか話して「よし」といってもらいたかった。目の端に皺が寄るほどにっこり笑ってほしかった。それでいて、パパと話をしたくないとも思った。アマディ神父といっしょにどこかへ行ってしまいたかった。イフェオマおばさんといっしょでもいい。そして二度と帰ってこない。「二週間後に学校が始まるんだけど、イフェオマおばさんはそれまでにいなくなってるかもしれない。どうなるのかわからない。ジャジャは明日のこととか、来週のこととか、話したがらないし」

アマディ神父がわたしのところまで歩いてきて、すぐそばに立った。わたしがお腹を思い切りふくらませると彼の体に触れそうな近さだ。彼は、わたしの手を取り指から花を一輪だけ注意深くはずして、自分の指にスライドさせた。「きみのおばさんがきみとジャジャは寄宿学校に行くべきだといっていたよ。来週エヌグに行くから、ぼくからベネディクト神父に話すつもりだ。きみのお父さんもベネディクト神父のいうことなら聞き入れるだろう。きみとジャジャが寄宿学校で次の学期を始められるよう、お父さんを説得してほしいってベネディクト神父に頼んでみる。そのほうがいい、イヌゴ（だよね）？」

わたしはこくりとうなずいて遠くを見た。彼のいうことを信じた。彼がそういうんだから、そのほうがいいんだ。それから教理問答の授業のことを考えた。質問に歌で答えてるところを、「彼がそういったから、彼のことばは真実だから」と答えてるところを思った。質問のほうは頭になかった。

「ぼくを見て、カンビリ」

暖かい茶色の目を見るのが怖かった。気が遠くなりそうなほどうっとりするのが怖かった。両手を彼にまわして首の後ろで指を組んで放さないようにしそうだった。わたしは振り向いた。

「蜜を吸うのはこの花？　あまい蜜があるのってこれ？」ときいて、アラマンダの花を指からはずして、黄色い花びらを調べている。

わたしはにっこり。「いいえ、蜜を吸うのはイクソラの花」

花を遠くへ放り投げてアマディ神父は顔をしかめた。「なあんだ」

声をあげて笑ってしまった。アラマンダの花があんまり黄色かったから。本気でその花を吸ったら、白い汁がものすごく苦かっただろうなって思ったから。アマディ神父の目が茶色すぎて、そこに映る自分の姿まで見えそうだった。

その夜、バケツ半分ほどの雨水で体を洗ったとき、左手を洗わなかった。アマディ神父がわたしの指から優しく花をはずした手。それに水も温めなかった。電熱コイルのせいで雨水から空の匂いが消えてしまいそうだったから。体を洗いながら、わたしは歌を歌っていた。バスタブにはやけにたくさんミミズがいたけど、放っておいた。そして、水がミミズたちを排水口に押し流してしまうのをじっと見ていた。

雨がやんだあとの微風はとても涼しく、わたしはセーターを、イフェオマおばさんは長袖のブラウスを着たほどだった。いつも家のなかをラッパーだけで歩きまわっていたのに。みんなそろってベランダに腰をおろして話していると、アマディ神父の車がフラットの正面に突っこむようにして止まった。

オビオラが「今日はものすごく忙しくなるっていってましたよね」とアマディ神父にいった。

「教会に食べさせてもらうのを正当化するために、一応そういってる」とアマディ神父。疲れてるみたいだ。アマカに紙片を手渡して、ひどく平凡な名前をいくつかテキトーに書いてきたんでどれか選んで、そうしたら帰るから、といった。堅信式で聖職者が使ったあとは金輪際《こんりんざい》口にしなくていいと。アマディ神父は目をキッパリと開いて、忍耐強く、ゆっくりと話している。アマカのほうは笑いながら、その紙を受け取ろうとしない。

「前にもいったけど、英語の名前をつけるつもりはありませんから、神父さん」

「それで、なぜってぼくはきいたよね？」

「どうして英語の名前にしなきゃいけないんですか？」

「だって、そういうことになってるからですよ。それが正しいとか間違っているとか、いまは忘れよう」というアマディ神父の目の下に隈ができているのにわたしは気づいた。

「最初に宣教師たちがやってきたとき、イボ語の名前は不適当だと考えた。洗礼を受けるには英語の名前でなければいけない、とみんなに強く求めた。わたしたちはその先へ進むべきじゃないんですか？」

「ちがうんだ、アマカ、あれとこれをごっちゃにしないで」とアマディ神父がいう声は落ち着いていた。「その名前を使わなければいけないってことじゃない。ぼくの場合を見て。ぼくはいつもイボ語の名前を使ってきたけど、洗礼を受けたときはマイケルで、堅信のときヴィクターになった」

　イフェオマおばさんが書きかけていた書式から顔をあげた。「アマカ、ングワ（ほら）、名前をひとつ選んで、アマディ神父が仕事を続けられるようにしなさい」

「でも、それにどんな意味があるの？」とアマディ神父に向かってアマカはいった。母親のいったことが聞こえなかったみたいに。「教会のいってるのは、英語の名前だけが堅信式に価値をあたえるってことでしょ。『チマカ』ってのは、神は美しいって意味。『チマ』は神がいちばんよく知ってるって意味、『チエブカ』は神はもっとも偉大だってこと。『ポール』とか『ピーター』とか『サイモン』とおなじくらい神の栄光を讃えてない？」

　イフェオマおばさんが不機嫌になってる。声が大きくなったのと、きつい口調でそれがわかった。

「オ・ギニ（なにいってるの）！　こんなことで筋の通らない点を指摘する必要はないの！　さっさと選んで堅信式を受けなさい、だれもその名前を使えなんていってないんだから！」

　でもアマカは嫌だといった。「エクウェロン（同意しない）」とイフェオマおばさんに向かっていったのだ。それから自分の部屋に入って音楽をめいっぱい大きな音でかけたので、おばさんはドアをたたいて、すぐに音量を下げないと一発喰らうことになるよ、といった。アマカが音量を下げた。

アマディ神父は帰っていったけど、その顔にはまいったなという苦笑が張りついていた。

その夜は気温が下がった。夕食をいっしょに食べた。でも、みんなあまり笑わなかった。翌日は復活祭の日曜日だったのに、アマカはほかの若い人たちといっしょに参列しなかった。みんな白い服を着てキャンドルを手にして、溶け落ちる蠟《ろう》の受け皿代わりに折りたたんだ新聞紙を持っていた。全員が服にピンで小さな紙を留めていて、そこに名前が書いてある。ポール。メアリー。ジェームズ。ヴェロニカ。花嫁のように見える女の子もいた。それで自分の堅信式のことを思いだした。パパが、わたしのことを花嫁みたいだ、キリストの花嫁みたいだといったので、びっくりした。だってキリストの花嫁は教会だと思っていたから。


イフェオマおばさんがアオクペに巡礼に行きたいといった。急に行きたくなった理由はよくわからないけど、きっと、長いこともどって来れなくなるからかもしれない、とおばさん。アマカとわたしはいっしょに行くといった。でもジャジャは行かないという。それっきり、だれも理由なんかきくなといわんばかりに押し黙ってしまった。オビオラも家にいるという。チマもだ。イフェオマおばさんは気にしてないみたいだ。ニヤッと笑って、それじゃ男っ気がないから、アマディ神父にいっしょに行かないか、きいてみるという。

「アマディ神父が行くっていったら、わたし、コウモリに変身するわ」とアマカ。

でも彼は、行くといった。イフェオマおばさんが話をして、神父さんがいっしょに来るそうよ、といって受話器を置いたとき、アマカがいった。「カンビリのためだ。カンビリのためじゃなければ来るなんていうわけないもん」

イフェオマおばさんが車を運転して二時間ほどのところにある埃っぽい村まで連れていってくれた。わたしは後ろの座席にアマディ神父と座ったけど、座席のまんなかにスペースをあけて離れて座った。ドライブのあいだ彼とアマカは歌を歌っていた。波打つような道路のせいで車の横揺れが激しく、踊ってるみたいだった。わたしもときどき歌ったけど、黙って聞いてるときは、もっと近くに寄ったらどんな感じかな、二人のあいだのスペースをなくして彼の肩にわたしの頭をあずけたらどんな感じかなと考えていた。

車はようやく「アオクペの出現の地へようこそ」と手書きされた標識の見える未舗装の道へ入っていった。まず目に飛びこんできたのはカオスだ。すごい数の車。「巡礼中のカトリック教徒」と殴り書きしてあるのが多い。みんな押し合いへし合いしながら小さな村に入ろうとしていた。おばさんの話では、村の娘が「美しい女性の姿」を見たというまでは、車はせいぜい十台ほどしか見かけなかったところだ。詰めかけた人たちがぎゅうぎゅう押し合って、他人の体臭が自分の体臭みたい。女たちが崩れ落ちるように跪いて、男たちは叫ぶように祈っている。ロザリオが擦れる音がする。だれかが指差して叫んだ。「見ろ、あそこ、木の上だ、聖母マリアだ！」するとほかの人も燃える太陽を指差した。「あそこだ！」

わたしたちは巨大な火焔木《かえんぼく》の下に立っていた。花の盛りだ。張りだした枝いっぱいに花がついて、真下の地面は散った花びらがびっしり敷き詰められて炎の色をしている。年若い少女が連れられてくると、火焔木が大きく揺れて花が雨のように降りそそいだ。白い服を着た細身の少女は真剣な面持ちだ。屈強そうな男たちが、少女を、踏みつけにされないよう取り囲んでいる。少女がわたしたちのすぐそばを通りすぎたかと思うまもなく、近くの木々が恐ろしい勢いで揺れはじめた。まるでだれかが揺すっているみたいに。「出現区域」を囲っているリボンまで震えている。でも風はなかった。太陽が白っぽくなり、色も形も聖体拝領のパンみたいだ。そのとき聖母マリアが、白っぽい太陽のなかの像が見えて、わたしの手の甲の赤い輝きとなり、わたしの腕にその腕が擦れた。ロザリオで身を飾る男の顔の笑みとなって。いたるところに彼女がいた。

もっと長くそこにいたかった。でも、イフェオマおばさんがもう帰らなくちゃ、みんなが帰る時間まで待っていたら、車がここから出られなくなるといった。車まで歩いていくとき、おばさんは物売りからロザリオと、肩衣と、聖水の入ったガラスの小瓶を買った。

「聖母マリアがあらわれたかどうかは問題じゃないかも」とアマカがいったのは車までたどり着いたときだ。「アオクペはいつだって特別、だってカンビリとジャジャが初めてスッカへやってきたのはそのためだったからね」

「つまり、聖母マリアの出現は信じてないってこと?」とアマディ神父がいった。その声にはからかうような調子があった。

「いや、そういう意味じゃなくて」とアマカ。「神父さんは? 信じてるんですか?」

アマディ神父はなにもいわなかった。車の窓を下げてうるさい蠅を追いだすことに忙しそうだ。

「わたしは聖母マリアがあそこにいるのを感じたわ。その存在が感じられた」とわたしは思わず口を滑らせてしまった。あれを見てしまったらもう信じないなんてありだろうか? あれを見て感じなかったなんてありだろうか?

アマディ神父がこっちをしげしげと見ていた。わたしは目の隅で彼のことを見ていた。顔に優しい笑みが浮かんでいる。イフェオマおばさんがわたしをちらっと見て、それからまた道路のほうに視線をもどした。

「カンビリは正しいよ」とおばさんはいった。「あそこでは神に由来するなにかが起きてた」

アマディ神父がキャンパスに住む家族へお別れのあいさつに行くので、ついていった。講師の子供たちが彼にしがみついている。しっかりつかんでいれば動けなくなって、スッカから出ていけなくなるみたいに。わたしたちはあまりことばを交わさなかった。二人でカセットプレイヤーから流れるイボ語の讃美歌に合わせて歌った。たとえばこんな感じで——「アブム・オンイエ・ンウワ、オンイェ・カ・ム・ブ・ンウワ（この世界にあるのはわたしか、この生を受けたわたしはだれか？）」——それが車に乗りこむとき喉のかすれを緩めて、わたしは思わずいってしまった。「好きです」

振り向いた顔に見たことのない表情が浮かんだ。ほとんど悲しそうな目になっている。ギアのほうに身を傾けてその顔をわたしの顔に押しつけた。唇が重ねられて抱き合いたいと思ったのに、顔は離れていった。「きみはもうすぐ十六歳だ、カンビリ。きみはきれいだ。これからの人生で、こんなに要らないと思うほど恋人ができるよ」と彼はいった。笑っていいのか泣いていいのかわからなかった。そんなの間違ってる。絶対に間違ってる。

家まで車で送ってもらうあいだ、開いた窓から、通り過ぎる家の敷地を見ていた。生垣にあいた大きな穴は塞がれ、緑の枝がじわじわ伸びて先端を絡ませあっている。裏庭が見えるといいのに。そうすれば吊るされた衣類や、果樹や、ブランコの奥で営まれている暮らしに思いをめぐらすことができるのに、なにかほかのことが考えられるのに。なんでもいいから。そうすればもう感じなくなるのに。目に滲んでくる涙を瞬きして振り払いたかった。

家に帰るとイフェオマおばさんから、どうしたの？　具合が悪いの？　ときかれてしまった。

「だいじょうぶです、おばさん」

だいじょうぶじゃないんでしょというみたいに、おばさんはじっと見て「ほんと、ンネ？」といった。

「ええ」

「元気出して、イヌゴ（わかった）？　わたしのヴィザ面接がうまくいくよう祈って。明日ラゴスに行くんだから」

「はい」といったけど、また別の悲しさが胸に刺しこんできた。「祈ります、おばさん」といったけど、自分が祈らないのはわかっていた。できない、おばさんにヴィザが出ますようになんて。おばさんが望んでいるのはわかっていたし、ほかに選択肢がないのもわかっていたけど。それでも、わたしはおばさんにヴィザが出るよう祈ったりしない。だって、自分が望まないことのために祈ったりできない。

寝室にはアマカがいた。ベッドに寝転がって、すぐ耳の横に置いたカセットプレイヤーから音楽を聞いていた。わたしはベッドに腰かけて、アマディ神父との一日はどうだったの、とアマカがきかなければいいと思った。アマカはなにもいわなかった。リズムに合わせて体を揺すっているだけだ。

「歌ってる」しばらくするとアマカがいった。

「えっ？」

「フェラといっしょに歌ってた」

「わたしが？」アマカを見て、彼女、空想してるのかと思った。

「アメリカでフェラのテープをどうやって手に入れればいいの、ええっ？　どうやって手に入れればいい？」

アメリカでもフェラのテープはきっと買える、欲しいテープはなんでも買える、といいたかったけど、いわなかった。それって、イフェオマおばさんにヴィザが出るってことを想定しての話だから。それに、アマカはそんなこと聞きたくないはずだ。

イフェオマおばさんがラゴスから帰ってくるまで、わたしはお腹の具合が悪かった。停電じゃなかったので家のなかでテレビを見ることもできたけど、みんなでベランダで待っていた。うるさく飛びまわる羽虫はいない。灯油ランプが点いてなかったからかもしれないし、張り詰めた空気を虫たちが嗅ぎつけたからかもしれない。虫たちはドアの上の電球のまわりをハタハタと飛びまわり、電球にぶつかってはバンと音をたてていた。アマカが扇風機を外に持ちだしたので、ブーンと唸る扇風機が屋内の冷蔵庫が立てる音といっしょに音楽を奏でていた。フラットの前に車が止まった。オビオラが飛びあがって走っていった。

「ママ、どうだった？　ヴィザは出た？」

「出たよ」とおばさんはいって、ベランダへやってきた。

「ヴィザが出たーっ！」とオビオラが金切声をあげると、すぐにチマがオウム返しにそういうなり、走っていって母親に抱きついた。アマカとジャジャとわたしは立ちあがらなかった。お帰りなさいといって、着替えるために部屋に行くおばさんを見ていた。すぐに出てきたおばさんは、ラッパーを胸のところで無造作に結んでいる、ふくらはぎまでのラッパーは平均的な体格の女性ならくるぶしまでくるはず。おばさんは腰をおろすなりオビオラに水を一杯持ってきてといった。

「あまり嬉しそうじゃないですね、おばさん」とジャジャ。

「おお、ンナ・ム、嬉しいわよ。出してもらえない人がどれだけいるか知ってる？　隣にいた女性なんか泣いて泣いて、それ以上泣いたら血が出るんじゃないかと思ったほど。その人は大使館の人たちに『どうしてヴィザを出してくれないんですか？　銀行にお金があることはお見せしましたよね。どうしてわたしがもどってこないかもしれないなんていうんですか？　わたしにはここに資産だってあるんです、資産があるんですよ』といっていた。何度も何度も『資産があるんです』って。アメリカで妹の結婚式に出たかっただけなんだと思う」

「どうしてその人にヴィザを出さないんだろ？」とオビオラ。

「わからない。機嫌が良ければヴィザを出して、機嫌が悪ければ出さない。だれかの目に価値なしと映ればそういうことになる。わたしたちはフットボールみたいなもんで、蹴りたい方向へ蹴ることができるってわけ」

「いつ出発するの？」とアマカがきいた。うんざりしている。だから、彼女にとってはそんなことはどうでもいいんだとすぐにわかった。血のような涙を流した女の人も、好き放題に蹴られっぱなしのナイジェリア人も、もうなにもかもどうでもよかったんだ。

イフェオマおばさんはコップの水を飲み干してからしゃべり始めた。「二週間以内にこのフラットから出ていかなければいけない。出ていかないのを見計らって、保安部の男たちに命じてわたしの財産を通りへ放りだそうって魂胆なんだ」

「二週間以内にナイジェリアを出るの？」けたたましい声をあげたのはアマカだ。

「わたしは魔術師？　ええっ？」とおばさんは即座にことばを返した。ユーモアはかけらもなかった。実際、その口調は無機的で疲れ切っていた。「まず航空券を買うお金を手に入れなきゃ。安くはないもの。ユジーンおじさんに援助を頼まなきゃ、だから、カンビリとジャジャといっしょにエヌグに行くことになると思う、たぶん、来週かな。出発の準備ができるまでエヌグにいて、そうすればカンビリとジャジャが寄宿学校へ行けるようユジーンおじさんに話をする機会もある」そういうとおばさんはジャジャとわたしのほうを見た。「とにかくあなたがたのお父さんを、どうあっても説得するつもりですよ。アマディ神父も、ベネディクト神父からお父さんに話をしてもらうよう頼んだって。二人が家から離れた学校へ行くのがベストだと思う」

わたしはうなずいた。ジャジャは立ちあがって家に入っていった。最終結論が重く、虚しく、あたりの空気を淀ませていた。

アマディ神父とすごせる最後の日がジリジリと近づいてきた。彼は朝のうちにやってきた。あの男性用コロンの匂いを、姿が見えなくてもわたしには匂いでわかるようになっていたあの匂いを漂わせながらやってきたとき、彼はいつもの少年っぽい笑みを浮かべ、いつもの長衣に身を包んでいた。

オビオラが神父を見あげて抑揚たっぷりに「いまや暗黒のアフリカからおでましの宣教師たちが西側世界を改宗させにまいります」といった。

アマディ神父は笑いだした。「オビオラ、だれからもらったか知らないが、そんな異端の書は捨てなきゃ」

彼の笑いもいつもとおなじだった。彼はなにも変わっていないように見えたけど、わたしの新しい、いまにも壊れそうな生命は粉々に砕けてしまいそう。自分の内部に怒りが湧きだして、気管を圧迫し、鼻孔を塞いだ。これまで経験したことのない怒りは爽快なくらいだ。目で彼の唇をなぞり、鼻翼をなぞり、彼がイフェオマおばさんやいとこたちに話しかけるあいだ、ずっとその怒りをなだめていた。ようやくわたしに向かって彼が車までいっしょに歩こうといった。

「司教館のメンバーといっしょに昼食会に参加しなければいけないんだ。ぼくのために料理してくれている。でも司教館の部屋を片付け終えるあいだ、一、二時間いっしょにいてくれないかな」

「嫌です」

彼は立ち止まってまじまじとわたしを見た。「どうして?」

「嫌です。そんなことしたくない」

わたしは彼の車を背にして立っていた。彼が歩いてきて、わたしの正面に立った。「カンビリ」ちがう言い方でわたしの名前をいってもらいたかった。だって、いままでのような言い方で呼ぶ権利なんてないんだから。いままで通りじゃダメ、なにもかもそうじゃなくなったんだから。彼がいなくなってしまう。わたしは鼻から大きく息を吸いこんだ。「初めてわたしをスタジアムに連れていった日のことだけど、あれっておばさんに頼まれたからですか?」

「おばさんはきみのこと心配してたんだ。上階の子供たちとしゃべることさえできないって。でもきみを連れだしてくれと頼んだわけじゃない」彼は手を伸ばしてわたしのシャツの袖をまっすぐにしようとした。「きみを連れだしたがったのはぼくだ。あの最初の日から、毎日きみを連れだしたくなった」

　わたしはかがんで草の茎をむしった。緑色の針みたいに細かった。

「カンビリ、ぼくを見て」

　でもわたしは見なかった。そのまま手のなかの草をにらんでいた。目を凝らしつづけると解読できる暗号がそこに隠れてるみたいに、最初のときは連れていきたかったわけじゃない、そういえばいいと思った理由を説明してくれるみたいに。そうすればもっと怒ってもいい理由ができるのに、こんなに思い切り泣きたい気持ちにならなくてすむのに。

　彼は車に乗りこみエンジンをかけた。「もどってくるよ、夕方、きみに会いにくる」

　車が坂道を下って、イケジアニ通りに続く道に消えるのをじっと見ていた。アマカがやってきたときもまだ見ていた。わたしの肩にアマカが軽く手をかけた。

「オビオラったら、あなたがセックスしたにちがいないって、アマディ神父とセックスもどきのなにかを。アマディ神父があんなにキラキラした目をしてるの、見たことなかった」アマカは声をあげて笑っていた。

　本気でいってるのかどうかわからなかった。わたしが神父とセックスをしたかどうか話題にするなんて、どれほど変なことか、話しつづけるのも嫌だった。

「たぶん大学生になったら、いっしょに、聖職者は必ずしも独身である必要はないってアジる運動に参加する？」とアマカがきいてきた。「それとも、すべての聖職者に婚外交渉もたまには認めるべきってのもありか。一カ月に一度くらいはって」

「アマカ、もうやめて」わたしはベランダのほうへ歩いていった。

「聖職者をやめてほしい？　彼に？」アマカの口調が真剣味を帯びてる。

「やめない、彼は、絶対に」

アマカは首をかしげてなにか考えるようにしてから、ニヤリと笑った。「わからないよお」といってリビングルームに入っていった。

アマディ神父のドイツの住所をノートブックに何度も何度も書き写した。また書き写しているとき、別の字体で書こうとしているとき、彼がもどってきた。わたしからノートブックを取りあげて、閉じた。本当は「いなくなると淋しい」といいたかったのに、「手紙を書きます」といってしまった。

「ぼくのほうが先に書くよ」

アマディ神父が手を伸ばして拭うまで、自分のほおを涙が伝っていたことに気づかなかった。彼は手のひらでわたしの顔を拭った。それから両腕をまわして、わたしをしっかり抱きしめた。


イフェオマおばさんがアマディ神父のために夕食を作った。みんなでダイニングテーブルについてライスと豆を食べた。笑い声が何度もあがり、スタジアムのことや、あのときはこうだったという話もたくさん出ているのに会話に参加している気がしなかった。自分のなかに小さな分身を閉じこめておくのに忙しかったのだ。アマディ神父がここにいなかったら、そんな必要はなかったのに。

その夜はよく眠れなかった。何度も寝返りを打ったのでアマカを起こしてしまった。夢を見たとアマカに話したかった。踏みしだかれたアラマンダの葉っぱが散らばる岩だらけの小道を、男の人が追いかけてくる夢だ。最初、それはアマディ神父だった。長衣の裾が後ろにひるがえっていた。そのうちそれがパパになった。パパは床までとどきそうな灰色の長衣に身を包んで灰の水曜日に灰を分けあたえていた。でも口に出さなかった。アマカがわたしを抱きしめて、小さな子供をあやすようにしてくれるままにしていた。そのうち眠りに落ちた。目が覚めて嬉しかった。朝の光を見るのが嬉しかった。窓からキラキラした細い糸のように流れこむ光は、熟したオレンジの色をしていた。

荷造りは終わった。廊下が変にがらんと大きく見えた。本棚は影も形もない。イフェオマおばさんの部屋の床に残っているものはわずかだ。エヌグに発つ直前まで使うものばかり。ライスの袋、ミルクの缶、ボーンヴィタの缶。ほかのダンボール箱や書籍類はきれいに片付けたか、人にやってしまったのだ。おばさんが近所の人に服をあげたとき、上階の女の人が「ねえ、あの青いドレス、教会に行くときに着てたの、あれもくれない？　どうせアメリカへ行ったらたくさん買えるじゃない！」といった。

イフェオマおばさんは目を細めて不機嫌になった。その女の人がドレスをくれといったからか、アメリカを持ちだしたからか、よくわからなかった。でもおばさんは青いドレスをあげなかった。あたりに落ち着かない雰囲気が漂っている。なにもかも荷詰めするのが早すぎて、しっかりやりすぎて、もっとなにかやらなければいけないんじゃないかという感じがした。

「ガソリンがあるからドライブに行こう」とおばさんがいった。

「スッカにさよならツアーだね」アマカが苦笑いしている。

みんなでわれ先にと乗りこんだ。車が急カーブを切って工学部の脇の道へ入ったとき、もしも側溝に車が落ちたらおばさんは車の代金を手に入れられなくなるなと思った。その車をまあまあの金額で買うって人が町にいるといっていたのだ。その額じゃチマの飛行機代にしかならないとも。大人のチケットの半額だ。

その前の夜に夢を見てから、なにか大きなことが起きる予感はあった。アマディ神父がもどってくる、なにか起きるならそれでなければ。ひょっとしたら出発の日程が間違っていたとか。ひょっとしたら旅を延期したとか。だから、イフェオマおばさんが運転する車の窓から路上を走る車ばかり見ていた。アマディ神父はいないか、あのパステルカラーの小型のトヨタの姿はないかと。

オディンの丘のふもとでおばさんが車を止めて「頂上まで登ろう」といった。

びっくりした。おばさんは最初からわたしたちに丘を登らせようと思っていたのかな。衝動的にいったような気がした。オビオラが、丘を登るならピクニックにしようというと、いい考えだとイフェオマおばさんがいう。それで町まで車を走らせて、イースタンショップでモイモイとライビーナのボトルを買って丘にもどった。登りはぜんぜんきつくなかった。ジグザグの細い道がたくさんあったから。あたりは新鮮な匂いがいっぱい。小道の縁に生えた丈の高い草のなかから、ときおりシャカシャカッと音がする。

「あれはバッタ類の羽から出る音だ」とオビオラはいって巨大な蟻塚のそばで立ち止まった。蟻塚の赤土の壁に走る隆起が最初からデザインされていたみたいだ。「アマカ、ああいうのを描けばいいのに」とオビオラ。でもアマカは返事をしない。いきなり丘を駆けのぼっていく。チマがそれを追いかけた。ジャジャも加わった。おばさんがわたしを見た。「なに待ってるの?」といってラッパーを膝までたくしあげ、ジャジャの後を追いかけた。だからわたしも走った、吹き抜ける風を耳に感じながら。走るとアマディ神父のことを思いだした。目がわたしの素足の脚にじっと注がれていたことを。わたしはおばさんを追い抜き、ジャジャとチマを追い抜いて、アマカと同時に丘の頂上に到着した。

「へえっ!」といってアマカがわたしを見た。「あんた、短距離走者になればいいのに」草むらにドサリと倒れこんだアマカは、はあはあと荒い息をしている。わたしは隣に座って足からちっぽけな蜘蛛を払いのけた。イフェオマおばさんは丘の頂上に着かないうちに走るのをやめて、わたしに向かって「ンネ、あんたにトレーナーを見つけてあげるわ、ほら、陸上競技はお金が稼げるから」といった。

わたしは声をあげて笑った。笑うことがいまではすごく簡単な感じだ。ジャジャも笑っていたし、アマカも笑っていた。みんなで草の上に座ってオビオラが登ってくるのを待った。彼はゆっくりと、手になにやら握って登ってくる。バッタだ。「すっごく強いんだ、こいつ」とオビオラ。「こうやってても、すごい羽の圧力を感じるもんな」といって手のひらを開いて、飛び去るバッタを見ていた。

丘の反対側に押しこまれたような廃屋があって、そこへ食べ物を運んだ。以前は倉庫だったのかもしれない。でも昔の内戦のあいだに屋根やドアが吹き飛ばされてそんなふうになったんだろう。幽霊でも出そうな感じだ。オビオラが、みんなピクニックじゃいつも焼け焦げた床に敷物を広げてるよといったけど、そんなところで食べたくなかった。オビオラが建物の壁に書かれた文字をチェックして、大きな声で読みあげている。「オビンナはンネンナを永遠に愛する」「エメカとウノマはここでやった」「あなたしかいない、チムシムディとオビ」

おばさんが外の草の上で食べよう、敷物がないから、といったのでほっとした。モイモイを食べ、ライビーナを飲んでいるあいだ、小さな車が丘のふもとをまわってくるのをじっと見ていた。目を凝らして、なかにいるのがだれか見きわめようとした。ずいぶん遠くなのに。頭の形がアマディ神父とすごく似ている。急いで食べて手の甲で口を拭った。髪も撫でつけた。彼があらわれたとき、だらしなく見えるのが嫌だった。

チマが丘の反対側を駆け降りたがった。それほど小道が多くないほうの斜面だ。でもおばさんは、そっちは急すぎるといった。するとチマは尻をついたまま丘をズルズルと降りはじめた。おばさんが大声で「自分の手で半ズボンを洗わせるよっ、わかった?」といった。

以前なら、おばさんはチマをもっと叱って、きっとやめさせていただろう。みんな座ったままチマが丘を滑り降りていくのを見ていた。冷たい一陣の風で涙目になりながら。

太陽が真っ赤になって、いまにも襲いかかってきそうな気配だ。おばさんが帰ろうといった。重い足取りでぞろぞろと丘を降りているとき、アマディ神父があらわれないかなと思うのをやめた。

その日の夜、みんなでリビングルームに集まってカードをやっていたとき、電話のベルが鳴った。「アマカ、お願い、出て」とイフェオマおばさんはいったけど、ドアにいちばん近いのはおばさんだった。

「ママにだよ、絶対に」とアマカはいって、自分のカードをにらんだ。「どうせママに皿や鍋を放出させたいと思ってる人だね、わたしたちが着てる下着まで」

おばさんは笑いながら立ちあがって電話のところへ急いだ。テレビは消してあったので、みんな黙々とカードに熱中していた。おばさんの叫び声がくっきり聞こえてきたのはそのせいだ。短い、首を絞められるような声だった。一瞬、アメリカ大使館がヴィザを取り消したという知らせならいいのにと思ったけど、すぐに自分を叱って、そんな願いは無視してください、と神さまに祈った。

「ええっ、チ・ム・オ（なんですって）！　ソウンイェ・ム（お義姉さん）！　そんな！」イフェオマおばさんがテーブルのそばに立って、空いている手で頭を押さえつけている。ショックを受けたとき人がやる仕草だ。ママになにがあったんだろ？　おばさんが受話器を突きだしている、ジャジャに出ろといっている。でもわたしのほうが近かったので受話器をつかんだ。手がひどく震えてしまい、受話器が耳からこめかみへずれた。

ママの低い声が電話線の向こうからふわっと伝わってきて、震える手が一気におさまった。「カンビリ、お父さんが。工場から電話があって、お父さんが机にうつ伏せになって死んでたって」

わたしは受話器を耳にぎゅっと押し当てた。「えっ?」

「お父さんが、工場から電話があって、お父さんが机にうつ伏せになって死んでたって」ママの声は録音した声のように聞こえた。ジャジャにもおなじように、まったくおなじ調子でいうんだろうと思った。耳に液体が詰まったみたいだ。それでもママのいうことはちゃんと聞こえ、会社の机に突っ伏して死んでいるのが見つかった、とママがいうのが聞こえた。「手紙爆弾? 手紙爆弾が来たの?」

ジャジャが受話器をつかみとった。イフェオマおばさんがわたしをベッドまで連れていった。座って、寝室の壁にもたせてある米袋をじっと見ながら、この米袋のことを、茶色の麻で編んだ袋を、ずっと覚えていることになるんだとわたしは思った。「アダマ・ロングライス」と書かれた袋を、テーブル近くの壁にどさっと放りだされた袋を。パパが死ぬかもしれないなんて考えたこともなかった。パパが死ぬなんて。アデ・コーカーとはちがう。彼らが殺した大勢の人たちとはちがう。パパは死なない、そう思った。

ジャジャといっしょにリビングに座って、飾り棚のあった場所を見つめていた。かつてはそこにバレリーナの立像が置かれていたんだ。ママは二階でパパの物を片付けていた。手伝いにいくと、ママがビロードのラグの上に膝をついて、パパの赤いパジャマを顔に押し当てていた。わたしが入っていっても顔をあげなかった。「あっちへ行ってて、ンネ、ジャジャといっしょにいなさい」という声が絹布のせいでくぐもって聞こえた。

外は雨だ。斜めに降りかかる雨が閉じた窓を激しいリズムでたたいている。雨はカシューとマンゴーの実を木からもぎ取ってしまうだろう。実は湿った土のなかで腐りはじめて、あの甘酸っぱい匂いを放つようになるのだろう。

屋敷の門は閉じられていた。ママが門は開けないようアダムーにいったからだ。弔問に押し寄せるどんな客もなかに入れないよう命じたのだ。アッバからやってきたウムンナのメンバーさえ追い返された。心を寄せてくれる人たちを追い返すなんて聞いたことがありません、とアダムーはいった。それでもママは、わたしたちだけで弔いをしたいからといって聞かなかった。パパの魂の平安を祈りたいなら、その人たちはミサに行けばいいと。ママがそんなふうにアダムーに話すのを聞くのは初めてだった。

「奥さまがボーンヴィタをお飲みなさいとおっしゃってました」といってシシがリビングに入ってきた。手にしたトレーには、パパがいつもお茶を飲むときに使っていたカップがある。シシはタイムとカレーの匂いをいつも漂わせていた。お風呂に入ったあとでさえそんな匂いがした。家族で泣いたのはシシだけで、大きな声ですすり泣いた。でもわたしたちが困ったように黙っているのを見ると、すぐに静かになった。

シシが出ていったあとジャジャのほうを向いて、目で語りかけようとした。でもジャジャの目には表情がない。シャッターを下ろした窓みたいだ。

「ボーンヴィタ、飲まないの?」

ジャジャは首を振って「そのカップは嫌だ」といった。ちょっと体の位置をずらして「ママのことはぼくがケアすべきだった。イフェオマおばさんのとこじゃ、一家がうまくやっていけるよう調整役をオビオラが引き受けてる。ぼくはオビオラより年上なんだし。ぼくがママのケアをすべきだった」といった。

「そうかもしれないけど。神さまのなさり方は不可思議よね」とわたし。パパなら、その通りだといっただろうな、そしてうんと褒めてくれただろうなと思った。

ジャジャは声をあげて、鼻先で何度もせせら笑うような調子で笑った。「もちろん神のなさるわざさ。信心深い下僕のヨブに、神がやったことを見ろよ。神の息子に対してもだ。でもどうしてなのか不思議に思ったことない? ぼくたちが救われるために、なんで神は自分の息子を殺さなければならなかったのか? なんで神は、成り行きにまかせておいてからぼくたちを救ってくれなかったのか?」

わたしはスリッパを脱いだ。冷たい大理石の床が足の温もりを奪っていく。ジャジャにいいたいかった、溜まった涙で目がちりちりしてきたよ、パパが階段を上り下りする足音にまだ耳を澄まそうとしてしまうの、わたし、それが聞きたいんだと思う、そういいたかった。だって、自分のなかにはどうしようもなくバラバラになってしまったものがあって、苦しくて、絶対にもとにもどせなくて、それが収まってたところがなくなっちゃったから。でも口から出たのは「パパのお葬式で聖アグネス教会が満員になるよね」だった。

ジャジャはなにも答えなかった。

電話が鳴りだした。長いあいだ鳴っていた。かけた人は何度かダイヤルしなおしたはずだ。ようやくママが出た。それからすぐにママがリビングに入ってきた。胸元に無造作に巻いたラッパーが垂れて、左胸の上にあるほくろが見えている。

「解剖したって」とママはいった。「それでお父さんの体のなかから毒物が見つかったって」まるでパパの体のなかの毒物のことは前からみんな知っていて、わたしたちが入れたものが見つかったといってるみたいな口調だ。読んだ本のなかに出てきたような、白人たちが復活祭の卵を隠して子供たちに見つけさせるような、そんな口調だった。

「毒物って?」とわたし。

ママはラッパーを結びなおして、それから窓のところへ行った。カーテンを左右にざっと開いて、ルーバーが閉まっているか、雨の飛沫が家に入りこんでいないか調べている。その動きは落ち着いてゆったりしていた。口を開いたとき、その声も落ち着いてゆったりしていた。「スッカに行く前から、お茶のなかに毒を入れはじめたの。わたしのためにシシが手に入れてきた。おじさんが力のある呪術師でね」

長い沈黙が続いて、そのあいだ、なにも考えられなかった。頭が真っ白になって、自分が空っぽになった。それから考えたのは、パパのお茶を一口、二口飲んだことだ。愛のひと口《ラブ・シップ》が、パパの愛が、わたしの舌を焼いたあの熱い液体。「どうしてパパのお茶に入れたの？」わたしはママにききながら立ちあがった。大きな声で。叫びそうになっていた。「どうしてパパのお茶に毒なんか？」
　でもママは答えなかった。わたしが立ちあがってママを揺すっても、ジャジャがわたしを引き離しても、ママは答えなかった。ジャジャがわたしに腕をまわして、振り向いてママもその輪に入れようとしたけど、ママはその場から離れた。

　数時間後に警察がやってきた。いくつかききたいことがあるといった。聖アグネス病院から連絡が行ったのか、解剖診断書のコピーを持参している。質問を待たずにジャジャがいった――鼠捕りの毒を使いました、それをパパのお茶に入れたのはぼくです。警官たちはジャジャがシャツを着替えるのを待って、連行した。

ちがう沈黙

現在

刑務所までの道には慣れた。家も店も知っているし、見覚えのあるオレンジやバナナを売る女の顔が見えるとすぐに、穴だらけの道になって刑務所の庭へと続く。

「オレンジ、買いますか?」車を徐行させながらセレスティンがきく。物売りがわたしたちに向かって手を振りながら大声をあげはじめる。セレスティンの声は穏やかだ。ケヴィンを解雇したあとセレスティンを雇ったのは声のせいだとママはいう。理由はもう一つある。首に短剣みたいな傷がないからだ。

「車のトランクにあるもので足りる?」といってわたしはママのほうを見る。「ここでなにか買ったほうがいい?」

ママが首を振るとスカーフがほどけていく。ママは手を伸ばして前とおなじくらいゆるく巻く。ラッパーも腰のまわりにゆったり巻いているので、しょっちゅう巻きなおすことになって、身なりに構わないオグベデ市場の女たちみたい。ラッパーを解くとき下に重ねた穴だらけのスリップがまる見えになってしまう女たち。

そんなふうに見えてもママはぜんぜん気にならないらしい。気づいてさえいないのかもしれない。

ジャジャが刑務所に送られてから、ママは人が変わってしまった。パパを殺したのは自分だ、お茶に毒を入れたのは自分だと言い歩き、新聞社に何通も手紙まで書いた。でもだれもママのいうことに耳を貸さなかったし、いまも貸そうとしない。悲しすぎて現実が受け入れられないんだと思ったのだ。夫が死んで息子が刑務所にいるせいで痛々しいほど痩せこけて、肌は西瓜の種ほどある黒い吹き出物だらけだ。ひょっとしたらそのせいで、一年間、黒か白の喪服を着なかったことが大目に見られているのかもしれない。一周忌も次の年も、喪に服すためのミサに出なかったのに、髪を切らなかったのに、だれも悪くいわなかったのはそのせいかもしれない。

「ほら、ママ、スカーフをもっとちゃんと結んで」といってわたしは彼女の肩に手を伸ばす。

ママは肩をすくめるけど、まだ窓から外を見ている。「ちゃんと結んでます」

セレスティンがバックミラーに映るわたしたちを見ている。その目は穏やかだ。一度だけ、彼は自分の故郷の町のディビア（呪術医）のところへママを連れていったらどうかといったことがある。「こういうこと」のエキスパートだからと。セレスティンがどういう意味で「こういうこと」といったのか、暗にママが正気をなくしているといっていたのかわからなかったけど、ありがとう、でもママは行きたがらないと思うといって断った。セレスティンの申し出は善意からだ。ときどきママを見る目つきや、車から降りるときに手を貸す仕草で、ママが正気にもどることを願っているのがわかるのだ。

わたしがママといっしょに刑務所に来ることは滅多にない。いつもなら毎週、ママより一日か二日ほど前にセレスティンがわたしを連れていくことになっている。そのほうがいいというのはママだ。でも今日はちがう、特別だ――ついにジャジャが出所できる、間違いなく、と告げられていた。

数カ月前に国家元首が死んだ。元首は売春婦の腹の上で、口から泡を吹いて、体を引きつらせて死んだという噂だった。わたしたちはジャジャがすぐに釈放される、弁護士が即座に手続きをするだろうと思った。民主化を要求するグループがデモを組織して政府によるパパの死因の調査を求め、旧体制がパパを殺したと主張していたからだ。でも、暫定的な文民政権がすべての政治犯を釈放すると発表したのはその数週間後で、雇った弁護士がそのリストにジャジャを載せるのにさらに数週間かかった。ジャジャの名前は二百人の名前が並ぶリストの四番目だ。釈放されるのは来週になるだろう。

そう告げられたのは昨日で、ごく最近雇った弁護士の二人からだった。二人とも、権威ある「ナイジェリア上級弁護士」の資格を持っている。彼らはその知らせとピンクのリボンを結んだシャンパンのボトルを持って家にやってきた。弁護士たちが帰ってからママとわたしはそのことを話さなかった。新たな安堵とおなじ希望を心に抱きながら、たがいに分かち合わないまま、初めて、今回は確かだと感じるようになっていった。

ママとわたしが話さないことはほかにもたくさんある。判事、弁護士、警官、刑務所の看守たちへの賄賂のために切った巨額の小切手のことは話さない。どれくらいお金があるのかも話さない。パパの財産の半分が聖アグネス教会と教会の伝道促進のために寄贈されたあとでさえ、話さない。それに、パパが小児病院と、孤児院と、内戦による負傷兵士のために匿名で寄贈していたとわかったことも話さなかった。まだ声に出せないことが、ことばにならないことが、あまりにもたくさんあるのだ。

「フェラのテープをかけて、セレスティン」とわたしはいって、後部座席のシートにもたれる。すぐに威勢のいい声が車内に響きわたる。嫌がるかなとママのほうを見ると、ママはまっすぐフロントシートをにらんでいる。ぜんぜん耳に入らないのかも。ママの返事はたいてい、ただうなずくか、首を振るかのどちらかで、ちゃんと聞こえたと確信がもてない。以前はシシからママに話してもらったものだった。二人して長いあいだリビングに座っていたから。でも、ママは返事をせずに、目を開けたままそこに座っているだけだとシシはいった。去年シシが結婚したとき、ママは陶磁器を何箱もシシにあげた。シシはキッチンの床に座りこんで大声で泣いていたけど、ママはそれをじっと見ているだけだった。シシはいまでもときどき、新しい執事のオコンにいろいろ教えるために訪ねてくる。そのたびにママになにか足りないものはないかときく。たいていママは無言のまま、体を揺すって首を振るだけだ。

先月わたしがスッカへ行くといったときも、ママはなにもいわなかった。理由もきかなかった。スッカにはもう知ってる人がだれもいないのに。ママはただうなずいただけだった。セレスティンの運転する車でお昼ごろ着いた。ちょうど太陽が苛烈な熱を放出しはじめる時刻で、この太陽にかかると骨《ほね》の髄《ずい》まで水分を吸いあげられそう、とわたしは長いあいだ思っていた。大学の敷地内の芝生は草が伸び放題で、長い草の葉が緑の矢のように突きでている。誇らしげなライオン像はもう輝いてはいない。

イフェオマおばさんのフラットに住みはじめていた家族に、家のなかに入れてもらえないか頼んでみた。最初いぶかしげにわたしを見ていた家族は、それでもなかに入れてくれて、コップ一杯の水まで出してくれた。ぬるいかもしれない、停電なんだ、と彼らはいった。天井のファンは羽に綿埃が積もっていた。だから停電はかなり長いのだろう。でなければ、ファンをつけたとき埃は吹き飛ばされているはずだ。水を飲み干してソファに座った。両脇にふぞろいの穴があいていた。わたしはナインスマイルで買った果物を出しながら、ごめんなさいといった。トランク内の熱でバナナが黒ずんでいたのだ。

エヌグへ帰るあいだ、フェラの強烈な歌い方に負けないくらい大きな声でわたしは笑った。笑ったのは、スッカの未舗装の道路のせいで車という車にハルマッタンの土埃と雨季のべたつく泥がこびりついていたからだ。舗装された道路にまるでサプライズの贈り物みたいに大きな穴が空いていて、空気は丘の思い出の匂いがして、陽の光がキラキラと砂を撒き散らし金色の土埃に変えていたから、スッカには人の腹の奥まで解き放つものがあって、それが喉までこみあげてきて、フリーダムソングになってあふれでるからだ。笑い声となって。

「着きましたよ」とセレスティン。

わたしたちは刑務所の敷地にいる。ゾッとする壁には汚い青緑色のシミが浮いている。ジャジャは以前の房にもどされていた。大勢詰めこまれすぎて、だれかが横になるにはだれかが立っていなければならない。トイレは黒いビニール袋が一枚あるだけで、毎日午後になるとそれをだれが外へ出すかで揉める。なぜなら、わずかな時間でもそれで陽の光に当たれるからだ。面倒がって袋を使わないやつもいる、怒り狂ってる男たちなんか特にそう、とジャジャはいう。鼠やゴキブリの隣で寝るのは気にならないけど、他人の糞が顔にくっつくのは我慢ならない、先月まではもっとマシな監房にいて、本もあったし自分専用のマットレスもあったのに。わたしたちの雇った弁護士がだれに賄賂を渡すと効果的か熟知していたからだ。でも看守たちは、ジャジャが正当な理由もなく一人の看守の顔に唾を吐きかけたといって、服を剝ぎ取り、コボコ（生皮を撚り合わせた鞭）で打ってここへ移した。挑発もされずにそんなことをするなんて信じられないけど、ジャジャが話そうとしないから辻褄《つじつま》の合う話がほかに思いつかない。ジャジャは背中のミミズ腫れを見せようともしなかった。賄賂を使って送りこんだ医者が教えてくれた話では、長いソーセージみたいに腫れあがっていたという。でもほかの部分はジャジャがわざわざ見せてくれなくても、わたしにも見える、その肩のように。

スッカで、花開くように大きく広く張りだしたあの肩が、ここにいる三十一ヵ月、ほぼ三年になるあいだに、すっかり肉が落ちてしまった。ジャジャがここにやってきたころ生まれた赤ん坊は、いまではしゃべるようになっているかもしれないし、保育園に行っているかもしれない。ときどきわたしがジャジャを見ながら泣きだしてしまうと、ジャジャは肩をすくめて、オラディプポなんか、監房のボスなんか――監房ではきっちり上下関係が決まっている――八年も、ずっと裁判待ちだぜ、という。ジャジャの公的な身分はずっと「裁判待ち」だ。

アマカはかつて国家元首のところへ手紙を書いていた。アメリカのナイジェリア大使へも書いて、ナイジェリアの司法制度の不備を訴えていた。だれも手紙を正式に認めたりしなかったけど、自分にとってなにかすることが重要だったとアマカはいった。それについてはジャジャへの手紙ではいっさい触れていない。わたしは読んだのだ――手紙はくだけた調子だけど事務的だ。パパのことは書いてないし、刑務所についてもほとんど触れない。最後の手紙には、アオクペのことがアメリカの、宗教とは無関係の雑誌に載ったと書かれていた。ペシミスティックな書き方で、聖母マリアがよりによってナイジェリアに出現するなんて、あの腐敗しきった暑苦しいところに、という調子だったと。アマカは雑誌に手紙を書いて自分の考えを伝えたそうだ。やるな、ともちろんわたしは思った。

ジャジャがなぜ手紙を書かないかわかるよ、とアマカはいう。なんていえばいいの？　イフェオマおばさんはジャジャに手紙は書かない。代わりにみんなの声を録音したカセットテープを送ってくる。わたしがプレイヤー持参で訪ねていったとき、ジャジャはそれを聞くこともあるし、聞きたくないということもある。でもおばさんはママとわたしには手紙をくれる。仕事を掛け持ちしていること、一つはコミュニティ・カレッジ、もう一つは薬局《ファーマシー》、ここじゃドラッグストアって呼ぶと。それにトマトがめちゃめちゃ大きくてパンが安い、と書いてくる。でもたいていは、離れて恋しいものや、こうだったらいいのにということで、現在を無視して、過去と未来にこだわってるようだ。おばさんの手紙はだらだら長くて、そのうちインクがかすれ、なにいってるのかよくわからなくなったりする。こんなことも書いてきた。わたしたちには統治能力がないって考えてる人がいるんだよ、何度かやって失敗しただけなのに、まるで現時点で自分たちを統治できてる人は最初からうまくやったといわんばかり。はいはいしてる赤ん坊が歩こうとしたけど失敗して尻餅ついたみたいなもんなのに。横を歩いてく大人は、まるで、一度もはいはいなんかしたことないみたいだ。

おばさんが書いてくることにすごく興味があったので、たいていのことはしっかり記憶した。でもなぜそれをわたしに書いてきたのか、いまだによくわからない。

アマカの手紙も長いのが多くて、どの手紙にもかならず、みんなどんどん太っていくようすが書いてある。チマなんか「太り過ぎ」て一カ月でそれまでの服が着られなくなりそうだと。もちろん停電は一度もないし、蛇口からはお湯がどっと出るけど、もうみんな笑わなくなった、とアマカは書いてくる。笑う時間がなくなったから、顔も合わせないからだと。オビオラの手紙がいちばん愉快で、いちばん不定期だ。奨学金で通うことになった私立学校では、教師のいうことに反論しても褒められるのだという。

「わたしがやりましょう」とセレスティンがいう。彼がトランクを開けたのでわたしは果物の入ったビニール袋と、食べ物と皿の入った布袋を取りだそうとしていた。

「ありがとう」といってわたしは脇へ移動する。

袋を持ったセレスティンが先になって刑務所の建物に入っていく。ママがその後を追う。受付の警官が口に楊枝《ようじ》をくわえている。目が黄疸《おうだん》みたいに黄色い。あんまり黄色いので染めたように見える。机に置いてあるのは黒電話とやけに分厚いボロボロの日誌だけで、すみに腕時計とハンカチとネックレスが積まれている。

「元気ですか、妹さん?」わたしを見て警官がいう。ニコニコしながら目は抜かりなくセレスティンの持つ袋に注がれている。「ああ! 今日は奥さんもいっしょですか! こんにちは、マダム」

わたしがニッと笑って、ママもお義理に笑う。セレスティンが看守の正面のカウンターに果物の袋を置く。なかに入れた雑誌にナイラ札の封筒がはさまっている。銀行から出したばかりのピン札だ。

　男はくわえていた楊枝を下に置いて袋をつかむ。袋が机の下に消える。それから男はママとわたしを換気の悪い部屋に通す。低いテーブルの両側に長椅子が置かれている。男は「一時間」と低くつぶやいて立ち去る。

　テーブルの片側に、体が触れない程度に間隔をあけて座る。すぐにジャジャがあらわれるのはわかっているので、心の準備をしようとする。ジャジャとここで会うことが、こんなに長い時間がすぎたあとでも、楽な仕事になったことはない。隣にママが座っているともっと難儀なことになりそうだ。これまで以上に難儀なことになりそうなのは、やっと良い知らせをもってきたからで、抑えてきた感情が解けて新しい感情がこみあげてくるからだ。わたしは大きく息を吸って、そのまま止める。

　ジャジャはすぐに家に帰ってくるだろう、とアマディ神父のいちばん新しい手紙に書いてあった。手紙はバッグのなかに仕舞ってある。きみは信じなければいけない。わたしは信じた、たとえ弁護士から知らせを受けていなくても、はっきりわからなくても、彼を信じた。アマディ神父のいうことをわたしは信じる。あのぶれない手書きの文字を信じる。だって彼がそういったから、彼のことばは真実だから。

　いちばん最後に来た手紙はいつも持ち歩いている。彼から次の手紙が来るまで。そうしているっていったら、アマカは返事に、アマディ神父とはラブラブだねとニコニコ顔まで描いてきた。でもわたしが彼の手紙を持ち歩くのはラブラブなんかとは関係ない。どっちにしても、ちっとも相思相愛なんかじゃないんだから。手紙の最後は決まって「いつも変わらず」だ。ハッピーかどうか質問しても「イエス」とか「ノー」とか、はっきりしたことは絶対に書いてこない。返事は、自分は神が行けと命じるところへ赴くというものばかり。自分の新しい生活についてもほとんど書いてこない。書いてもせいぜい短い笑い話で、ドイツの老婦人が自分の神父が黒人だなんて受け入れられないといって握手しなかったとか、お金持ちの未亡人が毎晩ディナーに来いとしつこくいってくるとか。

わたしのことを長々と書いてくる。手紙を持ち歩くのは長く細かく書いてあるから、それで自分だって立派にやってるんだと思えるから、気持ちが上向きになれるから。何カ月か前のこと、彼はわたしに、もうそれ以上なぜと問いつづけないほうがいいと書いてきた。ただそうなってしまうとってのがあるんだからと、なぜと問うことができないこともあって、そういうときはもうなぜは存在しなくなり、たぶん不要になるんだと。彼はパパのことには触れなかった――手紙のなかじゃパパのことは滅多に触れなかった――でも、彼のいおうとしてることはわかった。わたしが自分じゃ怖くて立ち向かえないのを見かねて、背中を押してくれてるんだ。

手紙を持ち歩いている理由はほかにもあって、手紙が恩寵をあたえてくれるからだ。アマカは、みんなが神父を愛するのは神と競争したいから、神をライバルと見なすからだという。でも神とわたしは、ライバルなんかじゃない、わたしたちはシェアしてるだけだ。わたしにアマディ神父を愛する権利があるかどうか、もう悩んだりしない。前へ進むだけ、そして彼を愛するだけ。わたしが「祝福された伝道の神父たち」宛に切ってきた小切手が神への賄賂かどうかなんて、もう思い悩んだりしない。ただ前へ進んで小切手を切るだけ。エヌグの聖アンデレ教会を自分の新しい教会として選んだのは、そこの神父がアマディ神父とおなじように「祝福された伝道の神父」だからかなんて思い悩んだりしない。わたしはただそうする。

「ナイフ、持ってきたかしら？」とママがいってる。大きな声だ。ジョロフライスとチキンの入った円筒形の容器を取りだしてる。きれいな陶器の皿を、洒落たテーブルにセッティングするみたいに下に置いていく。むかしシシがやっていたように。

えて。

「ママ、ジャジャにナイフは要らないよ」とわたし。ジャジャがいつだって容器からじかに食べるのを知っているのに、ママはいつもディナープレートを持参するのだ。週ごとに皿の色や柄まで変えて。

「持ってくれればよかった、そうすればジャジャが肉を切れる」

「肉を切ったりしないって、そのままかぶりつくんだから」と笑いながらママの腕に手を伸ばしてなだめる。ママは汚れのこびりついた机にピカピカの銀色のスプーンとフォークを置いてから後ろに身を引いて、出来栄えをながめる。ドアが開いてジャジャが入ってくる。新しいTシャツを持ってきたのはたった二週間前なのに、もうカシュージュースみたいな茶色のシミをつけている。絶対取れないシミだ。子供のころ、カシューの実を食べるときは、顔を思い切り前に突きだして食べたものだ。あふれる果汁で服が汚れないように。ジャジャの半ズボンの端が膝よりずいぶん上のところまでしかない。腿のかさぶたからわたしは目をそらす。立ちあがってハグしたりはしない。ジャジャが嫌がるから。

「ママ、こんにちは。カンビリ、ケ・クワヌ（元気か）？」そういってジャジャは食物の容器を開けて食べはじめる。隣にいるママが震えてるのがわかる。ここで泣きだされると困るので、わたしは早口でしゃべる。その声でママが涙をこらえられるかもしれない。「弁護士が来週、ここから出してくれるって」

ジャジャは肩をすくめる。首筋の皮膚にまでかさぶたができてる。乾いてはいるようだけど、引っ掻くと黄色い膿が滲みでそう。ママが賄賂を使って散々いろんな軟膏を差し入れたけど、どれも効かなかったみたいだ。

「この房には面白いやつがわんさといてさ」とジャジャ。ものすごい速さでライスをスプーンで口に運んでいる。ほおが膨らんで、まだ熟していないグアヴァの実をまるごと口に押しこんだみたいだ。

「刑務所から出るんだよ、ジャジャ。ちがう房へ移るんじゃなくて」とわたしがいう。

ジャジャは食べる手を止めて、あの目で黙ってわたしをにらんだ。ここに入ってから月を追うごとに、少しずつきつくなっていったあの目で。いまではヤシの木の樹皮みたいに見える、断固としたあの目で。わたしたちは本当に、アスス・アニヤを、目と目の会話を、していたんだろうか。それともぜんぶわたしの空想だったんだろうか。

「来週ここから出るんだよ」とわたしはいう。「来週、うちに帰るの」

ジャジャの手を握りたいと思ったけど、どうせ振り払われるだろう。目にあふれる罪悪感のせいでわたしを見ることができないんだ。わたしの目のなかに映る自分の姿を見ることができないんだ。わたしのヒーロー、いつも力のかぎりわたしを守ろうとしてくれた兄。彼自身はしっかりやれたとは絶対に考えていない。もっとやるべきだったなんてわたしが思うわけないのに、それを絶対に理解しない。

「食べてないじゃない」とママがいうと、ジャジャはスプーンを取ってまたガツガツとライスを食べはじめる。わたしたちは沈黙に包まれる。でも、それまでとはちがう種類の沈黙、息のできる沈黙だ。悪夢に出てくる沈黙はこんなんじゃない。わたしが見る悪夢では、パパが生きていたころの沈黙に、恥と悲しみと、ほかにもことばにならないものがたくさん混じり合って、青い炎の舌になって頭上にのしかかってくる。使徒たちの頭上に天から聖霊が降臨したペンテコステみたいに。そして汗びっしょりになって叫びながら目が覚める。パパのために日曜日ごとにミサを捧げていることは、ジャジャにはまだ黙っている。夢のなかでパパに会いたいと思っていることも。とても強くそう思うので、ときどき、半分眠って半分起きてる状態のときに、自分でその夢を勝手に作ってしまうこともいわない。パパが出てくる、わたしをハグしようと手を伸ばす、わたしも手を伸ばすでも、二人の体は絶対に触れ合わない。そのうちいきなり目が覚めて、自分で作る夢さえ思うようにはならないんだと気がつく。ジャジャとわたしのあいだには、まだことばにしていないことがすごくたくさんある。時間が経てば、わたしたち、もっと話をするようになるのかな。それともことばにできないまま終わるんだろうか。長いあいだずっと剝きだしのままになってきたものたちに、ことばという衣装を着せることができないまま。

「スカーフがほどけてるよ、ママ」とジャジャがママに向かっていう。

わたしはびっくり、目をまるくする。ジャジャはこれまで人がなにを着てるかなんて気にしたことはなかった。ママは急いでスカーフをほどいて、また巻きなおす。今度はしっかりと頭の後ろで二度結びをする。

「時間だ！」看守が部屋に入ってくる。ジャジャが目くばせもせずに、短く、冷ややかに「カ・オ・ディ（じゃあ）」というと、看守が彼を連れ去る。

「ジャジャが出てきたらスッカに行かなくちゃ」部屋から出ながら、わたしはママにいう。やっとこれからのことが口にできるようになった。

ママは肩をすくめて、なにもいわない。ゆっくりと歩いていく。足を引きずるのが以前より目立ってきた。歩くたびに体全体が一方に偏《かたよ》るのだ。止めてある車に近づいたとき、ママがわたしのほうを向いて「ありがとう、ンネ」という。この三年のあいだ、ママがそんなふうに自分から話しかけてきたのは数回しかなかった。なぜわたしにありがとうなんていうんだろうとか、どういう意味かなんて考えたくもない。突然、自分がもう刑務所の庭の湿気と尿の悪臭を感じなくなってることに気づく。

「ジャジャをまずスッカに連れていこう、それからアメリカのイフェオマおばさんを訪ねよう」と「帰ってきたらアッバに若いオレンジの木を植えるんだ。それにジャジャは紫色のハイビスカスも植えて、わたしはイクソラを植える、そうすれば花の蜜が吸えるから」わたしは声をあげて笑っていた。手を伸ばしてママの肩を抱くと、ママがわたしにもたれて微笑む。

目をあげると、綿毛を染めたような雲が低く垂れこめている。手を伸ばせばとどきそうなほど低い。この手で雲の水分を握りしめることだってできそうだ。もうすぐ、まっさらな雨が降るのだろう。

訳者あとがき

チママンダ・ンゴズィ・アディーチェの鮮烈なデビュー作をおとどけする。

　カンビリは十五歳、ナイジェリア南部の町エヌグにある大きな屋敷に住んでいる。父親は苦学して事業に成功し、いまでは会社や工場をいくつも所有しながら革新的な新聞を発行している人物だ。熱心なカトリック教徒で、朝夕の祈りや食事のときの祈りはもちろん、教会での典礼を欠かさない。カンビリは修道会が運営する純心女子学院に、兄のジャジャは聖ニコラス高校に通っている。ふたりとも学校ではつねに一番でいなければいけない。

　物語は聖枝祭の日に一家が教会から家にもどってきた場面ではじまる。父親がジャジャにむかって分厚い祈禱書《きとうしょ》を投げつけ、飾り棚にならべられた陶器の立像が粉々に砕け散ってしまう。それは母親がだいじにしてきたバレリーナの立像で、ことあるごとに時間をかけて磨きつづけてきたフィギュアだった。父親ユジーンが激怒したのはジャジャが教会で聖体拝領を受けなかったからだ。聖体拝領とはミサのときに、キリストの血とされる葡萄酒《ぶどうしゅ》と肉とされるパンを神父が信者たちに分けあたえる儀式のことだ。

　父親はナイジェリアの田舎で生まれ、イギリスのキリスト教伝道団が運営するミッション・スクールで「英国風」をたたきこまれて育った。そのためなんであれ白人のやり方がもっとも優れていると考え、自分が生まれ育ったイボ民族の宗教や文化を「異教的だ」として「不信心者は地獄に堕ちる」と厳格に退けようとする。自分の年老いた父親さえ、キリスト教に改宗しない異教徒だとして自宅の敷地に入れようともしない。一夫多妻も認めず、多くのイボ人男性とちがって妻はカンビリの母親だけだ。それでも故郷に戻ればしきたりどおりに、大勢の人たちを援助し、多くの子供たちの学費を出し、一族で初めて称号まで受けている。また、社会正義を実現するため、腐敗した政治体制を批判して「真実を伝える」新聞スタンダードの社主でもある。

政治思想は革新的でも家庭内では暴力的という人物は、古今東西どの世界でも、いつの時代にもめずらしくはない。カンビリの父親は家のなかでは狂信的なカトリック信者として、暮らし方を厳密に定めて家族をそれに従わせる。父親が「罪」と見なすことを行ったときは、いかなる事情があっても厳罰をくだす。カンビリはそんな父親から自分が深く愛されていることを幼いころから知っていて、父親に「よくできた」といわれることに最大の喜びを感じるように育てられた。強い大きな存在である父親を誇りに思いながらも、いつもビクビクし、良い子で、大人しく、兄ジャジャとは目と目で無言の会話をしながら暮らしていた。だが、十七歳でようやく目覚めたジャジャの反抗によって、家のなかの「秩序」が崩れていく。

どうしてこんなことになったのだろう、家族の絆《きずな》が崩れはじめたのはいつだったのだろう、とカンビリは考える。きっかけはスッカに住むイフェオマおばさんの家に兄妹が泊まりがけで出かけて、三人のいとこたちといっしょに暮らし、初めて自分の家の外の生活を知ったことだった。でも、もっと前からなにかが始まっていたのではないか、とカンビリは記憶をさかのぼる。

父親の妹であるイフェオマおばさんは、スッカにあるナイジェリア大学の講師で、夫を自動車事故で亡くしてから、ひとりで三人の子供を育てている。ジャジャやカンビリの住む大きな邸宅とちがって、おばさんの家はこぢんまりとした教師用のフラットだ。大学教員の給料がちゃんと払われないこともあり経済的な余裕はない。それでも毎日が笑いや歌に満ちて、そこには自由な空気が流れていた。フェラ・クティの音楽をじゃんじゃんかけるアマカはカンビリとおなじ十五歳、お嬢さま育ちのカンビリに対して最初は辛辣《しんらつ》なことばを口にしていたけれど、兄妹が何度か訪ねるうちに本来の優しさを見せるようになる。傑作なのは分厚い眼鏡をかけた弟のオビオラだ。十四歳とは思えない理論家で、話に鋭いツッコミを入れながら、いざとなると「一家の男」としてその肩に重責を背負おうとする。ジャジャはそれを見て自分はオビオラより年上なのにと衝撃を受ける。

キーパーソンはイフェオマおばさんの家を頻繁に訪ねてくるアマディ神父だ。内気なカンビリの心を解放してやりたい、その呪縛をなんとか解いてやりたい、と若い神父は心を砕き、カンビリをサッカー場に連れだして思い切り走らせたりする。メロディアスで美しい声の神父に淡い恋心を抱くカンビリ。だがカトリックの神父に恋愛は許されない。

作品のタイトルとなった紫色のハイビスカスは、ジャジャがイフェオマおばさんの家を訪ねて真っ先に発見したものだった。前庭で色とりどりに咲き乱れる花壇に、ほとんど青に近い濃い紫色のハイビスカスが咲いている。おばさんの親友で植物学を教えていたフィリパが作った新種だった。おばさんの勧めで庭作りに目覚めていくジャジャは、その紫のハイビスカスの茎を家に持ち帰る。厳格な規則でがんじがらめだったエヌグの屋敷の庭で、紫のハイビスカスは「自由という色を底にひめた、芳《かぐわ》しい珍種」として根をおろし、着実に生長していく。それまで嵌《は》めこまれていた固い型から、次第に大きく脱皮していくジャジャとカンビリのように。

聖枝祭の日から始まった物語は、次の章で少し時間をさかのぼり、それまでに起きた出来事が語られていく。軍がクーデタを起こし、政府に批判的な新聞社の編集長が逮捕される。背景には一九六〇年に独立はしたものの、ビアフラ内戦も含めてつねに不安定な政治状況にさらされてきたナイジェリアがある。

アディーチェが渡米した一九九〇年代半ばは、軍政から民政へ移管される試みがクーデタによって何度も失敗した時期だった。外資の石油会社と政府によって生活環境を破壊されたオゴニ民族の生存のために、運動を組織した作家ケン・サロ＝ウィワと八人の仲間たちが軍政によって絞首刑にされたのは一九九五年だ。その後も民主化運動が高まるなかで、次期大統領候補の人物が急死したり、有力政治家が不審な死を遂げたりしている。

この作品でもスタンダード紙の編集長アデ・コーカーが小包爆弾で殺されている。そんな時代状況を背景に、家庭内では父親ユジーンの凄まじいＤＶによって母親が流産をくり返し、やがて驚くような事件へいたる。その一部始終をかたわらで見ているカンビリの感情の起伏が、細部までいきとどいた筆致でとらえられ、描かれていく。

この作品の書きだしに、尊敬する作家チヌア・アチェベの代表作『崩れゆく絆／*Things Fall Apart*』のタイトルがそっくり使われていることは見逃せない。典型的なイボの祭りの光景を書き込むところには、世界に向かって自文化を紹介しようとする若い作家の意気込みが感じられる。アフリカの多くの民族に伝わる伝統的な口承文芸も、パパ・ンクウが孫たちに語る亀の話として取り入れられている。なぜ亀の甲羅があんなふうに割れているかを語る民話は、西アフリカにかぎらず、東アフリカや南部アフリカでも広く語り継がれてきたもので、「ンネ、ンネ、母さん」「ンジェマンゼ！」というコール・アンド・レスポンスの伝統が作品内に再現されているのを見るのは楽しい。

と同時にまた、ナイジェリアでキリスト教のカトリック信仰がどのように広まり、どのような結果をもたらしたか、宣教師たちが「教育」とセットで持ち込んだ懲罰《ちょうばつ》の思想が人の心にどんな歪《ゆが》みを生んだか、それが父親ユジーンの考え方や態度のなかに批判的に描かれている。これはやがて短編「がんこな歴史家」に結晶していく重要なテーマでもある。

この作品を皮切りにアディーチェはつぎつぎと優れた作品を発表することになっていくが、このデビュー作を読むとわかるのは、ヨーロッパから入ってきたものとアフリカ固有の文化が複雑に絡まり合って現在《いま》があるということを、細部まで具体的に描こうとしていることだ。そのための鋭い観察眼がすみずみで光を放っているのが感じられるだろう。

『パープル・ハイビスカス』は、十九歳で渡米して数年後の、まだナイジェリアに帰国していないころ、ホームシックに駆られて書いた作品だとアディーチェは語っていた。ノースカロライナ州の小出版社アルゴンキン・ブックスから出版されたのは二〇〇三年十月、アディーチェは二十六歳になったばかりだった。翌年にイギリスの4thエステイトとナイジェリアで作家自身が立ち上げた出版社ファラフィナから出版されている。二〇〇四年ハーストン／ライト遺産賞の初作賞を受賞し、オレンジ賞（現在のウィメンズ・プライズ小説部門）の最終候補になり、ブッカー賞のロングリストにもノミネートされた。二〇〇五年のコモンウェルス作家賞の初作賞（アフリカ地域と全世界の両者）を受賞したほか、数々の文学賞候補となって、ナイジェリアから彗星のようにすごい若手作家があらわれたと大きな話題になった。

J・M・クッツェーからも「宗教的不寛容とナイジェリアという国家の酷薄な面に、あまりに年若くしてさらされた子どもの、繊細で心にしみる物語」と高く評価された。

日本で初めてチママンダ・ンゴズィ・アディーチェの作品が書籍として出版されたのは二〇〇七年、それまで発表された短編から独自に編んだ短編集『アメリカにいる、きみ』だ。三年後に長編『半分のぼった黄色い太陽』（二〇〇七年にオレンジ賞を最年少で受賞）が出版され、作家自身が来日した。それ以後も『アメリカーナ』（二〇一三年に全米批評家協会賞受賞）、短編集『なにかが首のまわりに』などがつぎつぎと紹介されて、アディーチェの名前は広く知られるようになった。

作品としてはこの『パープル・ハイビスカス』だけが、いつ咲こうか、いつ咲こうか、と春を待つ蕾《つぼみ》のように、日本語訳になるのを待っていたことになる。これまでに二十八の言語へ翻訳されている。原著出版から長い歳月を経て、こうして日本語作品として開花することになって、こんなに嬉しいことはない。そのために河出書房新社編集部の島田和俊さんに大変お世話になった。

初めてアディーチェ作品を読む人のためにプロフィールを簡単に書いておこう。チママンダ・ンゴズィ・アディーチェは一九七七年九月十五日、ナイジェリア南部のエヌグで、イボ人の両親、グレイス・イフェオマ・アディーチェとジェームズ・ンウォイエ・アディーチェの六人の子どもの五番目として生まれた。父親はナイジェリア初の統計学教授でナイジェリア大学副学長を務めた人、母親は同大学で女性で初めて学籍簿係を務めた人である。というわけでアディーチェは大学町スッカで育った。

幼いころからお話をつくるのが好きで、七歳から物語を書いていたという。オピニオンリーダーとしてアディーチェの名を一躍有名にした二〇〇九年のTEDトーク「シングルストーリーの危険性／*The Danger of a Single Story*」でも、最初に「作家です」とはいわずに「ストーリーテラーです」と自己紹介している。

チママンダという名前は、なんと、自分で創作した名前だという。二〇二〇年にラゴスのスタジオで、エブカ・オビ・ウチェンドゥから受けたロングインタビューでそう語っているのだ。最初に両親がつけた名前はンゴズィで、これはとてもよくある名前だそうだ。堅信式を受けるときにそれをアマンダに変えたが、渡米してみるとおなじクラスにアマンダが三人もいた。そこで作家デビューするときに「チママンダ」にしたのだという。「チ」は英語で「god」と訳されるが、意味はその人を入れておく器としての「守護霊」に近く、「チヌア」とか「チゴズィエ」とか「チ」ではじまる名前はイボ人に非常に多い。

ナイジェリア大学で薬学と医学を学びはじめたが、十九歳で米国にわたり、コミュニケーション学と政治学を学び、医師になった姉の家でベビーシッターをしながら作品を書きはじめた。兄弟姉妹で「理系」でないのは彼女だけで、家族内で議論するのはめずらしくなかったという。ここには、アディーチェという作家が誕生する上でなかなか深い意味合いが込められていそうだ。さらにジョンズ・ホプキンズ大学のクリエイティヴ・ライティング・コースで修士を、二〇〇五年から翌年にかけてプリンストン大学でホッダー・フェローとなり、二〇〇八年にイェール大学修士課程でアフリカ学（イボ民族の女性史）を修めている。

二〇〇二年に短編「アメリカにいる、きみ」（「なにかが首のまわりに」）でケイン賞の次点になり、「アメリカ大使館」でO・ヘンリー賞を受賞したころから、世界的に注目されるようになっていく。

長編『半分のぼった黄色い太陽』が受賞したオレンジ賞はその後、ベイリー賞、ウィメンズ・プライズと名前が変わったけれど、過去二十年間にこの賞を受賞した作品のなかで『半分のぼった黄色い太陽』がベスト・オブ・ベストに選ばれ、五年後にも過去二十五年間の受賞作中ベストに選ばれている。ほかにもペン・ピンター賞など幾多の賞を受賞。

アディーチェが作家活動以外で世界の耳目を集めはじめたのは、すでに触れた二〇〇九年のTEDトーク「シングルストーリーの危険性」で、ここでアディーチェはアフリカに対するヨーロッパ中心のステレオタイプな視線の問題点を自分の体験を交えながら明快に語っている。

それから三年後のトーク「男も女もみんなフェミニストでなきゃ」では、男性であれ女性であれ、ジェンダーについてはいまも問題があると考えるすべての人がフェミニストだとして、フェミニストという語の裾野をぐんと広げた。その後、娘をフェミニストに育てるにはどうすればいいかという友人の質問に答える『イジェアウェレへ　フェミニスト宣言、15の提案』というエッセイ集も出している。そこには無駄のないストレートな表現でアディーチェの考えるインクルッシブなフェミニズムが語られている。自分たちとちがう存在をそこにあるものとして認めることを娘に教えてほしいとアディーチェは書く。考えや立場が異なっても、その差異をそのまま尊重し合える人間になってほしい、それぞれ異なる存在でありながら連帯することは可能なのだからと。

最近の活動で瞠目《どうもく》したのは、なんといっても二〇二一年九月のフンボルト・フォーラムでの基調講演だ。いならぶ中高年の白人男性たちを前に、現在ヨーロッパの博物館にあるアフリカから持ち去られた美術品はだれのものでしょうか？　とドッキリするような問いを投げかけたのだ。これは、ヨーロッパの博物館から、植民地時代に剝奪《はくだつ》されたものを本来受け継ぐべき人たちへ返還する動きがここ二十年ほどで盛んになってきたことに呼応するものだろう。でも、このときのアディーチェの発言は厳しくも希望にあふれた未来を指差すもので、そこがとてもアディーチェらしい。

最近の著作としては、父親を亡くして書いたエッセイ『深い悲しみについてのノート／Notes on Grief』がすばらしい。最愛の父親を失ったアディーチェが、率直に、これ以上ない真摯《しんし》さでつづる文章は、読む者の心の琴線《きんせん》を震わせずにはおかないだろう。

退職後の両親はそれまで住んでいた大学町スッカから、故郷のアッバへ戻って暮らしていた。滞米中のアディーチェはコロナ禍のためナイジェリアへ帰国できず、亡くなった父親をすぐに埋葬することも難しかったという。その翌年に母親も急死したが、このときはきちんと葬儀ができたようで、紫色の衣装を着た親戚縁戚の女性たちがならぶ写真がネットにあがっていた。

しかし、そのときの教会の対応には納得がいかなかったらしく、それ以後、アディーチェはナイジェリアのカトリック教会のあり方に疑問を投じていく。理不尽なことには黙っていないアディーチェは、カトリックの団体に招かれて講演をしたり、インタビューを受けて意見を述べたりしている。その姿は眩《まぶ》しく頼もしい。世界的な名声を梃子《てこ》にナイジェリア社会を変革しようとする、どこまでも前向きの発言はさわやかな力に満ちている。

人生であたえられた時間は限られているのだから、人の目を気にしすぎて無駄に費やす余裕はない、自分自身に誠実に、思ったことを貫いて生きるのがいい、というアディーチェの姿勢は、狭い「世界」で絶望的な気分になりがちな多くの人を励まさずにはおかないだろう。

ボルチモアとラゴスを拠点として、アメリカとナイジェリアを行き来しながら、医師の夫とともに幼い娘を育て、書きつづけるアディーチェ。待望の次作はいったいどんな作品になるのだろう。

二〇二二年四月

くぼたのぞみ

著者略歴

チママンダ・ンゴズィ・アディーチェ

Chimamanda Ngozi Adichie

1977年、ナイジェリア南部のエヌグで生まれ、大学町スッカで育つ。最初は医学を学ぶが、19歳で渡米して政治学とコミュニケーション学を学び、作品を発表しながらジョンズ・ホプキンズ大学クリエイティヴ・ライティング・コースで修士を修める。ストーリーテラーとして天賦の才に恵まれ、抜群の知性としなやかな感性で紡ぎ出される繊細で心にしみる物語が、2003年にO・ヘンリー賞や、PEN/デイヴィッド・T・K・ウォン短編賞を次々と受賞。03年発表の初長編の本書がハーストン/ライト遺産賞やコモンウェルス初小説賞を受賞し、ビアフラ戦争を背景にした長編『半分のぼった黄色い太陽』は07年のオレンジ賞を最年少で受賞してベストセラーとなる。08年にイェール大学でアフリカ学を修め、09年に短編集『なにかが首のまわりに』を刊行、10年9月に国際ペン東京大会に招待されて初来日する。13年には長編『アメリカーナ』で全米批評家協会賞を受賞。15年にニューヨークで開催されたPENワールド・ヴォイス・フェスティヴァルのキュレーターをつとめる。作品は30を超える言語に翻訳され、タイム誌やフォーチュン誌で世界的影響力をもつリーダーに選ばれる。毎年ラゴスで作家を育てるワークショップを開催し、ナイジェリアと米国を往復しながら旺盛に活躍をつづけている。

訳者略歴

くぼたのぞみ

Kubota Nozomi

北海道生まれ。翻訳家、詩人、エッセイスト。訳書に、チママンダ・ンゴズィ・アディーチェ『アメリカーナ』『なにかが首のまわりに』『半分のぼった黄色い太陽』『男も女もみんなフェミニストでなきゃ』(いずれも河出書房新社)、J・M・クッツェー『マイケル・K』(岩波書店)、『鉄の時代』(河出書房新社)、『サマータイム、青年時代、少年時代——辺境からの三つの〈自伝〉』(インスクリプト)、『J・M・クッツェー 少年時代の写真』(白水社)、『モラルの話』『ダスクランズ』(ともに人文書院)、ゾーイ・ウィカム『デイヴィッドの物語』(大月書店)、マリーズ・コンデ『心は泣いたり笑ったり』(青土社)、ベッシー・ヘッド『優しさと力の物語』(スリーエーネットワーク)、サンドラ・シスネロス『マンゴー通り、ときどきさよなら』(白水社)など多数。著書に『J・M・クッツェーと真実』(読売文学賞、白水社)、『山羊と水葬』(書肆侃侃房)、『鏡のなかのボードレール』(共和国)など、詩集に『記憶のゆきを踏んで』(水牛/インスクリプト)、『愛のスクラップブック』(ミッドナイト・プレス)、『山羊にひかれて』(書肆山田)、『風のなかの記憶』(自家版)。

Chimamanda Ngozi Adichie:
PURPLE HIBISCUS
First published in the United States under the title:
PURPLE HIBISCUS by Chimamanda Ngozi Adichie

Published by arrangement with Algonquin Books of Chapel Hill,
A division of Workman Publishing Company, Inc., New York.

Japanese translation rights arranged with The Wylie Agency (UK), Ltd.

パープル・ハイビスカス

2022年5月20日　初版印刷
2022年5月30日　初版発行

著　者　チママンダ・ンゴズィ・アディーチェ
訳　者　くぼたのぞみ
装　画　千海博美
装　丁　鈴木成一デザイン室
発行者　小野寺優
発行所　株式会社河出書房新社
〒151-0051　東京都渋谷区千駄ヶ谷2-32-2
電話　(03) 3404-1201〔営業〕(03) 3404-8611〔編集〕
https://www.kawade.co.jp/
組版　株式会社創都
印刷　モリモト印刷株式会社
製本　小泉製本株式会社

Printed in Japan
ISBN978-4-309-20851-0